Bernd Meierrieks

Bitteres Licht

Roman

Ich danke

Frau Sandra Paetzold aus Beelitz
für ihre gewissenhafte Korrektur
des Manuskripts.

© 2019 Bernd Meierrieks

Herstellung und Verlag

BoD - Books on Demand, Norderstedt

ISBN 978-3-7494-5271-2

Bibliographische Informationen der Deutschen Nationalbibliothek
Die Deutsche Nationalbibliothek verzeichnet diese Publikation in der Deutschen
Nationalbibliografie.

Im Studio

Karin trug nur einen weißen Morgenmantel. Georg nickte ihr aufmunternd zu. Sie zog ihn aus und setzte sich nackt auf das Sofa im Atelier.

Einem Bernstein gleich, schimmerte ihr makelloser, unaufdringlich gebräunter Körper im sanften Schimmer des Fotostudios. Die attraktive Lehrerin, Mitte 30, war nach Berlin-Weißensee gekommen, um mal wieder als Aktmodell für den berühmten Fotografen Georg Konrad zu posieren.

Nachdem der das Licht eingestellt hatte, erreichte ihn ein Anruf seines Agenten Charly von der Agentur Breuninger & Brink.:

„Hi George, ich bin's, Charly. Wir haben hier eine Anfrage unseres Kunden Francois Litera, du weißt schon, dieser Duftmulti aus Grasse, der hat ein neues Eau de Toilette zusamengepanscht. „Casablanca" heißt das Wässerchen. B & B hat den Wettbewerb um den Werbeetat gewonnen. Wir peilen die Kampagne nach Möglichkeit in der Ästhetik des Films mit der Bergmann und Bogi an. Bisschen nostalgisch und ausschließlich in schwarz-weiß. Soll edel daherkommen, unprätentiös und auf keinen Fall crazy. Eher unbeschwert und voller Lebensfreude. So, wie Bogi und Ingrid im Cabrio durch Paris kurven. Du weißt schon, klassisch eben. Machst Du uns die Fotos? Für den ganzen Quatsch drumherum, Location, Models Requisiten und so weiter, hat B & B bereits gesorgt, okay? Kannst Du sofort kommen, Georg?"

Der zögerte mit einer Antwort. Er ließ sich nicht gern unter Druck setzen. Erst recht nicht, wenn er in der Arbeit mit einem Modell steckte. Das gebot vor allem die Höflichkeit und die Achtung vor Karin. Die hatte sich, als das Telefon läutete, im Nu wieder den Morgenmantel übergeworfen. Nackt einem fremden Gespräch zu lauschen, fand sie demütigend.

Und sie nahm es ihm übel, den Apparat nicht auf „stumm" gestellt zu haben, um den Anrufbeantworter seine Arbeit verrichten zu lassen. „Was für eine Zumutung", dachte sie wütend, sagte aber nichts.

Derweil hatte Georg das Gespräch mit einem kurzen „Ich melde mich noch heute" beendet.

Der um Verständnis bittende Blick, den er dem Modell mit einem Achselzucken zuwarf, sprach Bände. Bedauernd zwar, aber mit deutlichem Hinweis darauf, dass er ein solch lukratives Angebot seiner Agentur nicht ablehnen könne, zumal die Fotosession mit Karin dem Testen neuer Objektive diente und keinen direkten wirtschaftlichen Erfolg versprach.

Wenn er ehrlich war, wollte sich Georg durch die Verabredung mit ihr die Zeit vertreiben und seine Nervosität bekämpfen.

Es war still geworden um den erfolgsverwöhnten Fotografen. Seit Wochen hatte die Agentur keine neuen Aufträge vermittelt und Georg befürchtete schon, seine Bildersprache sei nicht länger gefragt. „Woran liegt das", grübelte er ständig. Auch Charly antwortete mit wenig aussagekräftigen Allgemeinplätzen

„Deine Ästhetik ist vielleicht nicht mehr ganz zeitgemäß, die Journale weltweit werden zunehmend bunter, schwarz-weiß geht deutlich zurück. Die Bildredaktionen sparen an hochwertigen Fotos. Sie bedienen sich mittlerweile immer öfter bei Flickr oder Instagram, vielleicht noch bei Getty Images, günstiger halt und unkompliziert." Das wusste natürlich auch Georg und er fürchtete insgeheim, seine Zeit als Fotograf, der Bilder aufwendig inszenierte, könnte zu vorbei sein, obwohl er kaum etwas so sehr hasste wie Knipserei, womöglich mit dem Handy.

Er sah sich schon als mies bezahlter Hochzeitsfotograf enden. Doch dann kam Charlys Anruf.

Und Karin begriff. Empört sprang sie auf, eilte in die Garderobe, um sich anzuziehen. „Mit mir nie mehr", waren ihre einzigen Worte, bevor sie ihm den Rücken zukehrte, um grußlos das Studio zu verlassen. Georgs Angebot, sie zum Hauptbahnhof oder ins Hotel zu fahren, wies sie mit einer schroffen Handbewegung zurück. Er fühlte sich elend. Er mochte Karin sehr und schämte sich, sie gekränkt zu haben.

Schwierige Freundschaft

Die beiden kannten sich seit ihrer Schulzeit am Heinrich-von-Kleist-Gymnasium in Bochum.

Als sie kurz vor dem Abitur auf dem Schulhof über ihre Zukunftspläne sprachen, erwähnte Georg, Fotografieren fasziniere ihn so sehr, dass er aus seinem Hobby unbedingt einen Beruf machen wolle.

Vor allem das Porträt habe es ihm angetan, weil Menschen das Einzige seien, das ihn ernsthaft interessiere. „Willst Du nicht mal mich fotografieren?", fragte Karin spontan.

Georg war sofort hin und weg, hatte sich allein die Suche nach Modellen für seine Leidenschaft bisher stets als das größte Problem dargestellt.

Die meisten Mädchen, die er ansprach, hatten entrüstet abgelehnt. Die Entrüstung in ihren Stimmen brachte zum Ausdruck, dahinter unlautere Absichten zu vermuten. Das kränkte Georg umso mehr, hatte er doch einzig die hehre Kunst im Sinn. Immer öfter aber drangen erotische Fantasien auf ihn ein. Er spielte Fotoshootings im Kopf durch, in denen an exotischen Stränden ein verführerisches Modell sich vor seiner Kamera räkelte. Regelmäßig endeten das im Zimmer eines Karibikhotels nach dem üblichen Drink an der Bar.

Als Karin sich ins Spiel brachte, tauchten solche Bilder wieder auf. Doch bei einem Blick in das Mädchengesicht der Schulkameradin riss er sich zurück in die Realität des Schulhofes und er verbot sich jede Art von lüsternen Gedanken. Dabei bemerkte er erschrocken, wie sich eine heiße Schamröte seines Kopfes bemächtigte. Karin schien es aufgefallen zu sein. „Was ist los, findest Du meinen Vorschlag blöd?", fragte sie den verblüfften Freund. „Nein, nein, überhaupt nicht, ich freue mich riesig", erwiderte er sofort, „wir könnten uns nach der Schule in Boogies Pub treffen und schon mal was ausmachen für unser erstes Shooting."

Shooting, das klang professionell, wie Georg fand. Doch auch ein bisschen überheblich und er wäre gern zurückgerudert. War aber zu spät.

Boogies Pub in der Turnstraße war ein unter Schülern beliebtes Lokal, zumal es in nur zehn Minuten Fußweg vom Gymnasium zu erreichen war. Zudem traf man auch Studenten der Ruhruniversität in der Kneipe. Georg ging gern dorthin.

Das alternative, intellektuelle Flair hatte es ihm angetan. Es stand in einem ihm wohltuenden Kontrast zum ansonsten eher spießbürgerlichen Mief der Ruhrgebietsstadt. Die Atmosphäre der Kneipe kam seinen künstlerischen Ambitionen als zukünftiger Fotograf entgegen. Hier träumte er von einer Karriere.

Er trank oft einen Cuba Libre, dessen Geschmack und mehr noch sein Name ihn in die Welt der Karibik versetzte, derweil ihn Rum und Cola langsam aus der als trist und grau empfundenen Realität entführten.

Karin bremste die aufkeimende Euphorie. „Nee, lass mal, gleich nach der Schule muss ich einkaufen, Du weißt ja, die Eltern sind beide nicht mehr ganz fit, sie brauchen meine Hilfe."

Dem hatte Georg nichts entgegenzusetzen. Seine Zukunftsphantasien erhielten erste Risse. Die so vielversprechend begonnene Laufbahn eines Starfotografen schien beendet, ehe sie angefangen hatte.

„Aber", hob Karin an, „vielleicht klappt's am Wochenende, Sonntagnachmittag habe ich Zeit, da fahren meine Eltern zu Verwandten nach Dortmund. Sie sind bestimmt nicht vor dem späten Abend zurück, wir hätten also ein paar Stunden."

„Oh, super", entgegnete Georg, „Mutter und Vater sind in den Tagen auch nicht zu Hause. Eine kleine Vorbesprechung wäre aber schon wichtig, Klamotten und so". „Okay, das können wir ja auf dem Heimweg im Bus machen", schlug Karin vor „bis Stiepel haben wir ja denselben Weg, reicht das?" „Dat reicht", gab er schelmisch zurück. Die Pause war zu Ende.

Den restlichen Schulstunden, Mathe, Deutsch, Englisch, folgte Georg nur mit Mühe, waren seine Gedanken doch längst beim Fototermin mit Karin hängen geblieben.

„George, please tell us something about the reasons for committing suicide in Death of a salesman, bitte erzählen Sie uns etwas über die Gründe für den Selbstmord im „Tod eines Handlungsreisenden", riss ihn der Englischlehrer, Herr Botmann, aus den Gedanken.

„I think, that äh, the salesman commited suicide, because, äh, his dreams didn't become true. Der Vertreter beging Selbstmord, weil seine Träume nicht in Erfüllung gingen." And I think, that your dreams as a qualified student of the english speaking literature will not become true either , und ich denke, dass Ihre Hoffnungen, ein qualifizierter Student der englischen Literatur zu werden, auch nicht in Erfüllung gehen werden", erwiderte Botmann lachend und erzeugte die schadenfreudige Heiterkeit der ganzen Klasse.

Georg war eigentlich ein guter Schüler und Englisch machte ihm besonders viel Spaß. Doch jetzt hatte er nur Gedanken für den kommenden Fototermin, deren Verlauf er schon bis ins Detail plante. Karin sollte möglichst ein schlichtes, rotes Sommerkleid tragen, das gut zu ihren dunklen, fast schwarzen Haaren passte. In ihm, malte sich Georg aus, würde sie zwar unschuldig, aber ein bisschen verführerisch aussehen, zumal, wenn der Sommerwind das Kleid an ihren Körper wehte und die Konturen betonte.

„Hoffentlich besitzt sie so eines", dachte er bei sich, um sogleich über Alternativen nachzudenken. Ein weißes oder ein blaues täten es auch. Nur bunt gemustert fand er nicht passend. Das widersprach seiner Vorstellung von schlichter Eleganz. Fotografieren wollte er sie im Stadtpark, dessen alte und mächtigen Bäume eine fast malerische Kulisse abgäben. Der Bismarckturm mit der verwitterten Sandsteinfassade gäbe, als Requisit genutzt, Entscheidendes zum idealen Freilichtstudio dazu. Was interessierte ihn da das Stück von Arthur Miller, der mit der resignierenden Lebenseinstellung ihn in seinen euphorischen Zukunftsplänen ohnehin abstieß. Georg sehnte den Schulschluss herbei.

Der Busfahrer

Kaum erscholl die Glocke zum Ende der letzten Stunde, sprang er auf, rannte aus dem Klassenzimmer, den langen Gang zur Pforte entlang, überquerte den Vorplatz und strebte der Bushaltestelle entgegen. Zum Glück war Karin noch nicht da. Unangenehm wäre es ihm gewesen, hätte sie auf ihn warten müssen. Langsam trudelten immer mehr Schülerinnen und Schüler an der Haltestelle ein. Auch aus der eigenen Klasse gab es etliche darunter. „Hat Mutti gerufen, oder warum bist du so panisch davongerannt?", lautete nur einer der hämischen Kommentare zu der Schulflucht, „so gemein war Botmanns Bemerkung doch nun auch wieder nicht."

Georg war verlegen, so wie immer, wenn Freunde Scherze auf seine Kosten verübten. Aber es störte ihn heute nicht wirklich. Es beunruhigte ihn mehr, dass Karin noch nicht da war. Hatte sie die Verabredung vergessen oder war sie ihr nicht wichtig? Ständig sah er in Richtung Schultor, aus dem immer noch grüppchenweise Schüler und vereinzelt auch Lehrer kamen und gen Haltestelle, Parkplatz und Fahrradgarage eilten. Sie war nicht darunter. Der Bus würde jeden Moment eintreffen und dann womöglich ohne ihn und auch ohne Karin abfahren. Georgs Vorstellung von einer gemeinsamen Fahrt, die zwar nicht lang wäre, aber ausreichte, Pläne für ein Fotoshooting zu schmieden, schmolz dahin.

Der Bus bog schon in die Heinrichstraße ein, als er aus den Augenwinkeln entdeckte, wie Karin mit wehenden Haaren angerannt kam. Der Fahrer, der sie ebenfalls bemerkt hatte, öffnete die Tür erneut, die sich schon hinter dem letzten Schüler geschlossen hatte. Er kannte das Mädchen von vielen Fahrten. Und er hatte sie gern, weil sie zu den wenigen gehörte, die ihn grüßte, wenn sie einstieg und auch „Tschüss" sagte, wenn sie den Bus wieder verließ.

Ansonsten hatte er genügend Gründe, sich über die schnöseligen Gymnasiasten zu ärgern, die ihn oft keines Blickes würdigten.

„Die kommen sich als was Besseres vor", dachte er so manches Mal. Und vor denen verschloss er schon mal die Tür, wenn sie, obwohl die Abfahrtszeit längst überzogen war, mit hochnäsiger Miene und betont lässig auf den Bus zugeschlendert kamen. Doch bei Karin zeigte er sich immer großzügig. „So ein nettes Mädchen hätte ich gern als Tochter", dachte er dann meist.

Bis in die frühen 1960er Jahre hatte Otto Kniele als Bergmann auf der Zeche Mansfeld gearbeitet. Und er liebte diesen Beruf. Doch bei einem Unfall, kurz bevor das Werk im Zuge der Kohlekrise ebenfalls geschlossen wurde, hatte er die Zeugungsfähigkeit verloren. Und aus war's mit der Familienplanung.

Den Schock überwand er viele Jahre nicht. Zum Glück hielt seine Frau zu ihm. Und mit Hilfe der zahlreichen Sozialpläne, mit denen das Land Nordrhein-Westfalen und die Stadt Bochum die betroffenen Bergleute unterstützte, fand er eine neue Arbeit als Busfahrer beim Verkehrsverbund Rhein-Ruhr.

Der Führerschein für die Personenbeförderung bereitete ihm wenig Probleme.

Die Fahrerlaubnis für Lkw hatte er schon in der Mine erlangt, weil man dort Fahrer suchte, um Abraum aus nicht kohlehaltigen Steinen zur Zeche in Lünen und ins Zementwerk Erwitte zu transportieren. Sie brauchte man als Füllmasse und Rohmaterial für abgebaute Flöze. Mansfeld besaß dafür drei eigene Henschel-Lastwa-

14

gen. Für einen suchte der Betrieb einen neuen Chauffeur, weil Kurt Hornig, einer der alten wegen seiner immer schwächer werdenden Gesundheit in Frührente wechseln wollte. Die Zechenleitung unter Dr. Wilhelm Schmidt bat ihn, solange weiter zu fahren, bis der Ersatz die Führerscheinprüfung bestanden hatte.

Man hatte sich für Otto Kniele entschieden, weil der im Bewerbungsgespräch glaubhaft versicherte, ausreichende Fahrpraxis mit einem 7,5-Tonnen-Kleintransporter erworben zu haben.

Mit ihm karrte er in der Freizeit regelmäßig Pflanzen vom Großmarkt in Dortmund in das Blumengeschäft „Immergrün" seiner Ehefrau Anita an der Harpener Straße, direkt vor dem Blumenfriedhof. „Außerdem habe ich während meiner Zeit beim Bund einen Führerschein für Planierraupen erworben, ich war ja in einer Pioniereinheit. Für den Lkw-Schein war dann der Grundwehrdienst zu kurz." Damit gelang es ihm, die Personalabteilung der Grube Mansfeld zu überzeugen. Auch der Betriebsrat stimmte zu.

Kniele war Mitglied der SPD und hatte sich von Beginn der Arbeit auf der Zeche bei der Arbeitnehmervertretung engagiert. Die Position eines stellvertretenden Vorsitzenden der Organisation krönte seine Karriere als Gewerkschafter.

Blumenschmuck für Firmenfeiern organisierte Otto Kniele zum Vorzugspreis über Anitas Laden. „Okay, das bisschen Führerschein übernehmen wir", meinte der Personalchef Erwin Stikowski, „in ,nem Vierteljahr sitzen Sie auf'm Bock unseres Henschel." So startete Knieles Fahrerkarriere, die sich als Busfahrer des Verkehrsverbundes Rhein-Ruhr nun langsam ihrem Ende näherte.

Er war jetzt 63. Durch den Rückspiegel für den Innenraum sah er, wie die beiden nach einer freien Sitzbank suchten. Er erwachte er aus seinem kurzen Tagtraum, schloss die Türen und fuhr los.

Georgs Hoffnung, möglichst ungestört mit Karin sprechen zu können, erwies sich als Trugschluss. Der Linienbus war mittlerweile zum Schulbus geworden. Lautes Reden und vereinzelt lärmende Balgereien störten nicht nur die wenigen mitfahrenden Rentner, sondern genauso Busfahrer Kniele, dessen Durchsage mit der Bitte um ein bisschen mehr Ruhe gänzlich ungehört blieb.

Georg versuchte Karin mit Gesten zu erklären, sie möge ihr Ohr näher an seinen Mund halten, damit er ihr etwas sagen könne, ohne schreien zu müssen. Sie sah ihn zunächst verständnislos an, begriff dann aber, was er gemeint hatte und folgte der Bitte. Er erzählte ihr von den Ideen für die Fotosession, die er sich in der Englischstunde zurechtgelegt hatte, bevor Botmann ihn so jäh aus den Überlegungen gerissen hatte.

Mit seinem Gesicht so nahe an Karins Ohr nahm er ihren Geruch deutlich wahr. Er erinnerte ihn an eine soeben servierte Käseplatte mit frischen Erdbeeren. Der Fruchtgeruch rührte womöglich von ihrem Parfüm, der des hintergründigen Käses eher vom Schweiß, der sich über die langen Schulstunden in unzureichend gelüfteten Klassenräumen entwickelt hatte.

Georg störte es nicht. Im Gegenteil. Die Mischung aus Eau de Toilette und Menschengeruch betörte ihn. Karin quittierte seine Worte, die er so laut wie nötig, aber so leise wie möglich sprach, damit sie niemand sonst im Bus hören konnte, mit einem zustimmenden Kopfnicken.

„Soll ich dich am Sonntag um zwei abholen und wir fahren dann zusammen in den Stadtpark?" „Okay", ant-

16

wortete das Mädchen, nachdem sie ihren Mund nahe an Georgs Ohr geführt hatte. „Wir können ja die Fahrräder nehmen" Er nickte, versank darauf hin wieder in Gedanken an den ersten Fototermin mit der Freundin. In seinem Kopf spielte er die Szenen nochmals durch, die er sich im Englischunterricht zurechtgelegt hatte. Da stupste ihn Karin sanft an: „Du, am nächsten Halt muss ich raus." „Ach, stimmt ja", erwiderte Georg, „dann bis Sonntag um zwei bei dir, mit Fahrrad und Kamera", fügte er lächelnd hinzu.

Sie stand auf und wandte sich dem Ausgang zu. Sie hob den Arm und sagte schnell „Tschüss", ihm gegenüber und in Otto Knieles Richtung. Der beobachtete wie immer durch den Rückspiegel aufmerksam das Geschehen in seinem Bus.

Als er ihren Gruß bemerkte, nickte er kurz und freute sich einmal mehr an dem netten Mädchen, um sich unverzüglich wieder auf den Stopp an der Haltestelle zu konzentrieren.

Nachdem Karin den Bus verlassen hatte, lief sie sofort hinter ihm über die Straße und strebte ihrem Elternhaus zu. Georg hoffte insgeheim, sie würde sich noch einmal umdrehen und ihm zuwinken. Doch das tat sie nicht, vermutlich, um ihm nicht den hämischen Bemerkungen seiner Klassenkameraden auszusetzen.

Nachdem Karin ausgestiegen war, fühlte er sich einsam. Zwei lange Tage lagen noch vor ihm und wieder plagten ihn Zweifel, ob sie es sich nicht doch anders überlegen würde. Dass sie sich nicht einmal umgedreht hatte, bereitete ihm Sorgen.

Er kramte sein Smartphone aus der Schultasche, starrte auf das Display, wählte „Telefon" aus und suchte in den „Kontakten" Karins Nummer, die er unter „Favoriten" gespeichert hatte. Er zögerte und rief nicht an. Schließlich waren sie kein Paar, nur gute Freunde. Er durfte nicht aufdringlich sein. Er beschloss, es am Sonntag kurz vor ihrer Verabredung noch einmal zu versuchen. Das zumindest sei unverfänglich, dachte er.

Erste Schritte

Georgs Haltestelle „Königsallee" im Stadtteil Wiemelhausen steuerte der Bus jetzt an. Das Display zeigte sie an. Er stand auf und begab sich zur Ausgangstür. Er nickte noch flüchtig den im Bus verbliebenen Schulkameraden zu und stieg aus. Den kurzen Weg zum Elternhaus in der Knappschaftsstraße 25 schlenderte er mehr, als er strammen Schrittes vorwärtsstrebte. Er hatte es nicht sonderlich eilig.

Man würde ihn ohnehin bloß fragen, wie es in der Schule gewesen sei. Für dieses tägliche Ritual hatte er heute keinen Kopf. Als ob sie es geahnt hätte, fragte die Mutter diesmal nicht. Sie stellte ihm den Teller mit Königsberger Klopsen hin. Georg aß hektisch. Kaum, dass er den letzten Bissen herunter geschluckt hatte, verschwand er nach einem kurzen „danke, lecker" in seinem Zimmer im ersten Stock.

Sofort griff er ins Regal und holte die Kamera hervor. Sie war schon etwas in die Jahre gekommen, funktionierte aber einwandfrei. Der Akku war nur noch halbvoll, wie er mit einem Blick auf die Anzeige feststellte. „Unbedingt aufladen", schoss es ihm durch den Kopf. Eine technische Panne durfte er sich beim Fototermin mit Karin auf keinen Fall leisten, er würde ohnehin aufgeregt genug sein.

Er probierte einige Einstellungen aus, um die beste für ein Porträt heraus zu finden. Dazu kramte er sein altes Stofftier aus dem Kleiderschrank. Es ruhte dort seit dem Ende seiner Kindertage. Georg setzte es auf den Schreibtisch, trat ein paar Schritte zurück und visierte es an. Den Focus des Apparates stellte er auf die gläsernen Augen des alten Teddybären ein. „Sie müssen immer scharf sein", hatte er gelernt, „sonst ist das ganze Porträt ruiniert." Er bildete sich ein, der Stoffbär sei Karin.

Mit den Ergebnissen seiner Testschüsse war Georg nicht zufrieden. Mit zugeschaltetem Blitzlicht waren die Bilder zu hell und ohne zu dunkel. „Mist", stieß er hervor. Sein Zimmer war zu klein, um die Fehler durch mehr Abstand zum Bären zu korrigieren. „Ich muss nach draußen", sagte er sich, „wir wollen ja im Park fotografieren". Er packte die Kamera samt Blitzlicht in seine Fototasche und lief hinunter in den kleinen Garten, der zu jedem Haus in der Siedlung gehörte.

Dort setzte er das Stofftier auf die alte, schon reichlich verwitterte Bank, trat ein paar Schritte zurück und fing an, den besten Bildausschnitt zu wählen. Dabei hatte er stets die Gestalt Karins im Kopf.

Er kniete sich auf den Rasen, um circa auf gleicher Höhe mit seinem Motiv zu sein. Die Probeaufnahmen gefielen ihm jetzt schon besser. Er probierte ein paar Mal mit und ohne Blitzlicht. Das künstliche Licht zu verwenden, schien ihm sinnvoll, weil er damit notfalls gegen die Sonne fotografieren konnte und Karin nicht im Schatten des Gegenlichts verschwände. Georg benutzte auch bei Tageslicht gern sein Kunstlicht, da es ein reizvolles Leuchten in den Augen des Modells zauberte. Den Effekt beobachtete er nun ebenfalls an den Glasperlen seines Stofftieres. „Das ist geklärt", sagte er zu sich.

Den fast leeren Akku der Kamera hatte er vergessen. Dem Fototermin mit Karin sah er mittlerweile weniger aufgeregt entgegen.

Georg ging zurück in sein Zimmer. Die anstehenden Abiklausuren verlangten einiges an Vorbereitung. Für Mathe hatte er weiterhin eine Menge zu lernen.

Er strebte ein Studium der Fotografie an der Fachhochschule in Hannover an. Dort lehrte ein gewisser Imko Matthey, dessen Aufnahmen er in verschiedenen Fotomagazinen gesehen und bewundert hatte. Bei ihm wollte er studieren.

Georg war sich bewusst, dass eine Hochschulausbildung mehr war als anständige Bilder einzufangen. Die Lehren der Optik würden ein wesentliches Thema sein. Aber auch Geometrie und Teilbereiche der Informatik, um die Arbeitsweise moderner Digitalkameras begreifen und durchdringen zu können.

Also: Mathematik und Physik. Wenn er hier lediglich mittelmäßige Leistungen auf seinem Abizeugnis vorweisen konnte, hatte er kaum Chancen, an der Hochschule angenommen zu werden. Insgeheim tröstete er sich damit, dass es etliche berühmte Fotografen auch ohne Studium zu Weltruhm gebracht hatten. Doch dazu bedurfte es eines genialen Talents und einer gewaltigen Portion Glück. Dass er darauf keinen Anspruch hatte, war ihm klar. Es war Lernen angesagt und Georg lief hinauf in sein Zimmer zu den Büchern. Liebend gern wäre er noch etliche Stunden im Garten geblieben und Testaufnahmen mit seinem Teddybären, alias Karin angefertigt.

$\alpha=\alpha'$ bezeichnet das Reflexionsgesetz, wonach der Einfallwinkel eines Lichtstrahls gleich dem Ausfallwinkel ist. Mit diesem Gesetz der Optik beschäftigte sich Georg zuerst bei der Vorbereitung auf die Physikklausur. Das Nützliche mit dem Angenehmen zu verbinden, hatte er sich vorgenommen. Im Schulfach Physik weiterkommen und sich zugleich nicht allzu weit von seiner Leidenschaft zur Fotografie zu entfernen. Wenn er erst einmal die optischen Gesetze in all ihren Variationen verinnerlicht habe, hätte er Entscheidendes für sein Fach gelernt. Da war er sich sicher. Einen Aufheller aus Alufolie zum Beispiel könne er dann gezielter verwenden. Das redete er sich ein, um das Büffeln für die Schule ihm zugleich als Vorbereitung für eine fotografische Karriere schmackhaft zu versüßen.

Die Motivation, die vereinzelt vorhandenen Schwächen in Mathe und Physik auszugleichen, stieg und seine Abneigung gegenüber den Lehrbüchern schwand allmählich. Endlich war sich der angehende Fotograf sicher, einen Weg gefunden zu haben.

Jetzt kam ihm die Schule nicht mehr so quälend vor. Er tauchte in die Welt der optischen Gesetze ein, lernte Formeln und Gleichungen. Georg legte sich Millimeterpapier, einen sorgfältig angespitzten Bleistift und sein Geodreieck zurecht.

Er skizzierte einen Menschen, Karin, des Weiteren eine Figur mit Kamera und Blitzlicht, er selbst, und zuletzt eine rechteckige Fläche, die einen Reflektor darstellte. Die Personen und Gegenstände ordnete er dahingehend an, dass der Lichtstrahl seines Blitzes etwa in einem Knick von 45 Grad auf die reflektierende Ebene traf. Im gleichen Areal würde die zurückgeworfene Helligkeit daraufhin auf die Figur treffen, die Karin darstellte. Mit dem Geodreieck maß er die Winkel aus und der Bleistift zog den Weg des Lichts nach. Zuletzt hatte er eine Szenerie auf das Millimeterpapier gezeichnet, die in etwa der gedachten Konstellation am Sonntag im Stadtpark entsprach. Den Reflektor plante er, an einen Baum zu hängen oder ihn an den Stamm zu nageln.

Es dämmerte bereits und die untergehende Spätsommersonne tauchte sein Zimmer in ein inniges, rot goldenes Licht. Georgs Gedanken entführten ihn erneut in den Stadtpark und zum Fototermin mit Karin. Mal für Mal spielte er mögliche Szenarien des Nachmittags durch.

Ihr rotes Sommerkleid umspielte ihren Körper, deren Rundungen oberhalb und unterhalb der schmalen Taille offenbarten, dass sie lange schon die Schwelle vom Mädchen zur Frau überschritten hatte. Georg war verwirrt und er verstrickte sich wieder in Phantasien, die er sich bereits auf dem Schulhof verboten hatte, nachdem sich Karin als Fotomodell ins Spiel gebracht hatte. Jetzt ließ er sie genauso wenig zu.

Klaus Lages Song „Tausend und eine Nacht ...", schoss ihm durch den Kopf. „Wir waren nur Freunde und wollten's auch bleiben ...", sang er verhalten.

Mit einem energischen Ruck stand er vom Schreibtisch auf, verließ seine Klausurvorbereitungen, sprang hinunter in den Keller, um nach etwas Brauchbarem zu suchen, aus dem er sich einen Reflektor basteln konnte.

Am Wochenende zuvor hatte sein Vater einen neuen Kaninchenstall gebaut. Moppels Exkremente hatten dem Vorgängermodell arg zugesetzt und Georgs Mutter lag ihrem Mann schon lange in den Ohren, das Zuhause des Kaninchens doch endlich, zumindest mit einem frischen Boden, wieder wohnlich zu gestalten. Erst jetzt hatte der Vater sich durchgerungen.

Ein paar Holzlatten waren übrig geblieben. Aus denen plante Georg, sich den Rahmen zu basteln. Für die Bespannung, der eigentlichen Reflexionsfläche, hatte er mehrere Bahnen Alufolie eingeplant, wie sie seine Mutter zum Kochen und Backen benutzte. „Dat is schlecht", erwiderte sie, als er sie darauf ansprach. „Brauche ich für den Kuchen, den wir am Sonntag mit nach Dortmund zu Tante Erika und Onkel Otto mitnehmen wollen. Ist sowieso nur noch eine angebrochene Rolle da. Wozu willst du die denn haben?" Dass er sich einen Reflektor für ein paar Fotoversuche basteln müsse, erklärte er ihr. Karin erwähnte er dabei nicht.

„Okay, dann hole ich morgen noch rasch Ersatzrollen bei Aldi".

Georg war enttäuscht, seine Idee nicht sofort umsetzen zu können. Trotzdem stapfte er in den Keller, um zumindest mit dem Rahmen schon mal anzufangen.

Vier Latten zu je einem Meter Länge suchte er, um eine Fläche von einem Quadratmeter zusammen zu nageln. Dazwischen würde er anschließend mehrere Lagen Alufolie kleben. Hammer, Nägel und eine Säge fischte er sich aus Vaters Werkzeugkasten. Nachdem er ein bisschen in den Holzresten gekramt hatte, fand er letztlich vier Latten, die ihm geeignet schienen. Die brauchte er nur noch auf eine Länge zu sägen und der Rahmen nähme Form an. Zusammennageln würde er ihn im Garten. Die alte Bank diente ihm als Unterlage. Er kramte seine Fundsachen zusammen und begann sie ins Freie zu tragen. Mittlerweile war es finster geworden und er war gezwungen, auch diesen Teil der Arbeit auf den nächsten Tag zu verschieben.

Auf den Sonnabend, den Tag vor dem Treffen mit Karin. Georg ärgerte sich und er wurde nervös. Zu viele seiner Vorbereitungen hatten sich verzögert. Er sah es als böses Omen an. Wenn jetzt schon einiges schiefgelaufen war, was könnte am Sonntagnachmittag noch alles passieren? Zu böiger Wind, Regen gar. Oder es wären zahlreiche Spaziergänger im Park. Unter ihnen obendrein welche, die ihn kannten. Eltern von Schulkameraden. Die würden es Georgs Freun-

24

den erzählen und er durfte sich dann am Montag wieder ihre hämischen Bemerkungen anhören, die ihn aufregten und in Verlegenheit brächten.

All das spukte ihm durch den Kopf, derweil er seine Utensilien für den Reflektorbau erneut in den Keller schleppte. „Scheiße", fluchte er tonlos vor sich hin, „das alles fühlt sich nicht gut an." Vorbei war es erst einmal mit der Vorfreude.

Es war halb acht am Freitagabend. Sich zu konzentrieren, zum Beispiel auf die Schularbeit, gelang ihm nicht länger. Den Krimi im ZDF würde er sich gemeinsam mit Mutter und Vater anschauen. Das hatte es schon seit Jahren nicht mehr gegeben. So etwas Spießiges wies er stets verächtlich zurück, wenn seine Eltern ihn einmal danach gefragt hatten. Doch heute hatte er Lust darauf. Renate und Heinz Konrad freuten sich unbändig, als er sich beim Abendessen nach dem Fernsehprogramm erkundigte. Endlich mal wieder ein gemeinsamer Abend mit ihrem Sohn. Georg setzte sich ansonsten immer gleich vor den Computer, um mit Freunden zu chatten oder Spiele auszuprobieren, die in der Schule zum alltäglichen Gesprächsthema gehörten.

Mit seiner Leidenschaft für die Fotografie vermochte er kaum jemanden zu begeistern. Abgesehen von Karin freilich. Mit Fußball, einem der beliebtesten Themen in Bochum und an der Schule, konnte er ohnehin nichts anzufangen. Das roch ihm zu aufdringlich nach Bier und Stammtisch.

Aber heute Abend wollte er sich einfach nur berieseln lassen, um der Unruhe zu entkommen, die ihn durch seine Pannen schon wieder überfallen hatte.

„KK Keller ermittelt" hatten die Eltern für den heutigen TV-Abend ausgesucht. Es war eine der zahlreichen

Krimiserien, die für gewöhnlich bei den meisten Familien das Wochenende einläutete. Georg war es Recht, in Wahrheit war es ihm aber ohnehin egal. Er hätte sich sogar eine Quizshow angesehen. Bloß raus aus der Grübelei und sich nur ablenken lassen, mehr wollte er nicht.

Kommissar Keller hatte einen verzwickten Fall zu lösen. Er handelte von einer jungen Prostituierten, die mit zerschmettertem Körper unter einer Autobahnbrücke gefunden worden war. Als das Ermittlerteam um den Chef am Fundort der Leiche eintraf, stellte sich die naheliegende Frage: „Ist sie gesprungen oder wurde sie gestoßen?"

Der ebenfalls herbei geeilte Gerichtsmediziner verweigerte eine vorschnelle Antwort mit dem schon hundertmal gehörten Hinweis, Ergebnisse seien frühestens nach der für den kommenden Tag anberaumten Obduktion zu erwarten. Und die ergab wie gewohnt, dass die Prostituierte gestoßen worden ist. Abwehrspuren an ihren Händen und Druckstellen an den Oberschenkeln und Armen erkannte der Mediziner als unmissverständliche Indizien dafür.

Das erklärte der Pathologe Dr. Felsenstein den Kriminalisten in der üblichen Szene im Sektionssaal des rechtsmedizinischen Instituts, nicht ohne den Hinweis, dass seine Untersuchungen durch den Zustand der Leiche erheblich erschwert worden seien.

Kommissar Keller nahm es achselzuckend zur Kenntnis, so als wolle er sagen „Es ist schließlich Ihre Aufgabe, ich muss auch arbeiten und Probleme lösen." Zu einem „Danke, Doc", rang er sich noch durch. Im weiteren Verlauf plätscherte der Film ohne berauschende Spannung dahin. Die Lösung des Falles der toten Prostituierten war wenig spektakulär: Ein Freier, Dr. Max Schneider, hatte ihr den Ausstieg aus dem Milieu versprochen, zog das dann aber zurück, um seine bürgerliche Existenz mit Familie und einer vielversprechenden Karriere als Kommunalpolitiker mit Sprung ins Landesparlament nicht zu gefährden. Anna Wohllieb, das Opfer, klammerte sich an ihn. Dr. Schneider geriet in Panik und entledigte sich ihrer, indem er sie auf einem Spaziergang, der einer Aussprache dienen sollte, von der Brücke stieß.

Mit dem banalen Fazit, dass sich Verbrechen nun mal nicht auszahlen, endete der Film um 21:45 Uhr. Die letzte Szene zeigte, wie Keller den überführten Dr. Schneider aus dessen Villa am Europaplatz, im vornehmen Münchner Stadtteil Bogenhausen, abführen ließ.

Georg, den der Film nicht sonderlich gefesselt hatte, blieb gelangweilt vor der Glotze hängen. Die Eltern hatten sich kurz nach Ende des Krimis ins Bett verabschiedet, derweil er durch die Sender zappte, ohne etwas Bestimmtes zu suchen.

Von der Comedy im WDR bis zum Erotikfilm in RTL 2 nahm er so ziemlich alles mit, das ihn ablenkte. Eine Stunde nach Mitternacht übermannte ihn die Müdigkeit. Er schlich mit leerem Kopf hinauf in sein Zimmer und legte sich ins Bett. Sogar auf die allabendliche Routine, sich die Zähne zu putzen und den Tag aus dem Gesicht zu waschen, hatte er verzichtet. Doch einzuschlafen gelang ihm nicht.

Der für den nächsten Tag, ein Samstag, fest eingeplante Bau des Reflektors musste unter allen Umständen ohne weitere Hindernisse verlaufen. Er hatte ohnehin nur einen halben Tag zur Verfügung, um die noch fehlende Alufolie zu kaufen. Am Sonnabend schlossen die Geschäfte in Bochum schon mittags.

Georg schlief am Wochenende gern lange, oft bis in den späten Vormittag. Diese Angewohnheit hatte sich tief in seinen Biorhythmus eingegraben.

Er stand hastig auf, holte sein Handy aus der Jeanstasche und stellte die Weckfunktion auf sieben. Das waren noch knapp fünf Stunden. „Hilft nix", sagte er zu sich und legte sich wieder hin. Vorsichtshalber hatte er vorher das Smartphone an die Steckdose angeschlossen. Er wollte jedes Risiko vermeiden.

Endlich schlief er ein mit dem beruhigenden Bewusstsein, alles Menschenmögliche unternommen zu haben, um den Fototermin mit Karin zum Erfolg zu verhelfen. Ein Albtraum quälte ihn: Auf der Fahrt zu ihr war er mit dem Fahrrad in eine Straßenbahnschiene gekommen und gestürzt. Er verstauchte sich den rechten Arm, mit dem er instinktiv den Sturz abfederte. Die Fototasche knallte auf die Straße. Die darin liegende Ausrüstung aus Kamera und Blitzlicht war zerstört wie die Hoffnung, seine Premiere als zukünftiger, erfolgreicher und berühmter Menschenfotograf zu bestehen. Gegen vier Uhr morgens erwachte er durchgeschwitzt und mit rasendem Herzen. Benommen von der Einbildung und kurzen Ruhe, stand er auf, griff ins Regal, nahm die Fototasche, öffnete mit zitternden Händen den Reißverschluss.

„Es war ein Traum", stellte er erleichtert fest. Und nur langsam fand er in die Realität zurück. Schlafen konnte er trotz der nächtlichen Stunde nun nicht mehr. Er wollte es auch nicht. Zu groß war seine Angst, ein weiterer Albtraum würde ihn vollends aus der Fassung bringen.

Was aber sollte er tun? Die verbleibende Zeit bis die Geschäfte öffneten, kam ihm unendlich vor. „Ich muss noch ein bisschen schlafen", sagte er sich, „sonst treffe ich morgen keinen Nagel." Verzweifelt versuchte er, Ruhe zu finden, doch es gelang ihm nicht.

Gereizt stand er auf, schlich sich so geräuschlos wie möglich in die Küche, holte sich eine Flasche Bier aus dem Kühlschrank, trat ins Wohnzimmer und setzte sich wieder vor den Fernseher. Um die Eltern nicht zu wecken, hatte er die Kopfhörer seines Handys mit nach unten genommen. Sie passten an das TV-Gerät der neuesten Generation, das sich die Konrads vor kurzem als Geschenk zu ihrem Hochzeitstag geleistet hatten.

Er sah eine im Nachtprogramm laufende Musiksendung. Sie fesselte ihn zwar nicht, aber Bier und Schnulzenmusik lullten ihn ein und ließen ihn dann schließlich in einen tiefen Schlaf fallen.

Seine Mutter fand ihn gegen sieben schlummernd auf dem Sofa. Die Kopfhörer hatte er noch auf den Ohren. Behutsam weckte sie ihn und meinte: „Georg, willst du nicht noch ins Bett gehen, da geht es dir bestimmt besser." Er schreckte hoch, antwortete nicht und fragte stattdessen mit hörbarer Panik in der Stimme: „Wie spät ham wir's?" „Kurz nach sieben", entgegnete sie und wunderte sich, warum das ihr Sohn insbesondere am Wochenende wissen wollte. „Na, ein Glück", seufzte Georg erleichtert auf. Das Klingeln des Handys hatte er nicht gehört. Es lag oben im Zimmer. Mutter Konrad staunte zwar, aber fragte nicht weiter nach. Sie hatte sich damit abgefunden, dass ihr fast erwachsener Sohn schon seit längerem in seiner eigenen Welt lebte, zu der ihr der Zugang versperrt blieb.

In zwei Stunden öffneten die Geschäfte und er konnte endlich die fehlenden Sachen kaufen, um einen Reflektor zu basteln. Bis dahin war ausreichend Zeit, sich eine belebende Dusche zu gönnen und sich ausgiebig die Zähne zu putzen. Mit dem Ziel, den ekligen Geschmack im Mund zu bekämpfen, der sich durch das ungeputzte Gebiss des Vorabends und das Bier eingeschlichen hatte. Georg ging ins Bad, ergriff seine Zahnbürste, drückte so eine große Portion Blendamed auf die Borsten, wie sie fassten und fing an zu schrubben. Das tat er mehrfach bis die Zunge, die er prüfend über den Oberkiefer fahren ließ, ihm ein Gefühl von Sauberkeit und Frische vermittelte.

Er zog sich aus und stieg unter die Brause. Die Wassertemperatur stellte er so hoch ein, dass er es kaum ertrug. Nachdem er seinen Körper ausgiebig mit einem extra erfrischenden Gel abgerieben hatte, zögerte er kurz, um dann mit einer energischen Handbewegung die Dusche von heiß auf kalt zu stellen.

Das hatte er sich bei der Zahnreinigung ausgedacht. Er wollte damit die Mattigkeit aus dem Körper und seinem Kopf vertreiben. Der eisige Wasserstrahl traf ihn wie ein Peitschenhieb, sein Atem stockte, das Herz pochte. Schon nach wenigen Sekunden drehte er das Wasser ab, stieg aus der Dusche, griff sich ein Handtuch und trocknete sich ab. Er zog sich an, Jeans, T-Shirt, Sneakers.

Er eilte in die Küche, schnitt eines der bereit liegenden Brötchen auf, bestrich es mit Butter und legte eine Scheibe Käse darauf. Er biss hinein und trank einen Schluck von dem Kaffee, den Renate Konrad vorsorglich in eine Thermoskanne gefüllt hatte. Mehr aß er nicht zum Frühstück. „Ich geh' jetzt zu Aldi und hole dir deine Alufolie", rief er seiner Mutter zu und verschwand. Wieder wunderte sich die. Ihr Sohn war ansonsten nicht sonderlich eifrig, wenn es darum ging, bei den alltäglichen Angelegenheiten des Haushalts mitzuhelfen.

Georg überlegte. Mit dem Fahrrad würde er in etwa einer Viertelstunde in der Aldi-Filiale in der Blumenstraße sein, zu Fuß bräuchte er mehr als eine halbe Stunde. Er rannte in die Garage, holte sein Rad heraus und fuhr los. Dass er den größten Teil seiner Strecke an der von Autos beherrschten Königsallee entlang radeln gezwungen war, störte ihn nicht weiter.

Er war es gewohnt, in der Stadt mit dem Fahrrad unterwegs zu sein. Er fuhr zügig und war etwas außer Atem, als er sein Rad an den Streben der Überdachung für die Einkaufswagen ankettete. Schon der fast voll besetzte Kundenparkplatz signalisierte ihm, dass der Einkauf von den paar Rollen Alufolie nicht in wenigen Minuten zu erledigen sein würde. Lange Schlangen vor den Kassen bestätigten die Befürchtung. Sie steigerten seine nervöse Unruhe, zumal die meisten Kunden, die mit ihren Besorgungen fürs Wochenende bereits fertig waren, ihre Wagen randvoll beladen hatten, so dass jedes Kassieren ewig zu dauern schien.

Eine ältere, gütig dreinblickende Dame, ließ ihn zumindest einen Platz zwischen den Wartenden vorrücken. „Geh ma' vor, mit deinen paar Sachen", sagte sie, „ich bin Rentnerin und habe Zeit." „Vielen Dank, sehr freundlich", quittierte er ihr Angebot. Es waren aber immer noch etwa zehn Kunden vor ihm. Es ging quälend langsam voran, zumal nicht wenige davon erst an der Kasse umständlich ihre Geldbörse aus der Tasche fingerten.

Georg war angespannt. Die Bastelarbeiten, die vor ihm lagen, erschienen ihm plötzlich riesig und kompliziert. Endlich war er an der Reihe. Sein Geld hielt er vorsorglich schon in der Hand. Er griff eine der Rollen mit Alufolie und reichte sie der Kassiererin mit den Worten: „Fünf

Stück davon." Sie sah kurz in den Einkaufswagen Korb, tippte eine 5 auf ihrer Tastatur und zog eine der Verpackungen über ihren Scanner. „Sieben Euro fünfzig", nannte sie ihm als Preis. Der streckte ihr die Hand mit einem Zehneuroschein entgegen. „Danke, und zweifünfzig zurück", erwiderte sie. Georg nahm das Wechselgeld und eilte aus dem Laden.

Er lief zu seinem Fahrrad, schloss es los und fuhr davon. Schon während er vom Parkplatz radelte und in Richtung Heimweg abbog, sann er darüber nach, wie die Bahnen Aluminiumfolie am sinnvollsten an dem noch nicht mal fertigen Rahmen zu befestigen seien. „Kleben", fand er, „ist das Beste".

Für eine stabile Verbindung zwischen Folie und Holz verließ er sich besser nicht auf einen alltäglichen Alleskleber aus dem Haushalt seiner Eltern. Er entschloss sich, schnell einen Umweg über die „Riemker Straße" zu fahren, um im Hellweg Baumarkt etwas Professionelles zu erstehen. „Auf die paar Kilometer kommt es jetzt nicht mehr an", sagte er sich, und bog beherzt von der „Königsallee" Richtung „Herner Straße" ab.

Für diese Route, so wusste er, würde er weniger als eine halbe Stunde brauchen.

Er trat entschlossen in die Pedalen und schlängelte sich durch den dichten Verkehr. Hupkonzerte erboster Autofahrer, deren Weg er kreuzte, nahm er gelassen hin.

Auf dem Rad fühlte er sich in der engen Stadt den Pkw überlegen. Und es bereitete ihm Vergnügen, seine Vorteile den vermeintlich Stärkeren gegenüber zu demonstrieren, indem er geschickt die Lücken zwischen den im Stau stehenden Autos ausnutzte und ihnen Meter für Meter abtrotzte.

Trotz dichten Verkehrs kam Georg rasch voran und er erreichte den Baumarkt in knapp 20 Minuten. Er wandte sich an die Information und fragte nach der Abteilung, in der er spezielle Klebstoffe finden könne. Dort sprach er einen Verkäufer an, er suche den besten Kleber, um Holz und Alufolie fest mit einander zu verbinden. „Ich würde Eborit nehmen", bekam er zur Antwort. „Der liegt da im Regal rechts." „Danke", sagte Georg, bog dorthin ab und griff sich eine große Tube und eilte damit zur Kasse.

Nachdem er die geforderten zehn Euro fünfundzwanzig bezahlt hatte, verließ er den Markt, bestieg sein Rad und trat den Heimweg an.

Wegen des Abstechers zum Baumarkt brauchte er jetzt fast eineinhalb Stunden bis er wieder zu Hause ankam. „Ich hab' noch 'nen Freund getroffen", schwindelte er die Mutter an, die ihn etwas vorwurfsvoll fragte, wo er denn so lange geblieben sei, obwohl er doch lediglich eine Rolle Alufolie für ihren Kuchen holen wollte. Er drückte ihr die Folie in die Hand, nachdem er eine von den fünf aus seiner Satteltasche gekramt hatte. „Danke Dir, mein Junge", sagte Mutter Konrad zärtlich und steckte ihm einen Zehn-Euro-Schein zu. Wechselgeld erwartete sie nicht. Das war ihre Art, sich für ihren vorwurfsvollen Ton zu entschuldigen.

„Ruh Dich erst einmal ein bisschen aus, Du bist ja ganz außer Atem", rief sie ihm hinterher, als Georg bereits Richtung Garten verschwunden war, um sich endlich wieder seinem Reflektorrahmen zu widmen. Diese fürsorglichen aber zugleich neugierig nachforschenden Fragen fielen ihm schon seit einiger Zeit gehörig auf die Nerven. Sie nicht mit einem harschen „Lass mich einfach mal in Ruhe" zu quittieren, konnte er sich beinahe nicht verkneifen. Aber das in Tränen erstickte „Ich meine es doch nur gut" seiner Mutter wollte er sich nicht antun.

Sorgfältig legte er das benötigte Werkzeug aus Vaters Werkzeugkasten auf die Terrasse. Latten, Hammer, Nägel Säge, dazu Alufolie und Klebstoff. Endlich hatte er alles beisammen, um anzufangen. Vier von den Holzlatten wollte Georg auf jeweils einen Meter zuschneiden.

Er griff sich etwa gleich lange und gleich dicke Holzstücke und legte sie nebeneinander auf die alte Bank. Mit dem Zollstock, den er ebenfalls in der Werkzeugkiste gefunden hatte, maß er je hundert Zentimeter ab und zeichnete mit den Bleistift die Sägemarken an.

Er griff sich den Fuchsschwanz und versuchte die Stücke nacheinander zuzuschneiden. Das erwies sich als schwieriger als es sich Georg vorgestellt hatte.

Ihm fehlten Schraubzwingen, mit denen er die Latten an der Gartenbank hätte fixieren können. Er war gezwungen, sie mit der linken Hand fest anzudrücken, während die rechte die Säge zu führen versuchte.

Die Holzstücke rutschten ihm Mal für Mal von der Bank, ehe er sichtbar tief ins Holz eingedrungen war. Bereits nach dem zu Beginn abgesägten Stück, war Georg außer Atem und seine Arme verkrampften, zumal das Sägeblatt immer wieder verkantete.

Als er letztendlich das zweite Ende des ersten Holzes herunter hatte, legte er eine Pause ein, um die verhärteten Muskeln zu lockern und die schmerzenden Hände ein wenig zu beruhigen.

Aber er gab nicht auf und nach etwa fünf Minuten und ein paar kräftigen Schlucken aus der Selterflasche nahm der sich das zweite Stück vor und senkte das Sägeblatt in die zuvor angezeichneten Stellen. Es gelang schon ein bisschen besser. Er hatte die günstigste Griffhaltung herausgefunden. Nach etwa einer Stunde anstrengender Arbeit, die er nicht gewohnt war, lagen vier gleich lange Holzlatten vor ihm auf dem Rasen. „So, das wäre schon mal geschafft", sagte er zu sich und war gar nicht unzufrieden.

Die einzelnen Hölzer zu einem Quadrat zusammen zu nageln, schien ihm eine leichtere Übung. Und es ging ihm schneller von der Hand als die wackelnden Latten auf die richtige Länge zu sägen, selbst wenn das harte Material den Hammerschlägen einen heftigen Widerstand entgegensetzte, bis Georg aus dem losen Holz einen stabilen Rahmen gezimmert hatte.

Mit dem war er recht zufrieden und seine Zuversicht, einen brauchbaren Reflektor hinzubekommen, kehrte zurück.

30 Meter X 30 Zentimeter war aufgedruckt auf einer Packung Alufolie. Selbst, wenn er großzügig rechnete und ordentlich Zugabe für die Klebefläche einbezog, stand ihm mehr Material zur Verfügung, als er brauchte. Eine Spule reichte auf jeden Fall aus, um den Rahmen zu bespannen.

Er schmunzelte, war er doch übervorsichtig gewesen mit dem Kauf von vier Rollen zusätzlich der einen für seine Mutter. Das beruhigte ihn. Die Anstrengungen vom Sägen und Hämmern waren vergessen.

Vorsichtig legte er das etwas wackelige Gestell auf den Rasen und bestrich ihn auf einer Seite reichlich mit Eborit und ließ den Klebstoff antrocknen, wie er es zuvor in der Bedienungsanleitung auf der Tube gelesen hatte.

In der Zwischenzeit zog er großzügig bemessen vier Bahnen zu je einem guten Meter von der Rolle, er hatte ja genug davon – und drückte sie auf den angetrockneten Kleber. Die Folie haftete sofort am Holz und ließ sich nicht mehr lösen. „Echt gut, dieses Eborit", fand er und triumphierte, den Rat des Verkäufers aus dem Baumarkt befolgt zu haben.

Nachdem er den Quadratmeter bespannt hatte und die einzelnen Bahnen zusätzlich mit ein paar Tropfen Alleskleber aus der Küchenschublade untereinander verbunden hatte, richtete er das Gestell auf und betrachtete zunächst zufrieden sein Werk. Vor ihm stand, angelehnt an die Gartenbank, der Reflektor, wie Georg ihn sich vorgestellt hatte.

Ausprobieren wollte er ihn sofort. Er rannte hinauf in sein Zimmer, holte die Fototasche mit Kamera und Blitzlicht, griff nach dem alten Teddybären, den er wieder als Karin-Modell benutzte. Zurück im Garten, platzierte er ihn auf der Gartenbank und lehnte den Holzrahmen mit der Alufolie an die Hauswand. Den drehbaren Kopf des Blitzgerätes richtete er auf die Folie aus und stellte daraufhin die Bank samt seinem angenommenen Fotoobjekt in einem geschätzten Winkel von 45 Grad und einer Entfernung von rund drei Metern zum Reflektorrahmen. Mit dem Objektiv visierte er das Stofftier an, fokussierte und drückte auf den Auslöser.

Das Bild, das er sich sofort auf dem Display der Kamera ansah, enttäuschte ihn. Zu hell und alle Konturen des Bären waren überstrahlt, „richtig tot geblitzt", wie er es einmal in einer der vielen Fachzeitschriften bei einer Fotokritik gelesen hatte. „Der Blitz wird zu stark und zu direkt reflektiert", sagte er zu sich und grübelte, wie er den Versuchsaufbau verbessern könnte.

„Es liegt an der Folie", so das Ergebnis seiner Gedanken. „Ich müsste sie zerknittern, dann würde das

36

Licht diffuser zurückgeworfen, die Ausleuchtung wäre daraufhin gleichmäßiger und nicht mehr so punktförmig."

Die Vorstellung, den Rahmen nochmals neu aufziehen zu müssen, war ihm zuwider, zumal das Ergebnis eines neuen Versuchs nicht unweigerlich befriedigender ausfiele. Die Bespannung würde einfach zerreißen und ließe sich nicht mehr verarbeiten.

Eine andere Lösung fiel ihm indes vorerst nicht ein, die Folie matter zu bekommen, ohne ihre Struktur zu zerstören. Er hatte keine Ahnung.

Dann kam ihm der Kunstunterricht an seinem Gymnasium in den Sinn. Dort hatte Max Müller-Lünen ihnen einmal gezeigt, wie man Ölbilder vor dem Verlaufen bewahren konnte.

Mit handelsüblichem Haarspray hatte der Kunstmaler, den die Schule als Lehrer gewonnen hatte, Malereien der Pennäler besprüht.

Die dick aufgetragene Bemalung verlief nicht und ihr aufdringlicher Glanz trat zugunsten einer seidenmatten Oberfläche in den Hintergrund. Die Farben waren nicht mehr so schrill, sondern leuchteten unaufdringlich wie in der Sonne schimmerndes Herbstlaub.

Darauf erlangten die großflächigen Gemälde etwas Geheimnisvolles, ja Magisches. Sie spiegelten das Licht, das durch die ausladenden Fenster des Kunstraumes schien, kaum mehr. Die Bilder sogen es eher ein.

Auf Georg wirkte der Gedanke an den Kunstunterricht wie ein Geistesblitz.

Er rannte sofort ins Badezimmer des elterlichen Hauses und kramte das Haarspray Renate Konrads aus dem an der Wand hängenden Toilettenschrank. Ein bisschen peinlich war es ihm schon, in den Utensilien der femininen Körperpflege zu stöbern. Zum Glück fand er rasch die auffällig üppige Dose.

Flink ergriff er sie und ging zurück in den Garten. Mutter Konrad hatte nichts hiervon bemerkt. Ihre Fragen hätten peinlich sein können. Wie sollte er erklären, was ein fast erwachsener junger Mann mit einer Dose Haarspray wolle. Er sprühte etwas davon auf die Bespannung. Doch es rann sofort wie Wasser herunter und hinterließ nur Schlieren, wie er sie von Scheiben ihres Familienautos kannte, wenn es beim Regen im Freien stand.

Matter war die Folie nicht an der Stelle geworden, an der sie der Sprühnebel getroffen hatte. Geknickt warf Georg die Flasche auf den Rasen.

„Da ist doch Alkohol drin", schoss es ihm durch den Kopf, „und der verdunstet an der Luft. Vielleicht liegt hier die Lösung" meinte er.

Daraufhin legte er seinen Rahmen mit der eingespannten Folie flach auf den Boden, zog ihn behutsam auf den Rasen, der jetzt zur Mittagszeit auffällig intensiv von der Sonne getroffen wurde. Er startete einen weiteren Sprühversuch und wartete ein paar Minuten ab.

Schon bald verschwanden die wässrigen Perlen vom Untergrund und zurückblieb eine klebrige, matte Schicht. Das darauf fallende Sonnenlicht wurde diffus reflektiert.

„Das ist es", jubelte Georg innerlich. Sofort griff er erneut nach der Sprühflasche und benetzte den restlichen Teil der Reflektorfläche. Dabei ging er sparsam vor, um nicht eine komplett leere Dose wieder in den Badezimmerschrank zu stellen. Zumindest die Menge für eine einzige Anwendung seiner Mutter wollte er zurücklassen. Weil er eine nahezu gefüllte Flasche gegriffen hatte, gelang das ohne Probleme. Sobald der Alkohol verdunstet war, blieb ein klebriger Firnis zurück, dessen Struktur auf der gesamten Fläche die gleiche Wirkung zeigte wie auf den zuvor getesteten Stellen. Georg war zufrieden und voller Zuversicht sah er sich seinen fertigen Reflektor an.

Wie er den am nächsten Tag unbeschadet mit dem Fahrrad zu Karin und weiter in den Stadtpark bringen sollte, war ihm bisher unklar. Zunächst baute er noch einmal die ihm schon gewohnte Szenerie mit dem Stofftier und der Gartenbank auf. Die folgenden Testfotos gelangen und zeigten eine gleichmäßige Ausleuchtung des Teddybärmodells.

Zufrieden und erleichtert, setzte er sich neben seinen Bären, kramte ein Päckchen Tabak aus den Jeans, drehte sich eine Zigarette und genoss sie in tiefen Zügen. Die ausgerauchte Kippe drückte er mit dem Daumen fest in ein Blumenbeet und schaufelte das Loch sorgfältig mit den Händen wieder zu. Viel rauchte Georg nicht. So ein oder zwei Stück beim Cuba Libre in Boogies Pub kamen schon mal vor. Sie gerieten ihm jedoch nicht zur Gewohnheit, wie es bei einigen seiner Schulfreunde beobachtet hatte. Nur, wenn er etwas Kniffliges und Anstrengendes gemeistert hatte, verspürte er Lust auf ein wenig Rauch. Und der gab er dann auch nach.

Die Mutter

Er überlegte kurz, ob er jetzt alles hatte, das er für das Fotoshooting mit Karin am folgenden Tag benötigte.

Sein Blitzgerät war mit frischen Batterien versorgt. Eine zusätzliche Packung hatte er bereits in der Fototasche deponiert.

Bloß an den nahezu leeren Akku der Kamera dachte er wieder nicht. Es war ihm auch bei den letzten Testaufnahmen nicht aufgefallen. Georgs Freude über seine gelungenen Vorbereitungen überwog und hatte alle Zweifel und Ängste hinweggefegt, die ihn noch vor Kurzem plagten.

Jetzt stieg allmählich abermals die Erregung der Vorfreude auf den nächsten Tag in ihm hoch. Angespannt war er. Karin zu fotografieren, war ein aufregendes Abenteuer für ihn. Aber auch eine Prüfung. Die Bilder mussten unter allen Umständen gelingen und sie mussten ihr gefallen. Ein Stirnrunzeln bloß oder ein halbherziges „ganz nett" aus ihrem Mund würde ihn in Verzweiflung stürzen. Da waren sie wieder, die schwarzen Gedanken, die er so schwer in den Griff bekam. „Wird schon klappen", versuchte Georg, sich zu beruhigen. Schließlich hatte er enorme Arbeit, Anstrengung und Aufregung in die Vorbereitung gesteckt. Das musste belohnt werden, meinte er in einem Anflug von Fatalismus und der Überzeugung von einer höheren Gerechtigkeit, die ihn überkam. Es war ihm peinlich, hatte er doch mit Gedanken an überirdische Kräfte bis jetzt nie etwas im Sinn gehabt. Er war von der rationalen Gedankenwelt von Ursache und Wirkung überzeugt. Schon im Philosophieunterricht am Gymnasium fühlte er sich von Kant und Hegel stets mehr angezogen als von den transzendentalen Überlegungen eines Nietzsche oder Heidegger. Deren Welt war nicht die Seine. Dessen war er sich sicher. Im Kopf spielte er nochmals die Vorbereitungen für den Fototermin durch. Als er gedanklich beim Zustand der Kamera angekommen war, schoss ihm das Bild ihres fast leeren Akkus in die Augen. Und Georg war angespannt. Er wusste, dass sein schon etwas altersschwacher Stromspeicher mindestens sechs Stunden an die Steckdose gehörte, um wieder die volle Leistung zu erbringen. Wenn er ihn jetzt auflüde, läge die Kamera lange ungenutzt herum. Das behagte Georg nicht. Er entschloss sich, die Reserven seines Akkus erst einmal vollständig zu verbrauchen und die Nacht auf Sonntag zu nutzen, um ihn wieder komplett aufzuladen. Das durfte er aber auf keinen Fall vergessen. Er rannte in sein Zimmer, legte ein DIN-A4-Blatt auf den Schreibtisch und schrieb mit einem dicken roten Stift das Wort „Akku" darauf. Dann stapfte er zurück in den Garten, um weitere fotografische Versuche zu unternehmen. Seinen alten Teddybären erneut als Modell zu nutzen, kam ihm mittlerweile jedoch ziemlich blöd vor. Sein verfilztes Fell entsprach so gar nicht der Struktur einer menschlichen Haut, und überhaupt nicht der eines jungen Mädchens.

„Vielleicht meine Mutter?", überlegte er. Renate Konrad war jetzt 48, sah immer noch reizvoll, ja beinahe jugendlich aus. Sie hatte zwar im Lauf der Jahre etwas zugesetzt, war aber im Gesicht frisch und vital. Das war der vielen Zeit geschuldet, die sie der Gartenarbeit schenkte. Sie brachte es niemals übers Herz, ihn auch nur ein bisschen zu vernachlässigen. Dabei ging es ihr nicht so sehr um den Anbau von Tomaten und Bohnen, obwohl ein geringer Teil solchen Nutzpflanzen und ein paar Obstbäumen gewidmet war. Hauptsächlich aber war er ein

Blumenmeer, dessen rote, weiße und gelbe Rosen sich harmonisch zu Rittersporn, Fingerhut und Clematis gesellten. Diese von Mutter Konrad hingebungsvoll gehegte Farbenpracht versetzte immer mal wieder Nachbarn und Freunde in Begeisterung:

„Ach Gott, Renate, wie schön", war ein oft gehörter Ausruf bei einer der zahlreichen Kaffeekränzchen auf der heimischen Terrasse. Georg war selten dabei. Und wenn dann doch einmal, quittierte er solche Kommentare mit einem nahezu unsichtbaren Rollen der Augen. Das war ihm zu betulich.

Aber im Moment, als er weitere Fotoversuche mit einem lebendigen Menschen anzustellen vorhatte, kam ihm seine, die Natur liebende Mutter in den Sinn und er lockte sie mit einem Kompliment zu ihrem Garten als Modell:

„Mama, hast Du nicht mal Lust, dich mit deinen tollen Blumen zusammen fotografieren zu lassen?", fragte er sie, nachdem er zu ihr in die Küche gegangen war. „Ach", erwiderte sie, „ich bin ja nicht zurechtgemacht für Fotos, vielleicht später mal." Georgs Mutter zierte sich. Insgeheim aber war sie geschmeichelt, dass ihr Sohn sie als Modell im Blick hatte. Seine Bastelei den ganzen Tag über im Garten hatte ihre Neugierde geweckt. Ihn danach zu fragen, traute sie sich nicht.

„Nein, Mama", setzte er nach, „nicht zurechtmachen wie für ein Passfoto, sondern ganz natürlich bei der Gartenarbeit möchte ich dich fotografieren." „Na gut, meinetwegen, aber nur ganz kurz, ich habe noch zu tun", gab sie schließlich nach. Georg jubelte innerlich. „Geh schon mal in den Garten, ich komme sofort", rief er ihr zu und rannte in die Garage, in der die Mutter ihre Hacken, Spaten und Rosenscheren aufbewahrte. Er griff sich eine der Scheren und eilte nach draußen. Derweil wunderte sich Renate Konrad über den mit Alufolie bespannten Holzrahmen, der, angelehnt am Rückenteil, auf der Bank stand. Georgs Fototasche lag auf der Terrasse unter dem Vordach. Das Teil seiner Fotoausrüstung kannte sie. Es war ein Geburtstagsgeschenk der Eltern zum 16. Geburtstag ihres Sohnes. „Und jetzt ist er schon fast 19 und steht kurz vorm Abitur", dachte sie mit mütterlichem Stolz.

Georg kam angelaufen und drückte ihr die Rosenschere in die Hand. Auf ihren fragenden Blick bat er sie, sich genauso zu verhalten, als schnitte sie eine Rose. Das fiel Renate Konrad freilich nicht schwer, gehörte es doch zu ihren gewohnten Handgriffen im Garten.

Als sie sich im Rosenbeet nieder hockte, fasste sie den Saum ihres Rockes fest, damit er nicht zu weit übers Knie nach oben rutschte. Ihre Beine vor ihrem Sohn zu entblößen, hielt sie für unziemlich. Georg bemerkte diese winzige Geste der Schamhaftigkeit und ihm wurde zum ersten Mal bewusst, wie anmutig seine Mutter war.

Eine Entdeckung, die ihn verwirrte. Schnell nahm der den Fotoapparat zur Hand, korrigierte kurz die Position des Reflektors und schoss eine Aufnahme. Er schaute auf den Monitor und sah eine Frau, die mit verträumtem Blick eine rote Rose betrachtete. Georg hatte gar keine Regieanweisungen gegeben und er fand das Bild perfekt. Für Augenblicke vergaß er, dass er seine Mutter fotografiert hatte, er sah nur eine schöne Frau in romantischer Umgebung.

„Kann ich auch mal sehen?", fragte Renate Konrad und riss ihn in die Realität des kleinen Gartens zurück. Sie war neugierig geworden, weil sie den erfreuten Gesichtsausdruck ihres Sohnes bemerkt hatte. „Kannste", gab er betont lässig zur Antwort. Der Mutter gefiel das Foto. „Bloß schade, dass so wenige Blumen drauf sind", wandte sie ein. „Als ob es darauf ankommt", sagte Georg leise zu sich, bot ihr aber gleich an, ein paar Fotos vom Rosenbeet aufzunehmen.

Sein Akku hatte ja noch ein bisschen Reserve, die er ohnehin aufzubrauchen vorhatte, um ihn über Nacht erneut vollständig zu laden. „Noch ein schönes Bild von meinen Rosen, darüber würde ich mich sehr freuen", sagte Renate Konrad zu ihrem Sohn, als sie längst auf dem Weg zurück ins Haus war.

„Okay", dachte Georg, „das bin ich Mutter ja wohl schuldig." Obwohl das Genre der Blumenfotografie ihn so gar nicht reizte, machte er sich wenig engagiert daran, ihre Blumenbeete ins rechte Licht zu rücken. Nach zehn Aufnahmen, die zwar gelungen waren, ihn aber nicht begeisterten, gab sein Akku auf.

Georg packte seine Utensilien zusammen und stapfte hinauf in sein Zimmer. Die Fototasche hing er sich an die Schulter, um beide Hände für den etwas sperrigen Reflektor frei zu haben. Ihn unbeschadet durch das enge Treppenhaus nach oben zu balancieren, war schwierig, zumal er darauf achten musste, nicht an das Geländer zu stoßen und die empfindliche Bespannung zu beschädigen.

Äußerst achtsam trug er ihn vor sich her, um ihn stets im Blick zu haben. Nach der ersten Hälfte der Treppe, die bislang gerade aufwärts verlief, befand sich am Wendepunkt ein etwa zwei Quadratmeter großer Absatz, bevor die Stiege sich in der gegenläufigen Richtung ihrem Ende näherte. Darauf hatte die Mutter einen gewaltigen Kaktus mit weit ausufernden Blättern gestellt.

Dessen Dornen waren lang und hart und kamen der empfindlichen Bespannung des Reflektors bedrohlich nahe. Georg gelang es mit einiger Mühe und größter Umsicht, die Bastelarbeit um die Pflanze herum zu balancieren, bevor sich eine der Stacheln in die Alufolie bohrte. „Das war knapp", seufzte er erleichtert auf. Nach den letzten paar Stufen erreichte er die offen stehende Tür zu seinem Zimmer.

Er trat ein und lehnte den empfindlichen Reflektor an den Schreibtisch. Um den morgigen Transport zu Karin und weiter in den Stadtpark sorgte er sich indes mehr. Er hatte überdies überhaupt keine Vorstellung davon, wie er den Rahmen am Fahrrad befestigen sollte.

Doch er war zuversichtlich, es werde ihm schon eine passende Lösung einfallen. Jetzt zog er rasch seine Kamera aus der Tasche, entnahm ihr den Akku, steckte ihn ins Ladegerät und verband es mit einer Steckdose. Die LED-Leuchten blinkten und signalisierten eine funktionierende Stromversorgung der Speichereinheit. Georg war zufrieden. Ein wohliges Gefühl von Gelassenheit breitete sich in ihm aus. Er lud dann in aller Ruhe die Gartenbilder für seine Mutter von der Speicherkarte auf den PC, wählte einige Motive aus, um sie für Renate Konrad auszudrucken.

Für ausgesprochen bestechende Bilder hatte sich Georg vor wenigen Monaten einen speziellen Fotodrucker gekauft. Mehr als ein halbes Jahr hatte er darauf gespart. Er war nur noch ganz selten in Boogie's Pub gegangen und ein Päckchen Zigarettentabak reichte schon mal für zwei Wochen. Von dem entsprechenden Fotopapier, das den Drucken einen satten Glanz verlieh, hielt er sich stets einen ausreichenden Vorrat. Er sah sich die Fotos von der Speicherkarte auf dem PC an. Es fiel ihm sofort das erste Bild der Mutter in die Augen. Er war immer noch begeistert und verfiel erneut der subtilen Erotik einer reifen Frau, einem Thema, mit dem er sich unbedingt als Profifotograf beschäftigen wolle.

Doch dann widmete er sich erst einmal der selbst auferlegten Pflicht, ein „schönes" Blumenbild für seine Mutter zu drucken.

Er blätterte am Bildschirm durch die Aufnahmen. Die Wahl fiel auf ein Motiv, bei dem eine lachsfarbene Rose den Vordergrund in bestechender Brillanz bildete und sich im Hintergrund in leichter Unschärfe ein Blumenmeer verschiedener anderer Sorten ergoss.

Er brachte das Foto mit der Software auf das Format eines DIN-A4-Papiers, stellte den Apparat auf „randlos" ein und gab den Druckbefehl. Heraus kam ein grandioses Bild. Er ließ das Blatt ein paar Minuten im Ausgabefach seines Druckers liegen, um es nicht durch eine zu frühe Berührung zu verschmieren.

Dann nahm er es bedächtig in die Hand, schob es in eine Klarsichthülle und lief damit hinunter in die Küche, wo die Mutter den soeben fertig gebackenen Kuchen behutsam aus dem Ofen holte. „Hier, Mama, ein Blumenbild aus deinem Garten", sagte Georg und legte das Foto in der Hülle auf den Küchentisch.

Renate Konrad trat einen Schritt weg vom Backofen, drehte sich um, wischte kurz ihre Hände an ihrer Schürze ab und schaute auf das Bild. „Sehr, sehr schön, mein Junge", erwiderte sie und sah ihren Sohn bewundernd an. „Aus dir wird wohl mal ein richtiger Fotograf", fügte sie hinzu. „Wir könnten es einrahmen lassen und uns einen passenden Platz dafür suchen, vielleicht im Esszimmer oder doch noch besser in der Küche. Dann sehe ich mir immer an, wenn ich lieber im Garten wäre als beim

Kochen, was denkst du?" „Küche ist okay", meinte Georg etwas gelangweilt.

Ihm war es egal, wo das Blumenfoto letztlich hängen werde. Es interessierte ihn ohnehin nicht weiter. Das Kompliment allerdings freute ihn. Ihre Bemerkung mit dem „richtigen Fotografen" schmeichelte ihm, hatte Renate Konrad doch das ausgesprochen, was er aktuell vorhatte, ohne je mit den Eltern darüber geredet zu haben.

Dass er vom Porträt seiner Mutter im Garten fasziniert, ja sogar ein bisschen erregt war, behielt er für sich. Und sie fragte nicht mehr danach. Sie hatte es vermutlich schon längst wieder vergessen. So bewahrte er es als sein Geheimnis, das er sorgsam hütete. Es ebenfalls zu drucken, traute er sich nicht. Es wäre ihm vorgekommen, als hätte er etwas ans Licht gezerrt, das besser verborgen blieb.

Aus dem Philosophieunterricht waren ihm zwar die griechische Mythologie und die Sage vom Königssohn Ödipus bekannt, der seinen Vater tötete und die Mutter heiratete. Auch Sigmund Freuds Theorie vom Ödipuskomplex kannte er. Doch dessen Auffassung von der kindlichen Begierde gegenüber der eigenen Mutter fand er abstrus und wenig überzeugend.

„Ich bin ja kein Kind mehr", dachte Georg und schob damit die Verstörung über die erotischen Gedanken an seine Mutter kurzerhand beiseite. „Die Angelegenheit ist erledigt", beruhigte er sich. Aber sein späteres fotografisches Thema zur Attraktivität reifer Frauen behielt er im Kopf.

Doch jetzt erst einmal Karin. Georg setzte sich an den Schreibtisch, griff einen Zeichenblock und einen weichen Bleistift der Stärke 8B zur Hand.

Er hatte sich vorgenommen, Posen zu skizzieren, die sie einnehmen sollte. Er wusste, wenn er das nicht täte, wäre der Termin nach drei oder vier Aufnahmen zu Ende, weil ihm bald nichts mehr einfiele.

Georg versuchte, sich den Stadtpark ins Gedächtnis zu rufen, wo er früher häufig mit den Eltern spazieren gegangen war.

Doch es kamen ihm nur langweilige Blumenbeete in den Sinn, für die sich seine Mutter so begeisterte. Ja, den Bismarckturm hatte er in der Eigenschaft einer Kulisse schon eingeplant. „Der allein aber wird nicht reichen", dachte er. Georg schaltete den PC ein, um im Internet nach weiteren Orten im Park zu suchen, die sich als Fotomotiv mit Karin eignen könnten.

Seine Recherchen führten ihn zu ein paar Skulpturen, die dort aufgestellt waren. Beim Klicken durch die Bilder sprang ihm sofort eine massige Plastik des italienischen Bildhauers Guiseppe Spagnulo ins Auge. „La Grande Ruota" war sie benannt und bildete mit einem Durchmesser von über drei Metern eine gewaltige stählerne Kombination aus einem Kreis und einem Quadrat. Das innen liegende rechteckige Element ergab eine ausladende Sitz- oder Liegefläche.

Dort hinein sollte sich Karin begeben und verschiedene Posen einnehmen. Nach und nach formten sich Motive in Georgs Phantasie. Er nahm Block und Bleistift zur Hand, zeichnete das Kunstwerk blattfüllend aus dem Bild im Internet ab und überlegte, wie er Karin hinein zeichnen könnte. Personen zu malen, war nicht seine Stärke.

Meistens gerieten sie ihm ungelenk und die Proportionen von Rumpf und Gliedmaßen ergaben nicht einmal annähernd das Bild eines wohl geformten Körpers.

Kunstlehrer Müller-Lünen hatte ihn oft mit den Worten geneckt: „Georg, Monster gelingen Ihnen ja schon ganz gut, Menschen aber nie. In der Kunst gilt: Bevor man etwas verfälschen kann, muss man das Unverfälschte beherrschen."

Die Kritik hatte er sich zu Herzen genommen und akzeptiert. Der Umgang mit Stift oder Pinsel gehörte nicht zu seinen Stärken. So begnügte er sich damit, die Freundin als Strichmännchen zu zeichnen, ohne auf Ähnlichkeiten mit einem Menschen bedacht zu sein. Er wollte ja fotografieren und sich an keiner anderen Kunstform probieren. Er kritzelte Karin als stehende, liegende oder sitzende Person in die skizzierte Plastik hinein.

Dass ebenfalls das Größenverhältnis zwischen der massigen Skulptur und der als Mensch gedachten Figur absolut nicht stimmte, störte Georg nicht. Das alles war ja nur als Gedankenstütze gemeint, um Fotoideen zu entwickeln. „Das werde ich ihr auf keinen Fall zeigen", gelobte er sich nach einem Blick auf die jetzt auf dem Schreibtisch liegenden Blätter. Um sich vor Karin nicht unnötig zu blamieren, „sich zum Affen machen", wie er das nannte, schwor er sich, die Skizzen gar nicht zum Termin mitnehmen, sondern sich die Arrangements besser vorher einzuprägen, um sie dann aus dem Kopf in Wünsche an sein Modell umzusetzen.

Bitten würde er Karin und ihr keine Regieanweisungen erteilen. Soweit war er noch lange nicht. Und außerdem dachte Georg, er dürfe die gerade entstehende subtile Beziehung zu einem ersten Fotomodell nicht durch ein nach seinem Verständnis unangemessenes Verhalten gefährden. Ihm wurde langsam klar, dass Porträtfotografie mehr bedeutete als Technik und Bildaufbau. Ihm schwebte vor, Menschen einzufangen, sie so abzubilden, dass sie etwas von sich preisgeben, ihre Persönlichkeit offenbaren. Georg erschauderte. „Kann ich das, darf ich das?", fragte er sich. „Du bist noch gar kein Fotograf, Du willst erst einer werden", beruhigte er sich. Mit den tiefschürfenden Fragen nach der Verantwortung eines Menschenfotografen könne er sich immer noch im Studium auseinandersetzen.

Lehrstunden

Wieder dachte er an Karin. Sie kannten sich mittlerweile seit nahezu vier Jahren.

Mit Beginn der gymnasialen Oberstufe traten Grund- und Leistungskurse an die Stelle der festgefügten Klassenverbände. Dort trafen sich die Freundin und er im Leistungskurs Deutsch ihrer Schule.

Von der elften Klasse bis zum Abitur saßen sie nun viermal in der Woche für je eine Doppelstunde im selben Klassenraum. Sie war die bessere Schülerin. Das stellt sich nach kurzer Zeit heraus. Mit ihren Analysen und Interpretationen klassischer und moderner Werke der Weltliteratur erlangte sie fast immer die wohlwollende Zustimmung des jeweiligen Lehrers.

Eine Streberin aber war Karin nicht. Das beeindruckte Georg, der eher zu den stillen Teilnehmern im Kurs gehörte. Zwar waren auch seine Leistungen nicht mangelhaft. Er bewegte sich stets im oberen Mittelfeld des Kursniveaus. Herausragend wie Karin war er nicht.

Er ließ sich in der Schule massiv von Vorlieben und Abneigungen leiten. Da war es ihm egal, ob ein Werk zum Kanon der Weltliteratur gehörte. Wenn er etwas nicht leiden konnte, engagierte er sich auch nicht.

„Als Gregor Samsa eines Morgens aus unruhigen Träumen erwachte, fand er sich in seinem Bett zu einem ungeheuren Ungeziefer verwandelt." „O Gott, nein", entfuhr es Georg ganz plötzlich, als er den einleitenden aus Franz Kafkas Geschichte „Die Verwandlung" zur Vorbereitung des Themas im Kurs gelesen hatte.

Es widerstrebte ihm, sich auf die Erzählung einzulassen. Zur ersten Stunde zum Thema erschien er unvorbereitet. Umso erstaunlicher fand er, dass seine Mitschülerin eine Menge beizutragen hatte. Sie habe es gewundert, wusste Karin zu berichten, dass die düstere Stimmung der Novelle im krassen Gegensatz zu Kafkas Lebenshunger stünde.

Er sei gesellig gewesen, sei oft ins Kino oder Theater gegangen, habe sich mit Freunden und Kollegen getroffen und sich ungemein für technische Errungenschaften interessiert. Ja, Karin wusste sogar, dass Kafka ein eigenes Motorrad besaß und damit Ausflüge in der Umgebung Prags unternommen habe.

Georg staunte, schwieg aber weiterhin beharrlich, war er doch darauf bedacht, sein mangelndes Interesse und die fehlenden Kenntnisse dem Mädchen gegenüber nicht einzugestehen. „Du hast ja gar nichts gesagt", sprach sie ihn nach der Stunde an.

Er fühlte sich ertappt. Seine Strategie des Wegduckens hatte nicht funktioniert. Gleichzeitig freute er sich, dass Karin auf ihn zugekommen war. Heimlich hatte er das sympathische Mädchen schon ein paar Mal beobachtet und ihre feengleiche Erscheinung bewundert.

„Nee, interessiert mich nicht, ist mir zu düster und unheimlich", erwiderte er fast trotzig. Karin schwieg betreten. Ihr bekümmertes Gesicht drückte Enttäuschung aus.

Ansonsten gefiel ihr Georg, der sich mit seinem ernsthaften Wesen wohltuend von der Menge der übrigen spät pubertierenden Krawallburschen in der Schule unterschied. Dessen trotzige Reaktion auf ihre vorsichtige Annäherung empfand sie als Affront.

Fast hatte sie sich schon abgewendet. Doch gleich darauf hellte sich ihr Gesicht auf. Ihr Kummer schien verflogen und war einem Ausdruck freudiger Erregung gewichen. „Lass uns einmal versuchen, die nächsten Abschnitte gemeinsam zu erarbeiten, bei Kafka bleibt es ja noch eine Weile", schlug sie vor. „Na, meinetwegen," lautete die nicht gerade von Begeisterung strotzende Reaktion. Sich von einem Mädchen im Kurs gleichsam unterrichten zu lassen, behagte Georg gar nicht. Es kratzte an seinem erwachenden männlichen Stolz.

Er wusste aber, dass er sich eine mangelhafte Zensur in Deutsch nicht leisten konnte, wollte er ein vorzeigbares Abitur erreichen.

Überdies reizte ihn die Aussicht, sich regelmäßig mit der Schulkameradin zu treffen. So ergänzte er mit einem „Danke, einverstanden", bevor es sich Karin noch einmal überlegte. Sie indes zeigte sich versöhnt und schlug eine wöchentliche Sitzung vor.

Jeweils montags nach der Schule zur Vorbereitung des am Dienstag angesetzten Leistungskurses plante sie, zusammen zu arbeiten. Abwechselnd bei ihm und bei ihr. Sie verabschiedeten sich geschwind und jeder eilte in seinen Kurs. Sie in ihren Grundkurs Mathe und Georg in den für Französisch.

Die beiden trafen sich am Montagmorgen in der Schule und verabredeten, nach dem Unterricht zusammen mit dem Bus zu Karins Elternhaus nach Bochum-Striepel zu fahren, um weiter an Kafkas „Verwandlung" zu arbeiten. Georg war noch nie in ihrem Zuhause gewesen. Er kannte sie nur als Mitschülerin. Umso aufregender empfand er die Aussicht, dass sich das jetzt änderte.

Dort angekommen, bat sie ihn, im Flur zu warten. „Ich sag' nur kurz Bescheid." Er nickte zustimmend und blieb zurück, derweil das Mädchen in die Küche ging. „Mutter, ich habe einen Schulfreund mitgebracht, wir wollen noch lernen." „Ist gut, mein Kind", antwortete sie. Mehr brauchte sie nicht zu wissen. Das Verhältnis zwischen

Elisabeth Bollmann und ihrer Tochter war vertrauensvoll und achtsam.

Karin wandte sich zurück zum Flur, wies Georg gegenüber nur kurz auf die Treppe und stieg voraus nach oben. Er folgte ihr wortlos. Sie öffnete die Zimmertür und bat ihn herein. Er zögerte einen unmerklichen Augenblick, trat dann aber entschlossen hinein.

Mit einem Blick erfasste er den Raum. Er war nicht sehr geräumig, maß vielleicht vier mal fünf Meter. Das Mobiliar bestand aus einem Bett, gleich links an der Wand. Ihm gegenüber stand ein typischer Schülerschreibtisch unter einem Fenster mit Aussicht zum Garten. Neben dem Arbeitsstuhl befand sich ein weiterer im Zimmer. Über dem Bett war ein schlichtes Bücherregal an der Wand angebracht. Es war gut bestückt. Den Rest des Raumes füllte ein Kleiderschrank.

Als Wandschmuck dienten ein paar Kunstdrucke, wie man sie in einer beliebigen Buchhandlung oder in Einrichtungshäusern fand. Insgesamt unterschied sich ihr Zimmer nicht sonderlich von dem bei sich zuhause.

Bloß war es aufgeräumter. Jeder Gegenstand hatte den ihm angestammten Platz. Beinahe erschien es ihm, als habe sie es extra für seinen Besuch hergerichtet.

Und noch etwas fiel ihm sofort auf und stieg ihm in die Nase: Es roch nach Sauberkeit und junger Dame. In der Luft hing ein Hauch von Parfüm, nicht aufdringlich, aber deutlich wahrnehmbar.

Georg blieb mitten im Zimmer stehen und rührte sich nicht. Er genoss die ihn betörende Atmosphäre des Jungmädchenzimmers. An Kafka dachte er nicht. Nicht einmal an Karin, mit der er hier allein in einem intimen Raum war. Er hatte nichts im Sinn. Ein wohliges Gefühl ohne Ziel und Zweck hatte ihn übermannt. „Komm, lass uns anfangen", sagte sie und weckte ihn aus seinem fast bewusstlosen Zustand, der nur wenige Sekunden angedauert hatte. „Zieh dir den hier an den Schreibtisch", bemerkte sie beiläufig und wies auf den gepolsterten Armlehnstuhl, der zusätzlich im Zimmer stand.

Sie setzte sich derweil an ihren Arbeitsplatz und legte den Band mit der „Verwandlung" aufgeschlagen auf die Schreibtischauflage aus blauem Kunststoff. Er folgte Karins Aufforderung und so saßen sie beide nebeneinander und sahen jeweils in ihr gelbes Reclambändchen mit der Erzählung. Das Eigene hatte Georg eilig aus der Schulmappe gefingert. Es sah aus wie neu und außer seinem mit Bleistift eingetragenem Namen und dem Zusatz „Hvk-Gymnasium, Lk Deutsch" waren keine weiteren Gebrauchsspuren zu entdecken.

Karins Exemplar hingegen sah schon fast zerfleddert aus. Sie hatte verschiedene Absätze mit Nummern versehen und viele Zeilen in unterschiedlichen Farben unterstrichen. Manche von ihnen waren überdies mit einem durchscheinenden Textmarker, mal in Gelb und mal in Rot, hervorgehoben. Zusätzlich hatte sie in winziger, aber akkurater Schrift Anmerkungen an den Seitenrand geschrieben. Georg staunte, nachdem er einen Blick in ihr Exemplar geworfen hatte, wurde aber nicht schlau daraus.

„Am besten gehen wir den Text Abschnitt für Abschnitt durch", meinte Karin, als sie seinen erstaunten und etwas ratlosen Gesichtsausdruck bemerkt hatte.

„Na gut", entgegnete er resigniert und dachte bei sich, dass er sich wohl oder übel darauf einlassen müsse, weil er ihr Angebot, ihm zu helfen, angenommen hatte. Sie knickte ihr gelbes Bändchen so, dass die erste Seite flach vor ihr lag, ohne von der gegenüber liegenden gestört oder abgelenkt zu werden. Georg tat es ihr nach.

Karin fing an, mit deutlicher und fester Stimme, den einleitenden Absatz der Erzählung vorzulesen. Er endete mit den Worten: Seine vielen (...) kläglich dünnen Beine flimmerten ihm hilflos vor den Augen.

Nach einer kurzen Denkpause schaute sie zu Georg hinüber und versuchte, eine Regung in dessen Gesicht zu lesen, die auf irgendein Interesse am Text hindeutete. Doch Karin sah nichts weiter als angewiderte Langeweile bei ihm. Sie war tief enttäuscht darüber, dass kein Funke ihrer literarischen Begeisterung auf ihn übergesprungen war. Aber sie gab nicht auf. „Findest Du es nicht faszinierend, wie Kafka hier den Übergang von einem augenscheinlichen Alptraum in die schreckliche Realität beschreibt?", fragte sie fordernd. „Ja, schon", erwiderte er zögerlich. „So hatte ich das bislang gar nicht gesehen." Er lehnte sich zufrieden im Armlehnstuhl zurück, nachdem er sich rasch noch die Begriffe „Alptraum" und „Realität" auf den Rand seines Bandes notiert hatte. Nun kam er sich schon ein wenig gelehrt vor, als er die Erzählung mit eigener Hand kommentiert hatte.

Georg entwickelte langsam Interesse an Kafkas Roman, zumal die Frage des Protagonisten Gregor Samsa: „Was ist mit mir geschehen?", zu Beginn des zweiten Absatzes der Erzählung ihn schon etwas gespannt auf den weiteren Verlauf der Geschichte gemacht hatte.

Die Deutschstunde mit Karin neigte sich bereits ihrem Ende zu und die beiden verabredeten sich zur nächsten Lektion, die bei Georg stattfinden werde. „Danke, war interessant", sagte er, erhob sich und wollte schon das Zimmer verlassen, als sie erwiderte: „Warte, ich bring dich noch", wobei sie andeutete, ihn noch bis zur Haustür zu begleiten. Draußen angekommen, standen die beiden einen Moment unschlüssig voreinander, bis er mit einer ungelenken Bewegung Karin flüchtig in den Arm nahm. Dass er dabei errötete und sein Herz heftig schlug, bemerkte sie nicht. Sie erwiderte seine Umarmung zwar nicht leidenschaftlich, doch sie sträubte sich nicht dagegen. Mit einem hastigen „Tschüss bis nächsten Montag", verabschiedete sich Georg, wandte sich ab und machte sich auf den Heimweg.

Er war erleichtert der gewiss wohltuenden, aber auch aufregenden und verunsichernden Situation entkommen zu sein. Ihre Umarmungen zur Begrüßung und zum Abschied wurden im weiteren Verlauf ihrer mittlerweile zur Institution herangereiften Unterrichtsstunden zum liebgewonnenen Ritual.

Georgs Beiträge im Deutschkurs verbesserten sich langsam und nach ein paar Wochen häuften sich die wohlwollenden Kommentare des Studienrates Dr. Schmidt zu seinen Äußerungen im Leistungskurs. Karin und er blinzelten sich dann stets unmerklich zu.

An die Zeit, in der die Beiden immer vertrauter miteinander wurden, erinnerte er sich, derweil seine geistigen Vorbereitungen mit dem Skizzieren verschiedener Aufnahmesituationen für das sonntägliche Fototreffen mit Karin sich dem Ende näherten. Georg legte Skizzenblock und Bleistift beiseite und versuchte, sich die ausgedachten Posen und Orte im Stadtpark einzuprägen. Etwa zwei Stunden würde es noch hell sein, und er entschloss sich spontan, jetzt schnell in den Park zu radeln, um dort noch einmal alles durchzuspielen. Was bislang lediglich in seiner Vorstellung existierte. Die Fotoausrüstung ließ er bewusst zurück, um sie nicht durch Unachtsamkeit zu gefährden. Er wusste um seine Schwäche, bei Angelegenheiten, die er eben mal schnell erledigen wollte, leichtfertig zu sein. Er steckte sich lediglich ein Päckchen Karteikarten, Format DIN A6, in die Jeanstaschen. Sie dienten ansonsten den Unterrichtsvorbereitungen. Dazu den weichen Bleistift. Auf sein Gedächtnis verließ er sich nicht und wollte vorsichtshalber die Wege nachgehen, die er mit Karin abzulaufen vorhatte. Sie zumindest notierte er, um sich die peinliche Situation am Sonntag zu ersparen, einen zögerlichen und unvorbereiteten Eindruck bei ihr zu hinterlassen.

Er schwang sich auf sein Rad und erreichte in wenigen Minuten den Park. Zielstrebig steuerte er den Bismarckturm an. Schiebend freilich, denn das Radfahren war im Bochumer Stadtpark untersagt. „BT. Etwa fünf Aufnahmen", notierte er auf der ersten Karte und weiter: „Baum für Reflektor, rechts davor". Und so lief er kontinuierlich die Orte ab, die er sich schon bei den häuslichen Vorbereitungen zurechtgelegt hatte. Seine Notizen wurden zusehends knapper, bis er nur noch kryptische Abkürzungen verfasste, die sich lasen wie „it Sk NE, 10, B lh" für „italienische Skulptur am Nordeingang, zehn Aufnahmen, Baum für Reflektor links dahinter". Die Posen, die er sich für sie ausgedacht hatte, würden sich in gemeinsamen Überlegungen mit ihr spontan ergeben. Dessen war er sich sicher. „Sie vorab schriftlich fest zu legen, schränkt unsere Kreativität zu sehr ein", meinte er bei sich.

Diesen letzten Teil seiner Vorbereitungen erledigte Georg zügig und weit vor Einbruch der Dämmerung schob er sein Rad zum Ausgang und fuhr nach Haus. In der heimischen Garage angekommen, lehnte er es an die Wand, trat einen Schritt zurück und überlegte, wie er den Reflektor unbeschadet am darauf folgenden Vormittag zu Karin transportieren könne. Dass es schwierig sein würde, seine empfindliche Bastelarbeit in der Größe eines Quadratmeters am Fahrrad zu befestigen und es gleichzeitig tretend vorwärts zu bewegen, wurde ihm schlagartig klar.

Der Raum zwischen Lenkstange und Sattel in der einen und Oberrohr und Tretlager in der anderen Richtung maß gerade einmal 70 mal 80, statt der benötigten 100 mal 100 Zentimeter. Überdies hätte er den Rahmen samt Bespannung innen an den Tretkurbeln entlang führen müssen, so dass die Gefahr bestand, die Alufolie mit den eigenen Füßen zu zerreißen, sobald er in die Pedale träte. Er sei daher gezwungen, das Rad mit der einen Hand zu schieben und mit der anderen den Reflektor vorsichtig zu tragen. Seine Fototasche mit Kamera und Blitzgerät würde er dann auf dem Gepäckträger transportieren. Vorsichtshalber legte er sich ein paar Spannriemen zurecht, die sein Vater in einem der Garagenregale aufbewahrte. Georg verzichtete darauf, ihn dafür um Erlaubnis zu fragen. Solche Gegenstände gehörten zum Familienbesitz und waren keinem einzelnen Mitglied zugeordnet. Die Idee, seinen Rahmen am Fahrrad zu befestigen, hatte er ohnehin schon beiseitegelegt. „Mist", fluchte er, „jetzt muss ich für den Weg zu ihr mindestens eine Viertelstunde mehr einplanen. Und für die Strecke von ihr in den Stadtpark nochmals etwa zwanzig Minuten. Karin könne ihr Rad zu Hause lassen, und aus der zweisamen gemütlichen Radtour zum Park würde nichts," gestand sich Georg resignierend ein. Er nahm sich vor, sie gleich morgen Vormittag anrufen, um sie auf die Änderungen ihrer gemeinsamen Pläne vorzubereiten. „Hoffentlich ist sie nicht sauer", dachte er mit einem bangen Gefühl. „Sie hat doch wohl gute Laune, sonst steht der ganze Fototermin unter keinem guten Stern". Und er war schon wieder beunruhigt.

Es war Abend geworden an diesem Samstag im August und weil es mild, ja sogar warm und freundlich draußen war, hatte Renate Konrad beschlossen, das Essen für ihre kleine Familie auf der Terrasse zu servieren. Rasch hatte sie drei Teller, Besteck, zwei Gläser und eine Tasse auf den rustikalen Tisch gestellt. Wie gewöhnlich gab es auch heute Brot, Wurst und Käse. Eine Dose mit Cornichons, „Gürkchen", wie Renate Konrad die kleine Erfrischung nannte, rundete das bescheidene Mahl ab. Vater Heinz und Georg gönnten sich dazu ein Bier, derweil die Hausfrau sich ihren geliebten Tee, „ostfriesische Mischung", aufgebrüht hatte.

Am Fenster zum Wohnzimmer lehnte das gedruckte Blumenfoto, das der Sohn am frühen Nachmittag für seine Mutter aufgenommen hatte. „Guck mal, Heinz, ist das nicht schön", wandte sie sich an ihren Mann. „Ja, wirklich hübsch", erwiderte der ohne große Begeisterung. „Hat Georg mir geschenkt", setzte Renate nach. „Nett von dir", sagte der Vater eher teilnahmslos zum Sohn gewandt.

Sein Interesse an der Fotografie beschränkte sich auf gelegentliche Schnappschüsse auf diversen Urlaubsreisen. Sie dienten ihm als Dokumentation besuchter Orte und Landschaften und gehorchten keinen künstlerischen Ansprüchen. Gestochen scharf brauchte er sie und, wenn möglich, sollten sie das Auto abbilden, das die Konrads zur jeweiligen Zeit besaßen. Dass es sich dabei in der Regel um eines der Marke Opel handelte, war damals für eine Bochumer Familie nahezu selbstverständlich. Georg war jedes Mal genervt, wenn der Vater ihm stolz die Bilder zeigte, nachdem die Eltern aus dem Urlaub zu-

62

rückgekehrt waren, in die sie ihr Sohn schon seit ein paar Jahren nicht mehr begleitete. Er blieb aber immer so anständig, die Fotos mit anerkennenden Worten zu bedenken, auch wenn sie ihn langweilten. Sie zu kritisieren aus dem Blickwinkel eines engagierten Hobbyfotografen mit professionellen Ambitionen, wäre ihm ohnehin nicht in den Sinn gekommen.

Verirrungen

Nach dem Essen half Georg der Mutter, den Tisch abzuräumen, und verschwand in seinem Zimmer.

Das Fernsehprogramm am Samstagabend wollte
er sich nicht antun. Die angebotene Quizshows „Wer
knackt den Jackpot?", oder „Fröhlich sein mit Volks-
musik" waren ihm dann doch zu albern. Die Eltern
zeigten Verständnis. Sie selbst schalteten den „Jackpot"
ein, weil sie dort immer so schön mitraten konnten, wie
sie sagten.

Über die erste Runde des Ratespiels, das sich um Fragen der Allgemeinbildung aus Geschichte, Geografie
und Politik drehte, kamen sie selten hinaus. Enttäuscht
hierüber waren sie nicht, erfreuten sich indes an den
Antworten der Kandidaten, die der Moderator, denen
gegenüber mit einem begeisterten „Genau richtig" quittierte.

Georg war derweil hinauf in sein Zimmer gegangen,
hatte sich vor seinen Computer gesetzt und darüber
nachgedacht, womit er den Abend im Hinblick auf das
morgige Treffen mit Karin sinnvoll bestreiten könne.
„Bildbearbeitung üben", kam ihm in den Sinn.

Die entsprechende Software „Photoshop" hatte er
schon seit mehreren Monaten installiert. Zu einem Experten für das hochkomplexe Programm war er noch
nicht geworden. Er beherrschte lediglich einige Grund-
funktionen wie „Helligkeit", „Kontrast" oder „Farbbalance". Am Arbeiten mit „Ebenen" war er bislang ge-
scheitert. Diesen Grad der Abstraktion hatte er noch
nicht durchdrungen.

Dass er manche Aufnahmen des nächsten Tages
würde nachträglich bearbeiten müssen, hielt Georg

für wahrscheinlich. Er entschloss sich, es am Foto der Mama auszuprobieren das er am frühen Nachmittag aufgenommen hatte.

Er holt sich das Bild auf den PC und erstarrte. Natürlich sah er seine Mutter, die ihm vertraut wie niemand sonst war. Aber er sah auch eine attraktive Frau, deren Abbild auf dem Monitor ihm betörend reizvoll erschien. Er vergrößerte das Porträt, bis das Antlitz nahezu den gesamten Bildschirm einnahm. Da entdeckte Georg eine unnatürlich erscheinende Rötung auf der Wange unterhalb des rechten Auges. Diesen Bildausschnitt zog er größer, sodass er kein Gesicht mehr erkannte, sondern nur ein Stück Haut, durchzogen von Poren und bedeckt mit winzigen Haaren und minimalen Pusteln. Er markierte die rote Stelle und wählte aus der Filterpalette seines Programms das Merkmal „mattieren". Er betätigte die „Entertaste" zur Bestätigung, die Haut wirkte augenblicklich gleichmäßiger und reiner.

Die noch immer störende Rötung veränderte er mit der Funktion „selektive Farbbalance" in ein natürlicher wirkendes „gelb-beige". Jetzt erschien der markierte Ausschnitt aus wie mit einem Puder geschminkt, glatt, matt und seidig schimmernd.

Georg war mit dem Ergebnis ausgesprochen zufrieden und wiederholte die Prozedur an anderen Stellen, die ihm in der Vergrößerung kosmetisch unrein erschienen waren. Er setzte danach das Bild wieder auf die ursprüngliche Größe zurück. Aus dem Gesicht war eine Fläche nicht zusammenhängender Elemente geworden, so, als habe jemand quadratische, längliche oder runde Pflaster darauf geklebt. Das Foto, das schon lange nicht mehr das Bild seiner Mutter, sondern nur das Experimentierfeld eines Fotoshoplaien war, sah schrecklich aus.

Georg kehrte rasch zum Originalbild zurück und beschloss, die Nachbearbeitung aufzugeben. Ein natürliches Gesicht mit kleinen Fehlern sah allemal besser aus als ein stümperhaft verändertes.

Bei den Fotos von Karin, so schwor er sich, wolle er auf jede Art von Bearbeitung verzichten. Zu fotografieren strebte er an, sonst nichts.

Mittlerweile war es spät geworden, Georg schaltete den Computer aus und trottete hinunter ins Wohnzimmer. Seine Eltern waren bereits in ihr Schlafzimmer verschwunden.

Er holte sich ein Bier aus dem Kühlschrank, setzte sich vor den Fernseher und zappte ein wenig durch die Programme. Da er nichts fand, das ihn fesselte, schaltete er den Apparat aus und legte sich ebenfalls schlafen. Weil er sich sicher war, alles für den entscheidenden Sonntag bedacht zu haben, schlummerte er zufrieden ein.

Im Traum erschien ihm Karin. In einem schlichten blauen Sommerkleid tanzte sie durch den Park. Ausgelassen lachend, hüpfte, lief und drehte sie sich. Ihre Bewegungen waren schneller, als ihr Kleid ihnen folgen konnte. Sie sprang so behände über den Rasen, dass der Wind immer mal wieder einen Blick auf ihre bloßen Beine und ihren blütenweißen Slip freigab.

Sie störte sich nicht daran. Mit keiner schamhafte Bewegung versuchte sie, ihren Körper vollständig bedeckt zu halten. Sie schien es sogar zu genießen, dass Wind und Sonne ihre Haut umschmeichelten. Karins fröhliches Lachen verstummte nie. Georg erwachte und verspürte eine heftige Erektion. Sich zu erleichtern, drängte es ihn. Doch er verbot sich eine schnelle Befriedigung und genoss eine Weile dösend das wohlige Gefühl einer ungelösten Spannung. Sobald die ersten Sonnenstrahlen in sein Zimmer drangen und ihn blinzeln ließen, riss ihn ein heftiges Niesen endgültig aus dem Dämmerzustand, in dem er die letzten Minuten unter seiner Bettdecke verharrt hatte.

Georg stand auf, rieb sich die anhaltende Müdigkeit aus den Augen und lief ins Bad. Er putzte sich ausgiebig die Zähne und duschte solange, bis er sich ganz sauber fühlte. Mit frischen Handtüchern rubbelte er sich trocken, er brauchte immer drei, eins für die Haare, eins für den Oberkörper und eins für untenrum. Er sprühte sich mit einem Deospray, Typ „herb, sportlich" ein.

In einen Morgenmantel gehüllt, tappte er zurück in sein Zimmer und zog sich an. Sorgfältig wählte er ein ungetragenes weißes T-Shirt, seine besten Jeans, ein frisch gewaschenes und gebügeltes rotes Flanellhemd und schwarze Sneaker aus. Die Schuhe bürstete er am offenen Fenster aus, um die letzten Reste Straßenstaub zu entfernen. Im Spiegel an der Innenseite des Kleiderschrankes überprüfte er seine Erscheinung. Proper sah er aus, und erfrischt fühlte er sich, äußerlich zumindest bestens gerüstet für die Begegnung mit Karin.

Er ging nach unten, um ausnahmsweise gemeinsam mit den Eltern zu frühstücken. Er zog das Ladegerät des Akkus aus der Steckdose und stellte befriedigt fest, dass er komplett geladen war und den Tag mit vielen Aufnahmen durchhalten würde. Die Karten mit den Notizen für den Fototermin hatte er noch aus der alten in die neue Jeans gesteckt.

Als Georg in die Küche kam, hatte Mutter Renate den Frühstückstisch bereits gedeckt. Es fehlten lediglich der frisch aufgebrühte Tee für sie und der Mokka für Vater Heinz. Die Maschine blubberte schon.

„Schön, dass du uns Gesellschaft leistest, ich setz' dann mal zusätzlichen Kaffee auf", meinte Renate mit einem anerkennenden Blick auf ihren so ordentlich gekleideten Sohn.

Gewöhnlich lief Georg am Sonntag zu dieser frühen Stunde noch ungewaschen im Schlafanzug herum. „Hast du was Besonderes vor?" „Ja, schon, Karin und ich wollen ihren neuen Fotoapparat ausprobieren und ein paar Aufnahmen von den Skulpturen im Stadtpark machen", schwindelte er seiner Mutter vor. „Ach so", erwiderte sie, wohl ahnend, dass es nicht die ganze Wahrheit war. Ihr reichte die unerwartete Aussicht auf ein gemeinsames Sonntagsfrühstück mit ihrer Familie. „So gegen zwölf machen dein Vater und ich uns auf den Weg", ergänzte sie noch.

Georg war zufrieden, passte das doch perfekt in seinen Zeitplan. Heinz stand auf, griff sich die „Ruhrnachrichten" vom Esszimmerregal, ging ins nebenliegende Wohnzimmer und setzte sich in einen Sessel. Ein untrügliches Zeichen, dass er das Frühstück für beendet erklärt hatte.

Auch Renate und Georg standen auf, deckten den Tisch ab und trugen Geschirr und Besteck in die Küche, wo sie es gleich in die Spülmaschine räumten. Heinz beteiligte sich nicht an dieser von ihm als „Hausfrauenarbeit" titulierten Tätigkeit. Er widmete sich derweil den Sportnachrichten vom VfL, dessen Entwicklung er nach dem Abstieg in die Zweite Liga stets mal sorgenvoll, mal wütend kommentierte. Ein bisschen traurig war er, dass er in seinem Jungen keinen Gesprächspartner fand, mit dem er über Fußball diskutieren konnte. Überhaupt ging ihm das vertraute Verhältnis zwischen Mutter und

Sohn ein wenig „gegen den Strich". Er fühlte sich ausgeschlossen, sprach aber nie darüber.

Georg zog sich nach der kurzen Hausarbeit in sein Zimmer zurück, derweil Renate in der Küche blieb und aufräumte. Ihr war es wichtig, das Haus in einem ordentlichen Zustand zurückzulassen, bevor sie es mit ihrem Mann verließ.

In seinem Zimmer griff er sich das Smartphone, um Karin anzurufen. Sie meldete sich so schnell, als habe sie auf den Anruf gewartet. Er erklärte ihr sofort mit entschuldigenden Worten, dass er statt mit dem Fahrrad zu Fuß kommen müsse, wegen des zu sperrigen und empfindlichen Reflektors, wie er ihr erläuterte. Karin reagierte weder enttäuscht noch verärgert auf diese Programmänderung. „Okay, macht nichts, ich freue mich, bis nachher", mehr nicht. Georg war froh und erleichtert, als das kurze, aber freundschaftliche Gespräch endete.

Es blieb eine knappe halbe Stunde, bis Renate und Heinz Konrad das Haus verließen. Die Zeit nutzte er, um noch einmal die Sachen für den Fototermin zu überprüfen. Wie oft er das schon durchgespielt hatte, wusste Georg nicht mehr.

Er schmunzelte über solche Akribie, die sonst nicht zu seinem Charakter passte. Vor allem nicht, wenn es sich um Schularbeiten handelte. Zwischendurch sah er immer wieder aus dem Fenster, ob sich nicht doch noch ein paar bedrohliche Regenwolken zu den vereinzelten dicken weißen Cumulus gesellten, die in mitteleuropäischen Breiten so gut wie nie Regen bedeuteten. Das wusste er aus dem Geografieunterricht, in dem einmal nebenbei über die Bedingungen der Regenbildung in Westeuropa gesprochen worden war.

Das Wetter versprach stabil zu bleiben. Licht und Schatten würden sich abwechseln. Ideale Voraussetzungen für aufregende und abwechslungsreiche Lichtsituationen. „Besser geht's nicht", murmelte er. „Tschüss, wir fahren jetzt los", rief Renate herauf. Endlich war Georg allein und er gab sich der Vorfreude hin. Das Geräusch zuschlagender Autotüren und das wohlige Brummen des Opelmotors kündigten von der endgültigen Abfahrt seiner Eltern.

Mit dem Fahrrad hätte er etwa zehn Minuten für den Weg zu Karin benötigt. Zu Fuß bräuchte er, mindestens eine halbe Stunde, rechnete sich Georg vor. Für mögliche Verzögerungen auf dem Weg gab er nochmals eine Viertelstunde hinzu. Vorsichtshalber nahm er eine ganze ins Kalkül. Er wollte auf keinen Fall auch nur wenige Minuten zu spät kommen. Er könne notfalls einen Spaziergang um den Block unternehmen, bevor er kurz vor zwei an ihrer Haustür läuten würde.

Georg fing an, sorgfältig seine Sachen zu packen. Zuerst legte er die Kamera mit aufgestecktem Blitzgerät rücklings in die Fototasche, wobei er darauf achtete, dass sowohl der Fotoapparat als auch das Blitzlicht ausgeschaltet waren und die entsprechenden Hebelchen nicht von allein von „off" auf „on" springen konnten.

Die Tasche hängte er sich so um die Schulter, dass sie sicher hing und sich dennoch beide Arme frei bewegen ließen. Daraufhin ging er hinunter in die Garage, wo er seinen Reflektor über Nacht aufbewahrt hatte, ergriff ihn mit der linken Hand, lief ums Haus zur Eingangstür und sperrte zweimal ab. Leise ahmte er das Geräusch des Schlosses „klick, klack" nach, um sich später erinnern zu können, die Tür ordentlich gesichert zu haben.

Er lief los zu Karin. Gut vier Kilometer lagen vor ihm. Kein Problem für Georg. Seit Jahren fuhr er regelmäßig Fahrrad und hatte sich eine Kondition zugelegt, mit der er eine solche Strecke zu Fuß mühelos bewältigte.

Sein Weg führte ihn erst einmal durch eintönige Wohnstraßen, deren graue bis milchig weißen Hausfassaden durch Balkongeranien oder vereinzelte Heckenrosen ein wenig Farbe bekommen hatten.

Hin und wieder stieg Georg der Geruch eines in irgendeiner Küche brutzelnden Sonntagsbratens in die Nase, manches Mal schon vermischt mit dem Duft eines noch warmen Kuchens für die nachmittägliche Kaffeetafel.

In den Vorgärten prangten sorgfältig gestutzte und zum Teil in bizarre Formen geschnittene Buchsbäume, die einen eigentümlichen Kontrast zu den meist blauen Müllcontainern bildeten, die mal offen und mal in vergitterten Waschbetonhäuschen vor Mehrfamilienhäusern standen. „Kleinbürgerlich und spießig", schoss es ihm kurzzeitig durch den Kopf. Doch die Bilder, die Georg auf dem Weg wahrnahm, beschäftigten ihn nur kurz. Es war ihm ohnehin alles vertraut. Es war ja sein Revier.

Als er in die Straße „Am Varenhold" einbog, hatte er den Ortsteil „Stiepel" erreicht und es waren nun nur noch wenige hundert Meter zum Haus, in dem Karin und ihre Eltern wohnten. Die Gegend, in der er sich jetzt bewegte, war geprägt von einer Atmosphäre gutbürgerlichen Wohlstandes.

Kein Bratengeruch waberte durch die Luft, sondern eher der dezent rauchige Duft vereinzelter Kaminfeuer, gemischt mit dem Sommerparfüm frisch gemähten Rasens. Einzeln stehende Bruchsteinhäuser gesellten sich zu leicht überschaubaren Reihenhausanlagen mit glatten, roten Klinkerfassaden. Müllcontainer standen hier nicht vor, sondern unsichtbar hinter den Wohnhäusern oder in Garagen, die farblich und im Stil den zugehörigen Gebäuden angepasst waren. Der Ausdruck „gediegen" kam Georg in den Kopf. Ein Begriff, der nicht zum aktiven Wortschatz der Familie Konrad gehörte.

Zielstrebig steuerte er das Haus Kemnader Straße 21 an. Jetzt schaute er wohl zum zehnten Mal, nachdem er von Zuhause losgelaufen war, auf seine Armbanduhr. Die Zeiger wiesen auf 16 Minuten vor zwei. Den zeitweise so beliebten Uhren mit einer digitalen Anzeige hatte er die Zuneigung verweigert. Modisch war Georg analog geblieben.

Jetzt blieb ihm noch etwas mehr als eine Viertelstunde, bis er an Karins Tür klingeln würde. Er suchte eine Sitzgelegenheit. Ein bisschen müde waren seine Beine schon nach den letzten Kilometern strammen Schrittes. Er fand sie im Wartehäuschen einer Bushaltestelle in der Nähe.

Er lehnte den Reflektor, den er auf dem Weg abwechselnd mit der linken und und der rechten Hand getragen hatte, innen an die Glaswand der Haltestelle, und setzte sich auf die metallene Bank.

Er kramte sein Tabakpäckchen aus der Jeanstasche und drehte sich eine Zigarette. Er schob sie zwischen die Lippen und wollte sie gerade anzünden, als er innehielt. Er zog die Selbstgedrehte wieder aus dem Mund und steckte sie zurück zum losen Tabak. Karin mit nach Rauch riechendem Atem gegenüber zu treten, schien ihm keine passende Idee zu sein. Er wusste, sie verabscheute Tabakrauch.

Er hätte jetzt gern geraucht, stattdessen nahm er mit einem Zitronendrops vorlieb, den er vorsorglich eingesteckt hatte, weil er dessen erfrischende Wirkung schätzte. In Wahrheit war er froh, jetzt nicht zu rauchen, und sah der schon zur Gewohnheit gewordenen Umarmung bei der Begrüßung mit freudiger Erregung entgegen.

Im Park

Georg sah nochmals auf die Uhr und schlenderte um drei Minuten vor zwei zum Haus. Dort angekommen, drückte er beherzt auf den Klingelknopf und trat einen Schritt von der Tür zurück, nachdem er von draußen einen satten Glockenlaut vernommen hatte, der ihm von seinen zahlreichen Studienbesuchen vertraut war.

Nach wenigen Sekunden öffnete sich die Tür und im Rahmen stand Karin, lächelnd in einem bordeauxfarbenen Sommerkleid, dessen Saum etwa zwei Handbreit über ihren Knien endete. „Hallo, Georg, prima, wollen wir gleich los?", sprudelte sie hervor, während ihre Worte beinahe in ihrer freundschaftlichen Umarmung erstickten.

Ihm gelang es zum Glück noch, eben seinen empfindlichen Reflektor im Türrahmen abzustellen. „Okay, toll siehst du aus", stammelte er unbeholfen. Karin schloss die Tür und drehte ihren Schlüssel sorgfältig zweimal um und ließ ihn dann in ihre zierliche, hellbraune Handtasche gleiten.

Sie machten sich auf in den nahe gelegenen Stadtpark. Dort steuerte Georg den Bismarckturm an, um vor dessen Kulisse die ersten Aufnahmen zu schießen.

Karin beobachtete eher unbeteiligt als aufmerksam, wie er seine Kamera einstellte und umständlich den Reflektor an dem Stamm eines nahe stehenden Baumes zu befestigen versuchte. Sie wandte sich rasch ab und rannte auf den Turm zu, um sich an sein Gemäuer zu schmiegen. Es schien, als seien sie schon lange miteinander befreundet, sie und der Bismarckturm. Georg bemerkte, wie intuitiv sie sich als Fotomodell inszenierte. Er vergaß alle Vorbereitungen, schnappte sich seine Kamera, hetzte ihr hinterher und fotografierte. Karin hatte derweil ihre Schuhe ausgezogen und lief barfuß um den Turm herum. Mal stellte sie das linke Bein auf die Stufen, die zum Sockel hinauf führten, und wies mit dem rechten Arm nach oben auf die Spitze.

Dann wieder hockte sie sich auf einen Treppenabsatz, umschlang ihre Knie mit beiden Armen und lachte Georg unbefangen in die Kamera.

Kurz darauf setzte sie sich auf die Mauer, die den Turm einfasste, warf ihren Kopf in den Nacken und schaute zu ihm hinauf, als wolle sie ihn um seine Zuneigung bitten. An den zahlreichen anderen Besuchern des Parks, die ihr an diesem sonnigen Sonntag zuschauten, störte sie sich nicht.

Karin flirtete mit dem Turm und dem Fotoapparat in so flinken Regungen und wechselnden Posen, dass Georg ihr kaum folgen konnte.

Das beständige Klicken der Kamera und das Lichtgewitter aus dem Blitzgerät bot den Takt zu einer Musik aus Licht, Schatten und Bewegung. Karin hatte schon lange die Regie übernommen. Das Modell beherrschte die Szene, nicht der Fotograf.

Seine aufwendigen Überlegungen erschienen Georg mittlerweile unbedeutend und weit entfernt wie aus einer vergangenen Zeit, obwohl er sich wenige Stunden zuvor konzentriert darin vertieft hatte. Jetzt versuchte er gar nicht mehr, das Heft des Handelns zu übernehmen. Er überließ es ihr und war hingerissen von der Poesie des Augenblicks. Zeit, sich die fotografierten Motive, auf seinem Display anzuschauen, hatte er noch nicht gefunden. Georg wollte das in der nächsten Pause nachholen. Karin würde sich ja mal ausruhen müssen, hoffte er bei sich. Doch noch zeigte sie keine Spur von Müdig-

76

keit oder gar Erschöpfung. Immer weiter tollte sie umher, fand dauernd neue Orte, mit denen sie spielte. Einen Findling, einen Baumstumpf und die Feuerschale rechts vor dem Sockel des Bismarckturms, auf deren Rand sie sich setzte und ihre Beine baumeln ließ.

Er hetzte hinter ihr her, stets auf der Suche nach der richtigen Perspektive. Das gelang ihm nur zum Teil und bei manchem Schuss wusste er gleich, dass der daneben gegangen war.

Noch immer war Georg begeistert, wie leichtfüßig, ungezwungen und impulsiv sich Karin bewegte, wie sie es genoss, sich seiner Kamera hinzugeben.

Langsam wurde er müde. Er war es überdrüssig, ständig hinter ihr her zu rennen, ohne selbst Einfluss auf das Geschehen zu haben. Andauernd hastig zu fotografieren, um bloß keine Gelegenheit für ein vielversprechendes Motiv zu verpassen, entsprach so gar nicht seinen Vorstellungen.

Er wollte Bilder konzentriert und in Ruhe inszenieren und erst dann auf den Auslöser drücken, wenn er die Szenerie für gelungen und ausreichend durchdacht hielt. Schnappschüsse gehörten nicht dazu.

Georg hob den Arm, um ihr zu signalisieren, dass er etwas von ihr wolle. Sie bemerkte es erst nicht, reagierte dann aber, als er nach ihr rief und kam zu ihm gelaufen.

„Was gefällt dir nicht?", fragte Karin sofort. Sie hatte an seinem Gesichtsausdruck gleich gemerkt, dass er unzufrieden war. „Habe ich was falsch gemacht?", „Nein, gar nicht", erwiderte er abwiegelnd. Es behagte ihm nicht, den Lehrmeister zu spielen. Die Rolle passte nicht zu ihm. Was es denn dann sei, wollte sie weiter wissen.

Georg druckste herum und kam endlich damit raus, dass es ihm zu hektisch ablaufe. Es sei ihm wichtiger, dass sich eine Szene für ein Foto in Ruhe entwickeln könne. Karin war einverstanden und er schlug vor, zur Skulptur „La Grande Ruoto" zu wechseln. Für diesen Ort habe er sich ein paar Fotoideen zurechtgelegt.

Die beiden marschierten los in Richtung Parkeingang Bergstraße. Dort hatte man die imposante Stahlplastik aufgestellt, deren Material und Wuchtigkeit einen weithin sichtbaren Bezug zur Schwerindustrie des Ruhrgebiets herstellte.

Nach wenigen Minuten standen sie vor der Skulptur. Karin sah fragend zu ihm hinüber, als warte sie auf seine angekündigten Ideen. Weil die massige Stahlplastik Ausmaße hatte, die leicht einen erwachsenen Menschen aufnahm, bat Georg sie darum, mal hineinzuklettern und sich auf die eingelassene Platte zwischen dem Außenring zu setzen oder zu legen. Die Sommersonne hatte das Metall auf eine angenehme, handwarme Temperatur gebracht und Karin kraxelte behände und vergnügt hinein. Die ausholenden Kletterschritte, die ihr das stählerne Kunstwerk abverlangte, ließen ihr Kleid immer mal wieder so weit nach oben rutschen, dass ihre Beine bis hinauf in den Schritt bloß lagen und ihr weißer Slip in der Sonne strahlte. Karin störte sich daran nicht.

Auch nicht, als sie bemerkte, dass Georg ihre Kletterkünste aufmerksam verfolgte.

Sie begann sofort, sich in die voluminöse Skulptur zu schmiegen. Sie saß, sie stand, sie legte sich in die oder kniete auf der von einem massigen Ring umhüllten Stahlplatte.

Karin beachtete jetzt, ihre Bewegungen bedächtig, langsam und geschmeidig zu vollziehen, immer darauf achtend, Ideen und Vorschläge entgegenzunehmen. Die aber kamen nicht. Georg vermied es bewusst, das sich ihm darbietende Schauspiel zu unterbrechen. Er hatte bereits mehr als ein dutzend Mal auf den Auslöser gedrückt, immer dann, wenn ihm eine Pose ins Auge gefallen war. Zwischendurch hielt sie inne und sah ihn fragend an. „Mach nur weiter so" bemerkte er, denn eigene Ideen hatte er keine mehr. Karin war das vollendete Modell. Das war ihm klar geworden, und er freute sich riesig, sagte aber nichts.

Es wurde allmählich dämmrig und die untergehende Sonne, tauchte die Szenerie aus Bäumen, Rasen, Stahlkoloss und Karin in ein warmes, goldenes Licht, die er unbedingt noch einfangen wollte.

Er drückte ein paar Mal auf den Auslöser und ließ dann die Kamera erschöpft sinken. Für sie das Signal, vom Kunstwerk herabzusteigen und zu Georg zu laufen.

„Zeig doch mal", forderte sie ihn auf. Ihm war ein bisschen mulmig zumute. Er hätte die Sichtung gern zu Beginn allein vorgenommen, um misslungene Fotos zu löschen, bevor Karin sie sah und womöglich enttäuscht wäre. Fehlschüsse erwartete er vor allem vom ersten Teil am Bismarckturm, als er hinter dem Modell herhetzte und es mehrmals nicht voll erwischt hatte.

Manches Missgeschick hatte es dabei bestimmt gegeben. Und er zögerte, das zu zeigen. Auf der anderen Seite war er selbst über die Maßen gespannt auf die Fotos und konnte es kaum abwarten, die Ergebnisse seines ersten wirklichen Fototermins zu sehen. Er akzeptierte ihren Wunsch, bat sie aber darum, die letzten Aufnahmen zuerst anzuschauen, um sich dann langsam nach vorn durchzuarbeiten. Ihr war es recht.

Sie ließen sich im Schatten der „Grande Ruota" auf dem Rasen des Parks nieder. Um gemeinsam ins Kameradisplay zu gucken steckten sie ihre Köpfe zusammen.

Er nahm wieder Karins betörenden Duft wahr, diesmal angereichert mit dem Geruch frischen Sommergrases und gänzlich frei vom Schulmief ihrer Busfahrt vom vergangenen Freitag.

Langsam ließ Georg Bild für Bild auf dem kleinen Monitor erscheinen. Dabei versuchte er, aus den Augenwinkeln in ihrem Gesicht zu lesen.

Doch er entzifferte nichts. Kein Zeichen von Freude oder Überraschung, aber auch keines von Enttäuschung oder gar Wut. Ihr Ausdruck blieb unbeweglich, ernst. Und Karin schwieg.

Georgs Kehle schnürte sich ständig mehr zu, bis der Kloß in seinem Hals schmerzte und er mit Tränen der Verzweiflung zu kämpfen hatte. Sie bemerkte davon nichts. Als sie allmählich das Ende der Bilderstrecke erreicht hatten und Karin immer noch schwieg, war er schon so tief verzweifelt, dass er nur teilnahmslos die letzten Aufnahmen auf den Monitor holte.

Doch dann vernahm er ein leises, hingehauchtes „Toll, ganz toll", aus ihrer Richtung. Georg meinte zunächst, sich ihre so sehnlich erhoffte Reaktion nur eingebildet zu haben, setze sich auf, drehte sich zu ihr und sah ihr direkt ins Gesicht.

Sie strahlte ihn an und sagte jetzt deutlich vernehmbar: „Wunderschöne Bilder, sie gefallen mir sehr." Ihm fiel ein Stein vom Herzen, sein Kloß im Hals war weg.

Er stand auf, zog Karin auf die Beine, umarmte sie und drückte sie an sich. Sie duldete es, spannte aber sofort ihren Körper und schob ihn sanft von sich.

Er verstand und ließ sie los. Beide schwiegen und sahen verlegen zu Boden. „Entschuldige", stammelte Georg leise. „Ist schon okay", erwiderte Karin und lächelte. Die Spannung war gelöst und sie beschlossen, mit einem kleinen Umweg durch den Park, sich auf den Heimweg zu machen. Die Sonne war bereits hinter den Bäumen verschwunden und ein lauer Abendwind kühlte ihre aufgewühlten Gemüter.

An Karins Elternhaus angekommen, verabschiedeten sie sich mit ihrer gewohnten freundschaftlichen Umarmung, bei der Georg es vermied, sie an sich zu pressen. Er wäre gern noch etwas geblieben, traute sich aber nicht, sie darum zu bitten, hob noch einmal den Arm zum Abschied und trottete davon.

Wirklich enttäuscht darüber, dass Karin ihn nicht mehr hereingebeten hatte, war er nicht. Schließlich, so fand er, hätte dieser Sonntag, dessen Vorbereitung ihn viel Mühe und Aufregung gekostet hatte, gar nicht besser verlaufen können.

Und so lief er jetzt beschwingt nach Hause. Von Meter zu Meter wurden seine Schritte schneller. Er konnte es kaum erwarten, die Fotos auf dem Computer übertragen und sie in voller Größe alle noch einmal in Ruhe zu betrachten. Schon nach etwas mehr als 20 Minuten erreichte er die Knappschaftsstraße 25 und ging hinein.

Erleichtert stellte er fest, dass die Eltern noch nicht zu Hause waren. So brauchte er sich nicht die öden Geschichten vom Besuch bei Tante Erika und Onkel Otto anzuhören, mit denen ihn seine Mutter ansonsten in einem nicht enden wollenden Redeschwall überfallen hätte. Vater Konrad würde es vermutlich bei einem kurzen „war nett" belassen und Georg wäre ausreichend informiert gewesen.

Es blieb ihm beides erspart und er lief sofort hinauf in sein Zimmer, wo er zuerst die Speicherkarte seiner Kamera an den Computer anschloss und die Fotos auf dem nahezu fernsehgroßen Monitor betrachtete. Mit einem

Schnelldurchgang durch die über 80 Aufnahmen verschaffte er sich zunächst einen groben Überblick und bemerkte dabei gleich, dass er etliche Bilder würde aussortieren müssen.

Sie waren entweder nicht scharf oder der Bildaufbau war gänzlich missraten. Georg hatte damit gerechnet und es beunruhigte ihn nicht sonderlich. Falls seine Ausbeute bloß aus fünf gelungenen Fotos bestünde, hätte sich der Nachmittag gelohnt.

Dann sah er sich jedes einzelne Bild aufmerksam an. Er achtete dabei auf die Details, Schärfe, Ausleuchtung, Pose, Bildaufbau.

Die Aufnahmen am Bismarckturm fand er zunächst fast alle misslungen. Sie entsprachen nicht seinen Ansprüchen.

Die rasanten Bewegungen des Modells hatten es kaum erlaubt, sich auf ein Motiv so zu konzentrieren, dass ein optimales Ergebnis möglich gewesen war.

Das war ihm klar und trotzdem verdunkelte sich seine Miene von Foto zu Foto. Dass Karin dennoch beim ersten Durchblättern schon begeistert war, verstand Georg nicht mehr. Er konnte es sich nur damit erklären, dass der bescheidene Monitor der Kamera manchen Fehler verzieh, der auf dem ausladenden Bildschirm des Computers brutal zur Geltung kam.

Er war jetzt schon fast bei den ersten Bildern angekommen, weil er die einzelnen Abschnitte, Bismarckturm und Skulptur, in umgekehrter Reihenfolge begutachtete. Da entdeckte er das Motiv, als sie sich gleich zu Beginn an den Turm geschmiegt hatte. Er stutzte und ließ das Bild stehen. Es übte eine eigenartige Faszination auf ihn aus. Die weit ausgestreckten Arme Karins schienen das Gemäuer zu umfassen, ihre Wangen die Steine zu liebkosen, wobei ihre zerzausten Haare eine wilde leidenschaftliche Erregung ausdrückten. Ihre Beine waren für einen sicheren Stand leicht gespreizt. Ihr Becken presste sich an die rauen Bruchsteine und der Wind hatte ihr das Kleid bis hinauf an den Po geweht, der sich deutlich abzeichnete.

„Liebesakt mit Turm", schoss es Georg durch den Kopf. Er holte tief Luft und schloss die Augen für einen Moment, um nicht von der erotischen Aura des Fotos überwältigt zu werden. Sofort griff er nach einem Kugelschreiber und einem Notizzettel auf seinem Schreibtisch und notierte sich die Bildnummer mit einem dicken Ausrufezeichen dahinter.

Auch die Aufnahme, als sie sich auf den Rand der Feuerschale gesetzt hatte, fand der Fotograf ebenso gelungen, wenngleich es in seiner Ausstrahlung nicht an das Turmmotiv heranreichte. Diese Bildnummer notierte er ebenfalls. Auf das Ausrufezeichen verzichtete Georg.

Die restlichen Motive aus der Serie Bismarckturm überzeugten ihn nicht.

Es waren zwar ein paar ansehnliche Fotos darunter, aber begeistern konnte ihn keines mehr. Das änderte sich schlagartig, sobald er bei den Bildern an der Spagnulo-Skulptur angelangt war. Hier fand er nur vereinzelt mal ein Foto, die ihn zu einem selbstkritischen Stirnrunzeln veranlasste. Die meisten Aufnahmen dieser etwa 20 Fotos umfassenden Serie begeisterten ihn und hielten sogar der zweiten nachschauenden Kontrolle stand.

Karin hatte der Bitte entsprochen, sich langsamer zu bewegen. In ihren Posen verharrte sie öfter mal einen längeren Augenblick. Es waren ihm immer wieder Fotos geglückt, bei denen die Zeit ausreichte, sie sorgfältig zu arrangieren, so wie es seiner Vorstellung von Fotografie entsprach. Und ebenso hatte sich Karin selbst inszeniert.

Erst jetzt, beim Betrachten der Bilder, fiel Georg der dramatische Kontrast zwischen der gewaltigen Skulptur und dem zierlichen Mädchenkörper auf.

Vorhin im Park hatte er sich aufs Fotografieren konzentriert und den Gesamteindruck beinahe aus den Augen verloren.

Wenn er ein respektabler Fotograf werden wolle, müsse er neben dem Hauptmotiv auch immer die Umgebung im Blick haben, sann Georg und nahm sich vor, daran zu arbeiten.

Jetzt aber genoss er seine Fotos. Besonders angetan war er von der Szene, als Karin sich seitlich auf die Stahlplatte im Zentrum gelegt hatte und gleichzeitig ihren rechten Arm oberhalb ihrer Haare an den inneren Ring der Skulptur lehnte. Dabei hielt sie die Beine angewinkelt und ihren Kopf sacht nach vorn gebeugt, sodass ein paar schwarze Strähnen über ihr Gesicht fielen.

„Im stählernen Bett kurz vorm Erwachen", assoziierte Georg sofort. Dass ihr Kleid mittlerweile ausgesehen hatte wie ein zerknittertes Nachthemd, war von ihr nicht bemerkt worden und er empfand es beim Betrachten des Bildes als besonders reizvoll und erregend.

Hinter die Nummer dieser Aufnahme zeichnete Georg drei Ausrufezeichen mit einem dicken roten Filzstift. Er hatte seinen Favoriten gefunden.

Wie Karin reagieren würde, konnte er natürlich noch nicht sagen. Eine kleine Präsentationsmappe plante er für sie zusammenzustellen.

Die für ihn zehn besten Fotos sollten in Klarsichthüllen gesteckt und in einem Schnellhefter so angeordnet werden, dass man sie durchblättern konnte.

Georg nahm sich vor, sie dahingehend anzuordnen, dass eine Dramaturgie entstand. Anfangs die gelungenen, aber nicht perfekten Aufnahmen und zum Ende dann die Fotos mit den Ausrufezeichen.

Der Abschied

Nachdem Georg die ausgesuchten Motive gedruckt hatte, stellte er die Mappe in der von ihm festgelegten Reihenfolge zusammen.

Das Ergebnis gefiel ihm aber erst, als er ein paar der Aufnahmen untereinander ausgetauscht hatte. Das funktionierte problemlos. Die Schnellheftermethode mit den vorgelochten Klarsichtfolien fand er nahezu genial.

Die fertige Mappe verstaute er in seiner Schultasche, um sie am nächsten Vormittag in der Schule Karin zu zeigen. Er konnte es kaum erwarten, wusste aber nicht sofort, wo und wann das am besten geschehen könne, ohne die Aufmerksamkeit anderer Mitschüler zu provozieren. Unkompliziert würde das sicher nicht werden, meinte er bei sich. Es beunruhigte ihn nicht, denn er vertraute auf seine spontanen Einfälle.

Montag war der Tag der Woche, den er hasste und den er möglichst schnell hinter sich bringen wollte. Dass es den meisten Menschen ähnlich erging, tröstete ihn kaum. Doch diesmal war es anders. Er sehnte diesen Tag buchstäblich herbei, so, wie er den Fotosonntag nicht hatte erwarten können.

Bloß übermäßig aufgeregt war er nicht. Er war sich sicher, dass er Karin beeindrucken werde, hatten sie doch schon die Monitorbildchen begeistert. Wie beeindruckt wäre sie erst von den großformatigen Fotos sein, die er ihr, überdies in einer ansprechenden Mappe, würde präsentieren können. Er freute sich.

Den Rest des übrigen Sonntags blieb er in stiller Harmonie auf seinem Zimmer. Bei einer Flasche Rotwein, die er sich aus den bescheidenen Vorräten der Eltern erbeten hatte, verbrachte er den Abend mit den Fotozeitschriften von denen er sich ein paar weitere Tipps zum Thema Porträt erhoffte. Als er beim dritten Glas angekommen war, umnebelte ihn eine wohlige Müdigkeit. Georg beschloss, diesen Tag zu beenden.

Bevor er ins Bett kroch, widmete er sich, ausgiebiger als sonst, der abendlichen Routine aus Waschen und Zähneputzen. Als er sich den Mund ausspülte, rann eine dünne zähflüssige, schwarze Spur das Waschbecken hinab, die er erst nach mehrmaligem, erneuten Spülen und Gurgeln wieder in seine normale dünnflüssige und klare Konsistenz verwandelte.

Der Rotwein haftete hartnäckig in Mund und Rachen. Eine Folge, die ihn dazu bewog, zukünftig auf dieses Getränk zu verzichten. Es ekelte ihn. Und das, obwohl es ihm lecker geschmeckt und er die entspannende Wirkung genossen hatte. Kaum zugedeckt, schlief er ein.

Als sein Wecker ihn am Morgen um 6:30 Uhr weckte, erinnerte er sich an keinen Traum, dachte aber sofort an seine Bilder und an Karin.

Er lächelte schon, als er sich die Nacht aus dem Gesicht rieb. Georg war sich sicher, dass ein triumphaler Tag vor ihm läge. Er ging davon aus, sie bereits im Bus zur Schule zu treffen. Kaum hatte er einen Platz ergattert, zwängte sich sein Schulfreund Peter neben ihn auf die Bank.

Den mochte er zwar, fühlte sich aber jetzt gestört, da er auf Karin wartete. Überdies fragte der sofort nach dem Wochenende und er mokierte sich darüber, ihn weder am Samstag noch am Sonntag, in Boogies Pub getroffen zu haben. An solchen Kumpelgesprächen hatte Georg kein Interesse und er murmelte nur einsilbig etwas von Erkältung, Unwohlsein, heißem Tee und Bett. Peter erwiderte, dass es ihm leid tue und fragte nicht weiter, sondern kramte ein Schulheft aus seinem Rucksack und las das Referat erneut, das er im Geschichtskurs zu halten hatte. Georg indes starrte auf die Tür, um beim nächsten Stopp „Stiepel" auf keinen Fall Karin zu verpassen. Die aber stieg nicht ein, sondern radelte mit wehenden Haaren am Bus vorbei Richtung Heinrich-von-Kleist-Gymnasium. Georg hatte sich gegen das Fahrrad entschieden, weil früh am Morgen im Radio regnerisches Wetter vorausgesagt worden war. Und es zogen sich tatsächlich einige Gewitterwolken am Himmel zusammen. Und es platschten schon die ersten dicken Tropfen an die Windschutzscheibe des Busses.

Otto Kniele schaltete die Scheibenwischer ein, während er, umsichtig wie gewohnt, die nächste Haltestelle ansteuerte.

Dort stand Karin im Schutz des Wartehäuschens. Ihr Fahrrad hatte sie an die Streben angeschlossen. Sie wusste, dass es nicht erlaubt war, Bikes mit im Bus zu transportieren.

Das mittlerweile vollbesetzte Fahrzeug des Verkehrsverbundes Rhein/Ruhr war dafür nicht ausgelegt. Sie vertraute darauf, ihr Rad auf der Rückfahrt wieder vorzufinden, um das letzte Stück damit nach Hause zu fahren.

Otto Kniele, der das Mädchen sofort entdeckt hatte, öffnete die Tür und ließ sie mit einem bedauernden Ausdruck und einem entschuldigenden Achselzucken einsteigen. Karin war vom Regen fast vollständig verschont geblieben.

Lediglich ein paar Tropfen schimmerten wie Perlen in ihren schwarzen Haaren. Nach einem prüfenden Blick durch den Innenraum versuchte sie erst gar nicht, einen freien Platz zu finden, sondern blieb gleich vorn, kurz hinter dem Fahrersitz, stehen und hielt sich an der dort angebrachten Haltestange fest. Otto Kniele, der das Mädchen weiter durch den Rückspiegel beobachtete, drehte sich zu ihr hin und sagte: „Schön festhalten", wobei er kurz die Augen niederschlug und kaum merklich nickte.

„Pass auf dich auf, mein Kind", drückte er damit aus. Weil Karin bemerkt hatte, wie er sie umsorgte, lächelte sie wortlos zurück und umfasste die Stange umso fester.

Georg hatte die stumme Unterhaltung zwischen Kniele und ihr angestrengt von seinem weit entfernten Platz beobachtet und freute sich innerlich darüber, sie behütet zu wissen. Er unterließ aber jeden Versuch, ihre Aufmwerksamkeit auf sich zu lenken.

Das wäre ihm vergleichbar unangebracht vorgekommen, wie das hektische Winken älterer Damen in Bochums bevölkerter Fußgängerzone, sobald sie annahmen, einen Bekannten in der Menschenmasse entdeckt zu haben. Solch eine Loriot'sche Peinlichkeit wollte er sich und ihr nicht antun. Es würde sich im Lauf des Tages schon eine Gelegenheit ergeben, ihr seine Bildermappe in einem hoffentlich unbeobachteten Moment zu geben.

Als der Bus vor dem Gymnasium anhielt, drängelte sich Georg eilig durch die Reihen zur vorderen Ausgangstür.

Er hatte gehofft, Karin noch zu erreichen, um mit ihr gemeinsam zum Gebäude zu schlendern. Auf dem Weg dorthin würde er ihr in dem allgemeinen Gedränge unter den vielen Schülerinnen und Schülern, die ebenfalls der Eingangspforte entgegen strebten, seine Mappe zustecken. Doch sie war schon ausgestiegen und in einer

Gruppe von Freundinnen verschwunden. Also ging er allein ins Gebäude und traf sie nicht.

Bis zur ersten großen Pause hatte Georg zwei Doppelstunden Mathe und Englisch zu überstehen, bevor er Karin auf dem Schulhof begegnen würde.

Den Leistungskurs Deutsch, den sie gemeinsam absolvierten, wollte er nicht so gern abwarten. Er wäre gezwungen bis zum Dienstag zu warten. Das behagte ihm gar nicht.

Er überlegte, wo und wann er am besten ein Treffen arrangieren könne. Karin, das wusste er, verbrachte die große Pause am liebsten auf dem zentral gelegenen Hof vor dem Hauptgebäude.

Dort war es zu der Zeit stets voll. Die meisten der über 800 Schüler verteilten sich auf dem Platz. Die Menge versprach Anonymität und Öffentlichkeit zugleich. Niemand nähme Anstoß daran, wenn er sich dort mit ihr träfe.

Die Gefahr, Karin nicht zu finden, war dagegen recht groß. Die berühmte „Nadel im Heuhaufen" schoss ihm durch den Kopf. Er wollte es dennoch versuchen.

Zur Pause lief Georg geschwind hinaus auf den Pausenhof. Er war einer der Ersten draußen. Da er sie unter den wenigen nicht entdeckte, ging er davon aus, sie sei noch im Gebäude.

Er beobachtete die Ausgangstür und wartete. Nach einigen Augenblicken kam sie mit einer Gruppe aus fünf weiteren Schülerinnen hinaus. Ihr lebhaftes Gespräch deutete auf eine Diskussion über die zu Ende gegangene Unterrichtsstunde hin.

Karin bemerkte ihn zunächst nicht. Als sie ihn dann sah, löste sie sich von den anderen und ging auf ihn zu, zumal es ihr aufgefallen war, dass Georg sie suchte. Fragend sah sie ihn an. Er lächelte nur und reichte ihr die Mappe, die er bislang sorgfältig hinter seinem Rücken verborgen hatte.

„Sind das die Fotos von gestern?", frage Karin mit gedämpfter Stimme, um nicht die Neugier der Umstehenden zu wecken.

„Ja, ich habe zuhause mal eine Auswahl zusammengestellt", erwiderte Georg ebenfalls flüsternd. Dann suchten beide etwas Schutz hinter einem der zahlreichen relativ jungen Bäume auf dem Schulhof, damit Karin zumindest einen kurzen Blick darauf werfen konnte.

„Oh, wie schön", entfuhr es ihr. Die großformatigen Ausdrucke in bestechender Qualität beeindruckten sie nochmals um einiges mehr, als es längst die kleinformatigen Monitorbilder vermocht hatten. Um die Aufmerksamkeit der Schulgemeinde nicht weiter auf sich zu ziehen, klappte sie die Mappe wieder zu und sagte: „Wir können uns die Bilder ja nachher in unserer Studienstunde bei dir in Ruhe ansehen." Er nickte nur und nahm die Fotos wieder an sich. Sie trennten sich und strebten ihren jeweiligen Kursen zu.

Georg freute sich auf das „nachher" und war sich sicher, dass diesmal nicht in erster Linie „Die Pest" von Albert Camus als der aktuelle Lesestoff des Leistungskurses Deutsch ihre Studienstunde beherrschen würde, sondern vielmehr die Diskussion der Fotos.

Er war gespannt, ob Karin andere Bilder in die engere Auswahl aufnähme oder ob sie seinen Geschmack teilte. Er konnte es in Ruhe abwarten, denn grundsätzlich hatte sie ihr Urteil ja schon abgegeben und sie würde es mit Sicherheit nicht korrigieren.

Das war ein beruhigendes Gefühl für ihn. Schiefgehen dürfte eigentlich nichts mehr. Die restlichen Stunden des Schultages verbrachte Georg in heiterer Gelassenheit. Im Unterricht beteiligte er sich rege und hatte viele Ideen beizutragen. Von der sonst üblichen Zurückhaltung war kaum mehr etwas zu bemerken.

Englischlehrer Botmann quittierte seine Beiträge zum Schluss mit einem „Fine, Georg, I agree with your opinion in relation to Orwell's text, but in one point we should agree to disagree. That's free discussion and stands in a very british tradition of a liberal debate", „schön, Grorg, ich bin einverstanden mit Deiner Meinung in Bezug auf Orwells Text, aber in einem Punkt sind wir uns einig, dass wir unterschiedliche Meinungen haben. Das macht eine freie Diskussion aus und steht in der britischen Tradition einer liberalen Debatte." Botmann verzichtete auf jegliche Häme ihm gegenüber.

Ja, mit dem Kommentar signalisierte er ihm, ihn als gleichberechtigten Diskussionspartner zu respektieren. Das schmeichelte ihm. Beinahe schon ebenso, wie Karins Reaktion auf seine Fotos. An diesem Montag schwamm er auf einer Woge positiver Empfindungen und einer optimistischen, ja fast euphorischen Stimmung, wie er sie lange nicht mehr gekannt hatte. Der Rest des Schultages flog nur so dahin. Georg war nicht konzentriert bei der Sache, sondern träumte vom bevorstehenden Treffen mit Karin.

Die Schulglocke beendete die letzte Stunde des Tages. Er strebte zügig Richtung Bushaltestelle, um zusammen mit ihr zur Studienstunde in die Knappschaftsstraße 25 zu fahren, oder vielmehr bis zur Haltestelle, an der sie ihr Rad angeschlossen zurückgelassen hatte.

Karin griff sich ihr Fahrrad, das zum Glück unberührt stehen geblieben war, schwang sich auf den Sattel und fuhr dem Bus nach. Kurz vor ihm erreichte sie das Haus der Konrads.

Es stand ihm weniger im Sinn, sich mit ihr über Camus auszutauschen. Ihn interessierten einzig die Fotos. „Die Pest" überhaupt nicht.

Als ob Karin erraten hätte, was Georg im Kopf herumging, schlug sie vor, zuerst die Literaturarbeit zu erledigen, um daraufhin die Bilder im Detail zu besprechen. Ihr Tonfall war dabei derart bestimmend, dass er es nicht wagte, ihr zu widersprechen. Er nahm es grummelnd zur Kenntnis und nickte einfach stumm. Auf Karins Frage, ob er sich mit dem Text beschäftigt habe, schüttelte Georg schuldbewusst den Kopf. Sie atmete hörbar ein und auf ihrer Stirn bildeten sich Zornesfalten, die nicht zu ihrem ansonsten eher sanften Wesen passten.

Er versuchte noch, sie davon zu überzeugen, dass Camus' Werk für seine beruflichen Pläne keine so herausragende Rolle spiele wie die kritische Durchsicht der Fotos. Indes sie blieb dabei und wandte ein, eine passable Deutschnote sei ebenso unverzichtbar. Schließlich wolle er eines Tages anspruchsvolle Gespräche mit den zukünftigen Modellen führen. Dass eine solide Allgemeinbildung zudem hilfreich für Verhandlungen mit Auftraggebern und Agenturen sei, packte sie noch obendrauf. Georg gab sich geschlagen.

Angekommen in der Studierstube, legten beide ihre Exemplare auf den Schreibtisch. Karins war zerlesen, seines dagegen wieder einmal nahezu unbenutzt.

„Am Morgen des 16. April trat Doktor Bernhard Rieux aus seiner Praxis und stolperte mitten auf dem Treppenabsatz über eine tote Ratte."

Mit diesen Worten beginnt der existentialistische Roman Camus' nach einer Einführung in die Stadt Oran, dem Ort der Handlung. Auf Karins fragenden Blick hatte er keine Antwort, Ihn interessierte allein die Fotodiskussion.

Erst als sie etwas von „anonymer Bedrohung", „Ausgeliefertsein" und „Angst" erzählt, weckte sie sein Interesse, das sich in dem Moment zu gespannter Aufmerksamkeit steigerte, als sie überdies von einer „Allegorie der deutschen Besatzungszeit während des Zweiten Weltkrieges" sprach.

Langsam fand es Georg aufregender und auch er kritzelte an den Rand seines Exemplars fleißig Notizen. Anknüpfungspunkte und auffällige Parallelen sah er jetzt zur Situation Gregor Samsas aus Kafkas „Verwandlung". Karin quittierte dessen Beiträge und Fragen mit einem sanftmütigen Lächeln ohne eine gönnerhafte Bemerkung, die Georg sicherlich als anmaßend erlebt hätte. Das vermied sie mit instinktivem Feingefühl.

So endete die Studierstunde zwar nicht mit umfassenden Ergebnissen, aber doch mit hilfreichen Ansätzen. Er rutschte angespannt auf seinem Stuhl hin und her.

Karin bemerkte es und begriff. Sie ließ den Text ruhen und gab sich damit zufrieden, sein Interesse an Camus' Buch geweckt zu haben.

Jetzt legte er die Fotomappe mit einem breiten Lächeln auf den Tisch. Dass sie auf den ersten und auch zweiten Eindruck von den Bildern hingerissen war, hatte sie ihm gegenüber ja schon zum Ausdruck gebracht. Das brauchte sie nicht zu wiederholen und demzufolge betrachtete sie jede der zehn Aufnahmen aufmerksam, die Georg ausgewählt hatte.

Er wartete gespannt und aufgeregt auf ihre ersten Kommentare, die zunächst aber ausblieben.

Karin blätterte langsam Bild für Bild durch. Einmal lächelte sie stumm und kaum merklich in sich hinein. Ein anderes Mal zeigte sie gar keine Reaktion. Hin und wieder legte sie ihre Stirn in Falten oder schüttelte den Kopf. Georg war angespannt.

Jetzt begann sie von vorn und verharrte wenige Augenblicke am ersten Foto. Ihm kam es wie eine Ewigkeit vor. Ihre Augen wanderten am Bild entlang, von unten nach oben und von links nach rechts.

So verfuhr sie mit allen Fotos, ohne ein Wort zu sagen. Georg hatte den Eindruck, sie notierte sich im Kopf Anmerkungen zu jedem der zehn Blätter.

Endlich sprach Karin. Sie zeigte auf die erste Aufnahme, auf der sie sich an den Bismarckturm schmiegte und bemerkte knapp, und eindringlich, dass ihr der Gesichtsausdruck nicht gefalle. Sie fand ihn zu kindlich und albern.

Georg war zwar nicht ihrer Meinung, war indes nicht in der Lage, ihre Kritik mit voller Überzeugung von der Hand weisen. Diese Aufnahme war ohne Frage durchgefallen.

Er ließ sich ernüchtert in seinen Stuhl zurückfallen. Karins Tadel fielen noch ein paar Fotos zum Opfer. Einmal fand sie ihre Haare zu wirr, dann die Stellung ihrer Beine zu ungelenk. Zudem kamen ihr die eine und andere Aufnahme mit dem nach oben gerutschten Kleid zu gewagt vor.

Georg akzeptierte ihre Meinung ein bisschen widerwillig und klebte zuletzt auf jedes Bild, das ihrem Urteil nicht standgehalten hatte, eine rote Haftnotiz, gleichsam als Platzverweis.

Zum Glück für ihn blieben letztendlich fünf Aufnahmen übrig, die Karin für uneingeschränkt gelungen hielt. Darunter waren Bilder, deren erotische Anmutung sie nicht störte. Dass dabei auch jenes war, das Georg in der Vorauswahl mit drei dicken Ausrufezeichen versehen hatte, ließ ihn innerlich jubilieren. In Gedanken nahm er sich schon mal vor, zumindest dieses Foto für seine Bewerbungsmappe an der Fachhochschule Hannover zu reservieren.

Überschwänglich malte er sich jetzt aus, was Imko Matthey wohl dazu sagen würde. Sogleich verwarf er den Gedanken wieder. Er wollte sein Glück des heutigen Tages nicht zu sehr strapazieren.

Er begnügte sich mit dem Hochgefühl, fünf Fotos zustande gebracht zu haben, die auch Karin entzückten. Daraufhin fragte er sie, ob er die Bilder von ihr für seine Bewerbungsmappe verwenden dürfe. „Ja, klar", antwortete sie, ohne zu zögern.

Dann machten die beiden sich auf den Weg zu ihrem Elternhaus. Georg hatte auf der Begleitung bestanden, nachdem sie aufgestanden war, um das Haus zu verlassen.

Mittlerweile war es dunkel geworden und er sah es als seine selbstverständliche Pflicht an, eine junge Dame, die bei ihm zu Gast war, heimzubringen. Absolut uneigennützig war sein generöses Angebot indes nicht. Er hoffte insgeheim, die Verabschiedung an ihrer Tür würde diesmal ein wenig intimer ausfallen und sich nicht auf die ansonsten übliche flüchtige Umarmung beschränken. Er sollte enttäuscht werden.

Auf dem Weg durch die recht spärlich beleuchteten Straßen entlang der Häuser, aus deren Fenster ab und an das bläuliche Flackern eingeschalteter Fernseher zu sehen war, versuchte er zaghaft, Karins Hand zu berühren. Sie zog sie sofort zurück und verschränkte ihre Arme vor der Brust. Ihre deutliche Geste der Ablehnung führte zu einem betretenen Schweigen zwischen ihnen. Erst als Georg jetzt zum zweiten Mal ein „Entschuldigung" gestammelt hatte, entspannte sich die Stimmung wieder und

Karin erzählte beiläufig von einer Ausstellung, die sie sich vor wenigen Tagen zusammen mit ihren Eltern im Kunstmuseum Bochum angeschaut hatte. Es sei um moderne indische Kunst aus den Disziplinen Malerei, Plastik und Fotografie gegangen.

„Ich habe einige faszinierende Porträts bettelnder Kinder in Kalkutta gesehen. Als zukünftiger Fotograf solltest du dir die auch mal ansehen, Georg." Das Schweigen war gebrochen. Und obwohl er diesen belehrenden Ton an Karin nicht leiden konnte, versprach er ihr, so bald wie möglich, das Kunstmuseum zu besuchen.

„Du wirst bestimmt mal eine gute Lehrerin", erwiderte er etwas spöttisch in Anlehnung an ihren Berufswunsch, den sie ihm gegenüber einmal erwähnt hatte.

Bei Karins Zuhause angekommen, begleitete den Abschied wieder die gewohnte freundschaftliche, aber flüchtige Umarmung. Nach einem dahingeworfenen „Tschüss" wandte sich Georg etwas enttäuscht ab und zockelte davon. Den zum Abschiedsgruß erhobenen Arm mit einem angedeuteten Winken nahm Karin schon nicht mehr wahr. Sie war geschwind ins Haus zurückgekehrt und hatte die Tür hinter sich verschlossen. Derweil trottete er gedankenversunken heimwärts, wo er sich sogleich wieder in sein Zimmer zurückzog, um sich nochmals in die Bilder vom Sonntag zu vertiefen. Er ordnete sie erneut, legte einen Ordner mit der Bezeichnung „Bewerbung" auf dem Rechner an und kopierte seine Favoriten dort hinein. Das diente ihm zur Vorbereitung einer Bewerbungsmappe zum Studium der Fotografie in Hannover.

Er wählte die Aufnahmen von Karin und natürlich das Foto der Mutter.

Er suchte er den Computer nach weiteren Bildern ab. Infrage kamen solche von den vielen Streifzügen durch die Stadt und ihre Umgebung. Ihm war klar, dass er unterschiedliche Themen zeigen musste.

Er wollte eine möglichst umfassende Darstellung seines fotografischen Talents vorlegen. Er entschied sich für diverse Bochumer Stadtansichten und für mehrere Aufnahmen garstiger Zechenruinen. Damit hatte er den kompletten Niedergang einer Industrieregion gezeigt. Sein Bewerbungsordner war inzwischen zu einem ansehnlichen Umfang angewachsen und er beließ es dabei.

Die Zeit bis zu den Abiturprüfungen verging so rasend schnell, dass für einen zweiten Fototermin mit Karin keine Gelegenheit mehr blieb, zumal die letzten Unterrichtswochen mit Prüfungsvorbereitungen vollgestopft waren. Außerhalb der Schule sahen sich die Beiden kaum noch. Jeder verbrachte so viel Zeit wie nur irgend möglich am heimischen Schreibtisch und lernte, lernte, lernte. Während der Klausurenzeit dachte ohnehin fast niemand an etwas anderes. Eine ängstliche Nervosität senkte sich wie Nebel über das Heinrich-von-Kleist-Gymnasium. Sie verflog erst, als alles vorüber war.

Karins Abitur fiel überdurchschnittlich gut aus. Sie erhielt zudem einen Schulpreis für außerordentliche Leistungen im Fach Deutsch. Aber auch in den anderen Disziplinen schnitt sie sehr gut bis gut ab. Nur in Mathematik und Physik und zeigte sie einige Schwächen. Hier kam sie nicht über eine befriedigende Note hinaus. In Chemie gab es sogar lediglich eine Vier. Sie hatte nicht mehr erwartet, ärgerte sich aber, dass dieses Ergebnis ihren gesamten Notendurchschnitt nach unten zog. Doch Medizin zu studieren oder ein anderes Fach mit strengem „Numerus clausus", war ohnehin nicht ihr Wunsch, sie strebte an, eine gute Lehrerin zu werden.

Karin hatte sich die Universität Göttingen als Studienort ausgewählt. Nicht nur, weil hier die berühmten „Göttinger Sieben" gelehrt hatten, sondern auch, da die Hochschule Vorreiterin in Sachen Frauenrechte war. Dass unter den gegen den damaligen König protestierenden Professoren die Begründer der Germanistik Jacob und Wilhelm Grimm waren, imponierte Karin sehr.

Georg kam gut durchs Abi. Seine Leistungen galten nicht als brillant, aber als vorzeigbar. In Deutsch, Französisch, Geschichte und Philosophie brachte er es auf eine solide Drei, in Englisch sogar auf ein „Gut".

In den Naturwissenschaften hatte er ohnehin wenig Probleme, so dass Mathe und Physik obendrein mit einem „Gut" und einem dicken Pluszeichen zu Buche schlugen.

Kurzum, für ein Fotografiestudium sah er sich gut gewappnet, obwohl ihm der Kunstlehrer Max Müller-Lünen lediglich eine knappe „Drei" gegönnt hatte.

Das ärgerte ihn zwar, aber er ging davon aus, dass die Note seinem mangelnden Zeichentalent geschuldet war.

„Daran wird es vermutlich nicht scheitern", dachte er bei sich und reichte die Bewerbungsmappe bei der Fachhochschule in Hannover ein. Dafür druckte er wieder jedes einzelne Foto im DIN-A4-Format aus.

Die Hochschule verlangte Bilder und keine Dateien. Georg war zwar klar, dass eine Antwort aus Hannover nicht eher als in einigen Wochen eintreffen konnte, zumal die Bewerbungsfrist erst in einem knappen Monat verstrichen sein würde. Gleichwohl schaute er schon kurz, nachdem er seine Unterlagen verschickt hatte, täglich in den Postkasten nach einer Nachricht der Hochschule.

Endlich kam ein Brief vom Studienort. Als er ihn mit zitternden Händen aufgerissen hatte, fand er zwar keinen Bescheid, aber immerhin eine Eingangsbestätigung mit dem Hinweis, er möge sich wegen der Vielzahl der eingegangenen Bewerbungen ein wenig gedulden.

Dann nach sechs Wochen quälenden Wartens kam die erhoffte Nachricht:

Georg erhielt die Zulassung zum Studium der Fotografie. Zwar nicht aufgrund seiner ausgezeichneten Bewerbungsmappe, sondern weil die Hochschule wegen der enormen Nachfrage ein paar zusätzliche Studienplätze geschaffen hatte. Auf einen von ihnen war Georg so eben nachgerückt.

Das aber minderte die ungeheure Freude nicht. Entscheidend allein war für ihn, dass er seinem Traumberuf ein gewaltiges Stück näher gekommen war. Mit Beginn des folgenden Semesters würde es endlich soweit sein. Bis dahin hatte er noch zwei Monate Zeit.

Nahezu jeden Tag zog er mit der Kamera los. Er fotografierte wie besessen: Häuser, Tiere, Landschaften. Alles querbeet, was ihm vor sein Objektiv kam. Es kam ihm hier auf ein ausreichend breit gefächertes Portfolio an. Er ertappte sich dabei, nicht ganz so hohe Maßstäbe an die Qualität zu legen, wie er es bei den Porträtaufnahmen getan hatte. An denen hing nun mal sein Herz.

Die Wochen bis zum Beginn seines Studiums flogen dahin und es war an der Zeit, sich um so profane Angelegenheiten wie der Suche nach einer Bleibe in Hannover zu kümmern. Mit einer umfangreichen Internetrecherche gelang es ihm, sich einen Platz im Studentenwohnheim zu ergattern.

Als es Zeit war, die Koffer zu packen, beschlich ihn Wehmut. Er hätte nie gedacht, dass es ihm mal schwerfallen würde, aus Bochum wegzuziehen. Doch jetzt hing er an der grau verwitterten Stadt, in der er aufgewachsen war.

Er mochte die Eltern, die er in den letzten Jahren immer weniger als ihn einengende Spießer wahrgenommen hatte. Er hing an den Kameraden, die doch nie mehr als Kumpel waren. Er dachte wehmütig selbst an Otto Kniele, den Busfahrer, der in seiner Zuneigung für Karin so etwas wie ein väterlicher Freund im Geist für ihn geworden war.

Er verkörperte die Heimatstadt wie kaum ein Zweiter. Schlicht, ehrlich und gutmütig. Und, natürlich, schon jetzt vermisste er seine Schulfreundin. Mit ihr verband ihn eine tiefe und gegenseitige Sympathie, Achtung und ein unerfülltes, aber mächtiges sinnliches Verlangen. Dass es unbefriedigt blieb und vermutlich immer bleiben würde, machte es für Georg umso aufregender.

Er freute sich unbändig auf sein Studium und darauf, endlich ein selbstbestimmtes Leben, abseits seines Elternhauses zu führen. Und zugleich war er tief betrübt, ein

Dasein zu verlassen, das bislang durchaus unbeschwert und unbekümmert für ihn gewesen war. Die Freundin womöglich nicht mehr wiederzusehen, schmerzte ihn.

Bei dem Gedanken an den Abschied spürte er einen dicken Kloß im Hals und es stiegen ihm Tränen in die Augen. Er schämte sich nicht. Sie zeigten ihm, dass Karin ihm mehr bedeutete, als er je vermutet hatte. Die Schulfreundin, deren magischer Anziehungskraft er schon längst erlegen war, drang zudem tief in sein Herz. Er konnte sich nicht dagegen wehren.

Georg beschloss, sich von ihr zu verabschieden, bevor er ihre gemeinsame Heimatstadt Anfang der kommenden Woche endgültig verlassen werde.

Er schob den Anruf bei der Freundin immer wieder hinaus. Er ahnte, er würde nicht gelingen, solch ein Abschied, mit dem sie beide sicher unterschiedliche Erwartungen verbanden.

Karin nähme ihn vermutlich leichter. Ihre Gedanken hingen längst am Lehrerstudium, an den Brüdern Grimm und an den heutigen Professoren in Göttingen, von denen sie begierig war zu lernen. Dagegen würde er gering und unbedeutend wirken, dachte er bekümmert.

Am Sonnabendnachmittag rief er sie an. Und Karin freute sich. Sogleich verabredeten sie sich für Sonntag um elf bei ihr. Georg machte sich wie stets rechtzeitig auf den Weg und klingelte um kurz vor elf an ihrer Haustür.

Sie öffnete lächelnd und bat ihn nach oben in ihr Zimmer. Sie hatte dasselbe Kleid angezogen, das sie zu ihrem Fototermin getragen hatte. Freilich frisch gewaschen und akkurat gebügelt. Mädchenhaft unbekümmert wirkte sie wie damals. Behände erklomm sie die Stiege vor ihm hinauf in ihre Studierstube, die dem Freund von den vielen gemeinsamen Lernstunden so vertraut war.

Doch heute war alles anders. Allein Karins flinke Schritte auf der Treppe nach oben gerieten für Georg zum betörenden Erlebnis. Ihre tänzelnden Bewegungen, die ihr Kleid aufreizend um ihre Beine und ihren Po schwingen ließen, erregten ihn stärker, als er sich einzugestehen traute. Viel mehr als die Einblicke, die sie ihm beim Fotografieren im Park geboten hatte.

Dort standen die Kamera und ihre Ergebnisse im Vordergrund. Zudem hatte die öffentliche Atmosphäre mit den fremden Besuchern einen Gedanken an Intimität erst gar nicht zugelassen.

Anders als jetzt, da er allein mit ihr auf dem Weg in Karins Zimmer war.

Er trat ein, sie hatte ihm den Vortritt gelassen, und es übermannte ihn ein Anblick, mit dem Georg nicht im Traum gerechnet hatte.

Anstatt eines ordentlichen und nüchternen Studierzimmers bot sich seinen Augen ein bescheidener Festsaal. Karins Schreibtisch, den sie vom Fenster weggezogen und in die Mitte des Raumes gestellt hatte, bedeckte ein weißes Baumwolltuch. Darauf standen zwei Körbe mit Brot und Brötchen, verschiedene Gefäße mit Marmelade und Honig, eine Porzellanplatte mit Wurst, Schinken und Käse, eine Thermoskanne und eine Flasche Sekt. Dazu Tassen, Teller, Servietten, Besteck und Gläser. Gekrönt wurde das Ensemble von einer stattlichen, schlichten roten Kerze, deren Docht noch weiß war.

Karin zündete sie mit den bereit liegenden Streichhölzern an. Ein betörend rauchiger Duft erfüllte den Raum und vermischte sich verführerisch mit dem ihres diesmal nicht ganz dezent aufgetragenen Parfüms.

Georg war sprachlos. „Wow", war sein einziges, leise hingehauchtes Wort, das er hervorbrachte. Sie quittierte es mit einem Lächeln.

Er nahm sie in den Arm und sie wehrte sich nicht, sondern erwiderte seine Zärtlichkeit, indem sie ihn sacht auf die Wange küsste. Als er, ermutigt von Karins gezeigter Zuneigung, ihren Körper zu umfassen versuchte und sich sein Mund ihren Lippen näherte, drehte sie ihren Kopf zur Seite und entwand sich ihm.

Weil sie dabei lachte, verlieh sie der peinlichen, ins Delikate rutschenden Situation, etwas Heiter-Spielerisches. Anstatt sich zu empören, bat sie ihn an den sorgfältig gedeckten Tisch und forderte ihn auf, schon mal den Sekt zu öffnen.

Georg fühlte sich geschmeichelt, war er doch aufgefordert, hier den Kavalier alter Schule zu spielen. Bloß hatte er noch nie eine Flasche geöffnet, die unter Druck stand. In Filmen hatte er es schon ein paar Mal gesehen. Aber immer wurde dort der Korken des Effekts wegen heraus katapultiert und flog, begleitet vom Gejohle der Umstehenden an die Zimmerdecke. Das schien ihm hier bei Karin höchst unpassend.

Es musste, davon war er überzeugt, diskret und vornehm zugehen, zumal der soeben erlebte Umstand nicht dazu angetan war, in Triumphgeheul auszubrechen und die Korken knallen zu lassen.

Er versuchte verbissen, sich daran zu erinnern, wie sein Vater bei Familienfeiern den Begrüßungssekt geöffnet hatte. Sacht und ohne überschäumende Flasche.

Angespannt und übervorsichtig löste Georg die Ummantelung vom Flaschenhals und bog behutsam den Draht auseinander. Als er eben den Korken mit seiner rechten Hand umfasste und ihn langsam nach links bewegte, spürte er sogleich, wie der Druck aus der Flasche ihm den Verschluss zu entreißen drohte.

Er fasste kräftiger zu und drehte so lange weiter, bis der Stopfen fast heraus war. Jetzt kippte er ihn mit dem Daumen behutsam zur Seite und ließ mit einem leisen Zischen etwas von der Kohlensäure entweichen. Der Druck verringerte sich und Georg öffnete die Flasche ohne Malheur. Erleichtert und mächtig stolz, griff er mit der linken Hand einen Sektkelch und goss ihn etwa zur Hälfte voll. Er stellte ihn zurück und füllte den zweiten. Nachdem er die Flasche wieder auf den Tisch gestellt hatte, fasste er beide Gläser und reichte Karin eines davon. Sie hatte seine Prozedur wohlwollend beobachtet. Formvollendet berührten sich ihre zwei Kelche mit einem feinen „Pling".

„Auf unsere Freundschaft", sagte sie leise, beugte sich zu ihm und küsste ihn erneut auf die Wange. Sie ließ es zu, dass er ihren Kuss auch erwiderte, wobei Karin seinen Körper sanft an den ihren drückte. Augenblicklich war alles klar und beide zeigten sich erleichtert.

Sie, weil er Taktgefühl und Anstand bewiesen hatte und Georg, weil er ihre Zuneigung wahrnahm.

Als sie ihren Sekt im Stehen ausgetrunken hatten, setzten sie sich an den Tisch. Er goss sich Kaffee in die Tasse, sie füllte die ihre mit Tee. Er belegte sich ein Brötchen mit Camembert, sie strich sich Erdbeermarmelade auf ihr Brot.

Und sie plauderten von dem, was vor ihnen lag. Georg erzählte von der Fachhochschule in Hannover, dem Wunschdozenten Imko Matthey und was er alles bei ihm und anderen über Fotografie lernen wolle.

Karin war beseelt vom Germanistenzentrum Göttingen und seiner bedeutenden Tradition, von den Brüdern Wilhelm und Jakob Grimm. Einen speziellen Professor hatte sie sich noch nicht ausgewählt. Sie wolle ihr Studium erst einmal nicht auf ein konkretes Fachgebiet oder Jahrhundert festlegen, sondern etwas breiter anlegen. Sie strebte an, ihren Schülern ein umfassendes Wissen zu vermitteln.

Über ihr Verhältnis zueinander redeten sie nicht mehr. Das schien jetzt geklärt.

Dass es sich Jahrzehnte später einmal dramatisch zuspitzen sollte, ahnten sie beide nicht. Aktuell stand ein neuer, aufregender Lebensabschnitt vor ihnen.

Gefühle verwirrt

Im Hause Konrad war die Stimmung so kurz vor Georgs Abreise nach Hannover nicht ganz harmonisch. Mutter Renate hatte sich gewünscht, dass ihr Sohn an die Ruhruniversität gegangen wäre.

Sie war davon überzeugt, dass sich auch dort ein Studiengang finden ließe, der Georgs Faszination für die Fotografie entsprochen hätte.

Heimlich war sie einmal hingefahren und hatte sich erkundigt. Innerhalb des Instituts für Medienwissenschaften gab es eine Abteilung, die sich mit Theorie und Praxis des Fotografierens befasste.

Als sie es eines Tages Georg freudestrahlend erzählte, war der wenig begeistert. Er hatte sich vorgenommen, Fotografie im Hauptfach zu studieren und sie nicht so nebenbei zu streifen als Teil einer Unterabteilung.

Viel mehr noch ärgerte er sich darüber, dass sich die Mutter heimlich in seine Studienpläne eingemischt hatte. Aber Renate Konrad ging es nicht in erster Linie um Inhalte, sondern darum, ihren Sohn nicht fortzulassen. Das schwante auch Georg und bestärkte ihn in dem Willen, sich der „Schürze zu entwinden".

Spätestens, als sich diese Szene ein paar Wochen vor den Abiprüfungen im Hause Konrad abgespielt hatte, war die Luft in der Knappschaftsstraße 25 ein wenig dicker geworden.

Renate ertappte sich bei dem Gedanken, wie angenehm es sich doch angefühlt hätte, wenn Georg durchs Abitur gefallen und ihr noch ein weiteres Jahr erhalten geblieben wäre.

Obwohl ihr dabei die Schamröte ins Gesicht schoss und sie sich dafür hasste, ihrem Sohn sein Abi nicht zu gönnen, hatte es etwas verboten Reizvolles an sich.

Schließlich aber war sie auch mächtig stolz, einen zukünftigen Akademiker und sogar einen Künstler in der Familie zu haben.

Doch Georg würde ihr fehlen. Das wusste sie. Sie spürte es als liebevolle Mutter, sie fühlte es aber genauso als Frau. Sie liebte ihren Heinz. Sie schätzte an ihm seine, Ehrlichkeit und Anstand. Renate war dankbar, dass er der Familie einen bescheidenen Wohlstand mit all den Annehmlichkeiten ermöglicht hatte.

Als Leiter des Stellwerks der Deutschen Bahn in Bochum war Heinz Beamter und damit für alle der Nutznießer einer sicheren Pension. Die Konrads war nicht reich, aber doch leidlich situiert.

Renate hatte sich in der beschaulichen Idylle eingerichtet und verspürte dennoch Angst. Wenn Georg das Haus verließ, so ahnte sie, risse er ein Stück ihres Lebens weg. Dann wäre nichts mehr so, wie sie es liebte.

Sie kämpfte mit den Tränen, die sie schließlich übermannten und ihr ungehindert das Gesicht hinab rannen, das sie in ihren Händen verbarg.

Mit einem lauten Stöhnen gab sie ihren Widerstand zuletzt auf und weinte bitterlich. So vernehmlich, dass Georg es in seinem Zimmer bemerkte, wo er sich in Fotozeitschriften vertieft hatte.

Er rannte die Treppe hinunter ins Wohnzimmer. Dort fand er die Mutter, von Weinkrämpfen geschüttelt, zusammengekauert auf dem Sofa sitzend. „Um Gottes willen, was ist passiert", rief er, setzte sich zu ihr und schlang im unbeholfenen Versuch, sie zu trösten, den Arm um ihre Schulter.

Doch, statt sich zu beruhigen, rannen erneut Sturzbäche heißer Tränen aus ihren Augen. Sie durchdrangen sein T-Shirt, als Renate ihr Gesicht an den Hals ihres Sohnes presste. „Bitte, geh nicht weg", stieß sie schluchzend hervor. Georg war verwirrt und hilflos.

So aufgewühlt und verzweifelt hatte er seine Mutter noch nie erlebt. Er strich ihr sanft übers Haar und sagte „Ich bin doch nicht aus der Welt und besuche Euch bestimmt auch regelmäßig."

Renate beruhigte sich jetzt ein wenig und kuschelte sich zärtlich an ihn. Weil Georg gut einen Kopf größer war als die Mutter, berührte ihr Busen dabei den Bauch des Sohnes. Durch sein dünnes T-Shirt bemerkte er, wie sich ihre Brüste im Takt ihres Atmens hoben und senkten und sich an seiner Haut rieben. Es erregte und verwirrte ihn.

Die Hochschule

Nachdem er seiner Mutter schnell einen flüchtigen Kuss auf die Wange gedrückt hatte, erhob sich Georg mit den Worten: „Ich muss noch was für Hannover vorbereiten", vom Sofa und verließ das Zimmer.

Renate blieb noch einen Moment schweigend sitzen, stand ebenfalls auf, lief in die Küche und setzte Kaffee auf, den sie wortlos in seine Stube brachte und auf den Schreibtisch stellte. „Danke, Mam, kann ich jetzt gebrauchen", sagte er nur kurz und vertiefte sich erneut in das Vorlesungsverzeichnis der Hochschule für Fotografie, das er sich heruntergeladen hatte.

Renate verließ sein Zimmer wieder, ohne etwas zu sagen.

Georg stöberte in den Veranstaltungen Imko Mattheys, um sich genauer auf dessen Themenschwerpunkte vorbereiten zu können.

Er war dabei allerdings fahrig und unkonzentriert. Zum wiederholten Mal schweiften seine Gedanken zum verstörenden Erlebnis mit der Mutter.

Die Vorlesungen, Übungen und Seminare, das wurde ihm alsbald klar, verlangten zwingend den Besuch einiger Grundkurse. Erst nach deren erfolgreichen Abschluss würde den Studenten die Ehre zuteilwerden, beim „Guru" weiter zu studieren.

Es enttäuschte Georg ein wenig, nicht gleich zu Beginn des Studiums, Meisterschüler werden zu dürfen. Dennoch war er nach wie vor begierig auf den neuen Lebensabschnitt. In seinem Kopf überschlugen sich die Bilder von aufregenden Fotoshootings mit reizvollen Mädchen und auch reiferen Frauen, die sich reihenweise der Hochschule als Modelle angeboten hatten.

Es blieben nur noch wenige Tage bis zur Abreise und die Mühen des Alltages hielten ihn rasch wieder gefangen. Was brauchte er dringend für die ersten Wochen in Hannover?

Die Mutter dachte zuerst an Wäsche und Kleidung, Besteck und Geschirr, Georg an den Laptop, den er zum Abitur von seinen Eltern geschenkt bekommen hatte. Zwei große Koffer und den Rucksack, mehr konnte er nicht mit auf die bevorstehende Tour mit der Deutschen Bahn mitnehmen.

Da eine einfache Fahrt von Bochum nach Hannover kaum länger als eineinhalb Stunden dauerte und für Georg als Kind eines Bahnbediensteten erhebliche Vergünstigungen galten, war die Reise zum Studienort kein großes Problem.

Die beiden Koffer waren von Mutter und Sohn rasch gepackt, wenngleich es immer mal wieder kleine Streitigkeiten darüber gab, was denn nun wichtiger sei. Weitere Unterhosen, wärmere Pullover oder doch eher ein zusätzliches Blitzgerät, Ersatzakkus, Speicherkarten und Fotobücher.

Als endlich der Letzte der beiden Gepäckstücke geschlossen und verschnürt war, bemerkte Georg, wie Renate Konrad aufseufzte und sich ihre tieftraurigen Augen, langsam aber unaufhaltsam mit Tränen füllten. „Ach, Mutter, bitte nicht weinen", sagte er.

Doch da brach der Abschiedsschmerz endgültig aus ihr heraus und sie sank schluchzend in die Arme ihres Sohnes. Sekundenlang standen Beide eng umschlungen im Zimmer zwischen den gepackten Koffern.

Georg war verlegen. So eine Nähe zur Mama hatte er seit Jahren nicht mehr erlebt. Er genoss den intimen Kontakt zu einer reifen Frau, deren Körper er nicht nur als

114

den der Mutter wahrnahm. Noch bevor die Verirrungen der Gefühle ihn komplett zu übermannen drohten, entwand er sich sanft ihren Armen und trat einen Schritt zurück und überspielte seine Befangenheit mit dem Hinweis, er müsse erneut die Fotoausrüstung überprüfen.

Auch Renate schien erleichtert, von der schon fast delikaten Lage befreit zu sein. Sie strich sich verlegen durchs Haar und verließ mit schnellen, energischen Schritten das Zimmer, ohne ihn noch einmal anzusehen.

So bemerkte ihr Sohn nicht, wie blass sie plötzlich geworden war. Während sie hastig die Treppe zum Erdgeschoss hinabstieg, kreisten ihre Gedanken um die quälende Frage, ob ihre Gefühle zu Georg mehr waren als die einer liebenden Mutter. Sie fand keine Antwort darauf.

Vater Heinz hatte inzwischen die günstigste Verbindung nach Hannover über sein Kursbuch herausgesucht. Am folgenden Morgen um acht Uhr früh würde es losgehen.

Bis dahin vollzog sich die übliche Familienroutine, ohne dass die verstörende Begegnung zwischen Mutter und Sohn noch einmal an die Oberfläche, oder gar zur Sprache kam. Kein Blick und keine Geste erinnerten mehr daran. Der Vater hatte von alledem ohnehin nichts mitbekommen.

Zum Abendessen leisteten er und Georg sich wieder ein Bier.

Mit dem Messerrücken schlug Heinz sanft an sein Glas und richtete ein paar Worte an den Sohn. Von „Verantwortung", „Selbständigkeit", „Pflicht", „Fleiß" und „Anstand" war in der kurzen Ansprache die Rede und davon, dass er in der Fremde seiner Familie keine Schande bereiten solle. Georg fand die Moralpredigt des alten

Herrn reichlich betulich, überflüssig und ein bisschen peinlich. Anmerken ließ er sich freilich nichts. Mit einem fröhlichen „Danke, Vater und prost", zeigte er sich als anständiger Sohn und das für einige Zeit letzte gemeinsame Abendessen endete in einer friedlichen Familienidylle, gekrönt von einem trauten Fernsehabend.

Am nächsten Morgen packten Georg und die Eltern die zwei Koffer, den Rucksack und die Fototasche in den Opel und fuhren zum Hauptbahnhof.

Vater Heinz bestand darauf, den Sohn zwar noch kurz bis zum Bahnsteig des Gleises drei zu begleiten, dann aber wollten er und seine Frau zurückfahren und nicht die Abfahrt des Zuges abwarten.

Die Parkgebühren am Bahnhof in Bochum waren ihm zu hoch. Mutter Renate hätte ihrem Sohn gern nachgewunken, fügte sich aber dem Willen ihres Mannes, obwohl sie ihn als herzlos und geizig empfand.

Auf der Rückfahrt zur Knappschaftsstraße sprach sie ihn darauf an. „Georg kommt schon zurecht", war seine knappe Antwort. Renate nahm es traurig und schweigend zur Kenntnis. Zuhause angekommen, kam ihr die Wohnung leer und verlassen vor.

Sie stieg hinauf in sein Zimmer und sog wehmütig den vertrauten Geruch ein, der weiterhin im Raum hing. Gedankenlos und wie aus einem Reflex heraus wollte sie die Fenster öffnen und lüften.

Doch sie zögerte und genoss noch einen Moment Georgs unwirkliche Anwesenheit. Dann aber mit einer energischen Bewegung gab sie ihren hausfraulichen Gewohnheiten nach und ließ frische Wind in den Raum strömen.

Sie nahm einen tiefen Atemzug davon. Renate fühlte sich erfrischt und gestärkt, vermisste aber im selben Augenblick den ihr so vertrauten Geruch ihres Sohnes, den der Gartenduft verdrängt hatte. Wehmütig trauerte sie um Georgs flüchtige Spuren, die sie hatte wegblasen lassen. Sie fühlte sich schuldig, mit dem Akt des Lüftens, ihren geliebten Sprössling verjagt zu haben.

Vater Heinz hatte sich derweil mit den „Ruhr Nachrichten" auf die Terrasse gesetzt.

Doch immer öfter schaute er von der Zeitung auf, deren Inhalt er ohnehin kaum wahrnahm, und ließ den Blick ziellos umherschweifen bis er nahezu jedes Blatt an den Obstbäumen gezählt hatte.

Auch er dachte an Georg, der jetzt nicht mehr wirklich zum Haushalt und der Familie gehörte. Er erinnerte sich daran, wie stolz er gewesen war, als er den neugeborenen Sohn zum ersten Mal in seinen Armen hielt, wie er mit ihm gespielt und gebastelt hatte.

Eine Holzeisenbahn aus Holz hatten ihm die Eltern zum dritten Geburtstag geschenkt.

Selbstverständlich hatte Heinz darauf bestanden, bei der Modellentscheidung das letzte Wort zu haben, er war ja vom Fach.

Eisenbahngeschenke spielten zu jedem Anlass eine herausragende Rolle. Sie gipfelten in dem einer Elektrischen, die Georg dann zu Weihnachten nach seinem zehnten Geburtstag bekam.

Ohne Frage traf der Vater hier wieder die Entscheidungen, welche Loks, Waggons und entsprechende Ausstattungsvarianten gekauft wurden.

Heinz gab sich nicht mit einer Fertiganlage aus dem Kinderwarengeschäft zufrieden. Er schmückte die Spielzeugwelt zusätzlich mit aus Pappe gebauten Häusern aus, die er mit aus Wachsmalkreide kreierten

Klinkermustern bemalte. Ein zentraler Lokschuppen entstand aus einem alten Schuhkarton von Renate.

Die darin lagernden Urlaubsfotos der letzten fünf Jahre hatte er kurzerhand in eine Kellerkommode verbannt. Sie wurden nie vermisst.

Obwohl Vater Konrad eher ein nüchterner und zumeist wortkarger Mensch war, der seinen Gefühlen selten ja fast nie Ausdruck verlieh, übermannte ihn jetzt Wehmut, als er an die Kindertage des Sohnes dachte.

Heinz faltete die Zeitung zusammen und rief nach Renate, die sofort herunter kam und sich zu ihm auf die Terrasse setzte.

Sie kannte ihren Mann nur zu gut, um nicht gleich gemerkt zu haben, dass er etwas loswerden wollte.

„Weißt Du noch, Georgs elektrische Eisenbahn?" Renate begriff sofort und sie erinnerte sich genau daran, wie liebevoll ihr Mann mit seinem Sohn an der Anlage gebastelt und gespielt hatte.

Sie nickte, lächelte sanft und dachte bei sich, dass auch er ihn vermisse. Sie war froh darüber, mit ihrem Abschiedsschmerz nicht allein zu sein, umarmte ihren Mann so heftig, wie es lange nicht mehr vorgekommen war. Heinz erwiderte ihre Zärtlichkeit mit ungekannter Leidenschaft.

Fast schon beschämt, löste das Ehepaar nach wenigen Augenblicken seine innige Umklammerung und Renate verabschiedete sich in die Küche, um das Abendbrot vorzubereiten.

Unausgesprochen warteten beide sehnsüchtig auf den Anruf ihres Sohnes.

Als sie am Tisch saßen, läutete das Telefon und Georg meldete seine glückliche Ankunft in Hannover. Zufrieden und erleichtert genossen die Konrads ihr beschei-

118

denes, von Renate liebevoll angerichtetes Abendbrot. Zusätzlich zu den üblichen Cornichons, den Gürkchen, hatte sie eingelegten Kürbis in einer schmucken Glasschale, einem Geschenk ihres Mannes, auf den Tisch gestellt.

Heinz mochte das Gemüse und genoss reichlich davon. Nach jedem Bissen schaute er seiner Frau zärtlich in die Augen und sie quittierte den Blick mit einem Lächeln. Sie plauderten entspannt über ihren geplanten Urlaub, den sie dieses Jahr in der Toscana verbringen wollten.

Nach dem Essen half Heinz seit langem mal wieder mit, den Tisch abzuräumen, und das benutze Geschirr und Besteck in die Spülmaschine zu sortieren.

Sie freute sich darüber. Nicht nur, weil er sie unterstützte, sondern vor allem, weil er bei ihr blieb.

Als die Küchenarbeit erledigt war, setzten sie sich gemeinsam auf die Couch vor den Fernseher. Sie legte ihre linke Hand auf den rechten Oberschenkel ihres Mannes. So, wie sie es in den ersten Jahren ihrer Ehe oft getan hatte.

Vater Konrad schaute sie zwar fragend an, genoss aber die ungewohnte Nähe. Auch Renate bekräftigte ihre Zuneigung, indem sie ihre Hand über Heinz' Schenkel gleiten ließ.

Sie sahen sich eine Reportage vom Bau des bislang weltgrößten Kreuzfahrtschiffes an. Er war fasziniert von der Technik und der Präzision, mit der die Werft mächtige Schiffsteile scheinbar mühelos zu einem harmonischen Ganzen zusammen fügte.

Sie sah sich gebannt die Inneneinrichtung der Kabinen an und die Bordküche.

Als die Sendung nach eineinhalb Stunden vorbei war, schlug Mutter Konrad vor, ins Bett zu gehen. Er wollte noch kurz in das folgende „Heute Journal" sehen, um sich dann aber auch schlafen zu legen.

Als er etwa zwanzig Minuten später ins Schlafzimmer kam, war Renate noch wach.

Heinz war sofort zu der anderen Seite des Doppelbettes gegangen und zog sich aus, als er einen verführerischen Duft in der Nase wahrnahm. Er rührte von einem Parfum, das er seiner Frau von einer Dienstreise aus Bologna mitgebracht hatte.

Er wandte sich zu Renate, die auf dem Rücken lag. „Komm zu mir", sagte sie flüsternd und schlug ihre Bettdecke auf. Sie trug ein kurzes, schwarzes Negligé, das ihr knapp bis über die Hüfte reichte.

Darunter nichts. Heinz nur seine Boxershorts, als er sich an sie schmiegte. An diesem Abend schliefen sie seit langen Jahren wieder miteinander. Jeder für sich dachte dabei an ihre ersten Nächte, in denen sie vermutlich Georg gezeugt hatten. Entspannt schlummerten sie durch bis zum nächsten Morgen.

Neues Zuhause

Nachdem Georg ein paar Stunden zuvor in den IC nach Hannover gestiegen war, musste er sich erst einmal den Weg durch den schon voll besetzten Wagen bahnen bis er schließlich den reservierten Platz Nr. 32 erreichte.

Sein Gepäck verstaute er in der Ablage. Dabei musste er es zwischen etliche Koffer und Taschen der Mitreisenden quetschen.

Die Fototasche indes stellte er vorsichtshalber auf den Schoß und ließ sie die gesamte Fahrt über nicht aus den Händen.

Der Zug näherte sich fast schon dem westfälischen Hamm, als der Fahrkartenkontrolleur auch ihn erreichte. Georg fingerte etwas hektisch das Ticket aus seiner Jackentasche und hielt es dem Beamten hin.

Der Zugbegleiter lächelte den Zugestiegenen an, als er dessen Nervosität bemerkte, knipste die Fahrkarte ab und wünschte eine gute Weiterfahrt.

Georg kam zur Ruhe. Während die unaufgeregte Landschaft Westfalens an den Fenstern des Großraumwagens vorbeizog, dachte er an sein vor ihm liegendes Leben als Student der Fotografie. Er war von Neugier erfüllt, aufgeregt und mächtig stolz, schon bald ein professioneller Fotograf zu sein.

Etwa eine halbe Stunde später erreichte der Intercity Bielefeld. Georg saß noch immer nahezu regungslos auf seinem Platz und hielt die Fototasche auf dem Schoß.

Der ältere Herr, der seit Bochum den Sitz neben ihm besetzte, stand auf und strebte in Richtung Ausgangstür, ohne sich von dem Mitfahrer zu verabschieden.

Er hatte ohnehin die ganze Zeit geschwiegen und sich der Bildzeitung gewidmet. Dessen Platz war jetzt unbesetzt und Georg wünschte sich, dass er es bleiben werde. Doch, als die neuen Fahrgäste in Bielefeld in den Wagen drängten, steuerte ein jugendlicher, schlaksiger Typ, etwa in seinem Alter, den Platz zielstrebig an und setzte sich neben ihn.

„Hey, hab' ich bis Hannover reserviert", sagte er kurz und ließ sich in das Polster fallen. Er rang nach Luft.

Georg hatte durchs Fenster beobachtet, wie der über den Bahnsteig auf den Wagon zugerannt war. Sein neuer Mitfahrer zog aus seiner Umhängetasche einen Laptop hervor und stellte ihn vor sich auf den Klapptisch.

Dann fingerte er eine CD aus der Jackentasche und schob sie in den Computer. Auf dem Bildschirm erschienen üppige Bilder von den Landschaften des Teutoburger Waldes. Zudem Szenen kleiner und mittlerer Orte.

Um welche es sich handelte, wusste Georg jedoch nicht. Er kannte keinen von ihnen. Aber er war voller Neugier.

#Er gab sich einen Ruck und fragte: „Was sind denn das für Aufnahmen auf Deinem Rechner?" „Och, das sind nur ein paar Bewerbungsfotos für die Fotoschule in Hannover, da hab' ich noch auf den letzten Drücker einen Studienplatz ergattert", antwortete der Mitfahrer.

„Krass", entgegnete Georg, „da fahre ich auch gerade hin, ich heiße übrigens Georg."

„Geil, gleicher Weg und gleiches Ziel, ich bin Tim", bekam er zur Antwort.

Der Rest des Weges nach Hannover war ausgefüllt mit der Unterhaltung über Kameratechnik, Motive, Aufnahmesituationen und freilich von dem, was sie im Studium erwarten würde. Er und Tim waren sich näher gekommen und beide freuten sich darüber, einen Mitstreiter im Kampf um das neue Leben gefunden zu haben.

Zunächst aber sollten sich ihre Wege wieder trennen.

Georg musste ins Studentenwohnheim „Am Kläperberg 11" und Tim wollte zu einer WG im Stadtteil Bothfeld, in der ihm sein Cousin aus Bielefeld ein Zimmer vermittelt hatte.

Beide Orte lagen ungefähr eine dreiviertel Stunde Straßenbahnfahrt voneinander entfernt. Das war zu weit für spontane Gelegenheitsbesuche.

So tauschten die neuen Kommilitonen schnell ihre Handynummern aus, als schon die Zugdurchsage kam: „Meine Damen und Herren, in wenigen Minuten erreichen wir Hannover Hauptbahnhof". Sie verabschiedeten sich und gingen ihrer Wege.

Georg hatte sich schon zu Hause nach den günstigsten Verbindungen vom Bahnhof zur Straße „Am Kläperberg" erkundigt und sich für die U-Bahn entschieden. Die Fahrt zum Wohnheim sollte nur knapp zehn Minuten dauern. Von der Station „An der Strangriede" würde er dann das Studentenwohnheim in kurzer Zeit zu Fuß erreichen.

Georg war so damit beschäftigt, die richtige U-Bahn in der noch unbekannten Stadt zu erwischen, dass er fast nicht bemerkt hatte, wie sich ein mulmiges Gefühl in seinem Magen eingenistet hatte.

Obwohl er sich auf das Studium freute und die Freiheit vom Elternhaus genoss, schüchterten ihn die fremde Umgebung und das ungewohnte Studentenleben ein.

Er hatte ein klein bisschen Angst vor dem, was auf ihn zukam.

Er schritt beherzt auf seine neue Wohnung zu und meldete sich an der Rezeption an. Die resolute Dame dort fragte freundlich nach dem Namen und hakte den in der

Liste der Neuankömmlinge verzeichneten Georg Konrad aus Bochum ab.

„Herzlich willkommen, Herr Konrad, ich bin die Frau Werner und wünsche Ihnen eine gute Zeit bei uns, Sie haben das Apartment 345 im dritten Stock, der Fahrstuhl ist dort drüben. Sie können sich erst einmal frisch machen und Ihre Sachen auspacken, dann kommen Sie bitte noch einmal zu mir und ich zeige Ihnen, was wir hier zu bieten haben und worauf Sie achten sollten."

„Vielen Dank, bis gleich", antwortete er und lief zum Lift. Er war die förmliche Anrede mit Nachnamen und „Sie" bislang nicht gewohnt gewesen und fühlte sich erwachsener. Das gefiel ihm.

Oben angekommen, öffnete Georg voller Erwartung die Tür zu seinem neuen Zuhause. „Wow", entfuhr es ihm wieder, als er eintrat. Er stand in einem modernen Apartment mit Schlafzimmer, Bad und Küchenzeile. Schreibtisch, Bücherregal und Internetanschluss.

Die Wohnung bot beste Voraussetzungen für eine konzentrierte Studienatmosphäre. Georg war beeindruckt. Er stellte sein Gepäck ab, wusch sich durchs Gesicht und ging zurück zum Empfang.

Frau Werner freute sich, dass er zufrieden war. Sie zeigte ihm die weiteren Einrichtungen des Hauses wie den Waschkeller und die Gemeinschaftsräume, zu denen auch ein überschaubarer Fitnessraum gehörte, in dem ein paar einfache Trainingsgeräte standen, die ihn nicht sonderlich beeindruckten. Georg war es egal. Er wollte ja Fotografie studieren und nicht Sport. Und Fitnesstraining hatte ihn noch nie interessiert.

Am Ende der kurzen Besichtigungstour durch sein neues Zuhause händigte Frau Werner ihm die Hausordnung aus. Er fand dort nichts, das ihn störte. Er bedankte sich artig und fuhr wieder hinauf in die Wohnung.

Auf dem Bett schob er Kissen und Zudecke beiseite, griff den Koffer und warf ihn auf die Matratze, klickte ihn auf und öffnete den Deckel.

Seine Hosen und Hemden hing er sorgfältig auf die im Schrank baumelnden Bügel. Unterwäsche und Strümpfe verstaute er in den dafür vorgesehenen Fächern. Platz war reichlich da.

Die Waschutensilien trug er ins Badezimmer, beließ sie aber vorerst in der Toilettentasche. Lediglich die Zahnbürste stellte er in das vorhandene Zahnputzglas. Schließlich brachte er die Fotoausrüstung im eingebauten Safe unter und steckte den Schlüssel in sein Portemonnaie, das er ständig bei sich trug.

Er setzte sich an den Schreibtisch, klappte den Laptop auf, schaute sich die Bilder von Karin an und träumte sich in seine Karriere als Profifotograf.

Am folgenden Tag wollte er sich an der Fachhochschule für Fotografie einschreiben. Georg lief noch mal kurz zur Rezeption und fragte Frau Werner nach dem schnellsten Weg dorthin.

„Das ist gar kein Problem, junger Mann. Sie brauchen zu Fuß nur etwa zwanzig Minuten. Und wenn Sie hier gleich durch den Park gehen, vermeiden Sie ein gutes Stück an der Straße", erklärte sie ihm.

Das hörte sich mühelos an und Georg schlenderte zufrieden zurück in sein Apartment. Morgen würde er ordentlicher Student der Fotografie sein.

Ein erhebendes Gefühl, aber inzwischen verspürter er Hunger und fing an, seine praktische Einbauküche zu erkunden. Von Zuhause hatte er eine Tüte Spaghetti, ein Päckchen Reis und zwei Fertigsuppen mitgenommen.

Dazu ein Stück Butter und ein mittleres Paket Toastbrot. Er räumte die haltbaren Lebensmittel in den Küchenschrank, Speisefett und Käse vertraute er dem Kühlschrank an. Das musste fürs Erste reichen, weil ansonsten sein Koffer zu schwer geworden wäre.

Obwohl seine Mutter auf etliche Konservendosen, ein ganzes Landbrot und mehrere Gläser mit selbstgemachter Marmelade bestanden hatte, war es ihm mit dem Gewichtsargument gelungen, Renates Versorgungsdrang zu bremsen. Ein paar zusätzliche Scheiben Käse hatte er sich doch noch aufdrängen lassen.

Weil Georg jemals weder Lust zum Kochen, noch irgendeine Begabung darin hatte, steckte er zwei Schnitten Brot in den zur Einrichtung gehörenden Toaster, bestrich sie dick mit Butter und legte auf jede drei Scheiben Käse. Damit stillte er seinen größten Hunger. Es gelang. Aber es schmeckte ihm nicht besonders.

Mit einem Dosenbier, das er sich bei der Ankunft am Bahnhof gekauft hatte, spülte er die improvisierte Mahlzeit ohne sonderlichen Appetit herunter. Anschließend schlenderte er noch ein bisschen im Wohnheim umher, um mit der Umgebung vertraut zu werden.

Am Schwarzen Brett in der Gemeinschaftsküche im Erdgeschoss fand er die Ankündigung einer „Welcome-Party" für alle neuen Bewohner. Sie war angekündigt für den kommenden Freitagabend. Georg nahm sich vor hinzugehen, um Kommilitonen kennen zu lernen. Hauptsächlich gespannt war er indes auf die Studentinnen, von denen er schon ein paar auf seinem Gang gesehen hatte. Einige davon zumindest fand er so reizvoll, dass er sie partout näher kennenlernen wollte.

An Karin dachte er nicht mehr. Georg hatte sie in sein neues Leben nicht mitgenommen.

Die Begegnung mit Tim auf der Fahrt von Bielefeld bis Hannover beschäftigte ihn ebenso wie seine noch ungewohnte Wohnumgebung und vor allem das am nächsten Tag beginnende Studium.

Mittlerweile war es Abend geworden und Georg ging erneut in die Gemeinschaftsküche. Dort hoffte er, ein wenig Zerstreuung zu finden.

Aus dem hier aufgestellten Getränkeautomaten holte er sich eine Flasche Bier und setzte sich an den Tisch, an dem er einen freien Platz entdeckt hatte. Er war in eine Runde von vier augenfällig befreundeten Studenten geraten. Rasch bemerkte er, dass es sich um zwei Paare handelte, die einen gemeinsamen Urlaub planten.

Interesse an Georg zeigten sie nicht. Sie waren mit sich beschäftigt. Das fünfte Rad am Wagen wollte er nicht sein.

Er griff sein Bier und trottete nach draußen, um die erste und letzte Zigarette des Tages zu rauchen.

Um den vor dem Haus aufgestellten Aschenbecher in Form eines mittelgroßen Blumenkübels standen Grüppchen von Hausbewohnern, die sich genauso bestens zu kennen schienen. Sie plauderten von diesem und jenem. Meistens über Triviales, wie er fand.

Hier kam ebenfalls kein Gespräch zustande. Sobald Georg die Zigarette aufgeraucht hatte, trank er einen letzten Schluck aus der Flasche, brachte sie zurück in die Küche und stellte sie in den Leergutkasten.

Dann schlich er ernüchtert hinauf in sein Apartment, zog sich aus, streifte seinen Schlafanzug über, ging in sein Bad, putzte sich die Zähne, wusch sich durchs Gesicht und legte sich ins Bett.

Die abendliche Routine hatte ihn noch einmal an sein Zuhause erinnert, an das er jetzt mit ein bisschen Wehmut dachte. Das Wohnheim, in dem er noch keinen Anschluss gefunden hatte, kam ihm jetzt fremd und abweisend vor.

Mit der Hoffnung auf die Welcome-Party am Wochenende schlief er ein, ermattet vom Tag und müde vom Bier.

Sein Handy weckte ihn morgens um sieben. Das Hochschulsekretariat, in dem er sich immatrikulieren musste, öffnete um neun, so dass Georg Zeit genug hatte, sich in aller Ruhe zu duschen und zu frühstücken.

Essen wollte er diesmal in der Gemeinschaftsküche. Allein in seinem Apartment zu hocken, behagte ihm nicht.

Er packte Toastbrot, Käse, Butter und ein Messer zusammen mit einem Frühstücksbrett in einen Jutebeutel und fuhr mit dem Lift ins Erdgeschoss. Er suchte sich einen Tisch am Fenster, auf dem er seine Utensilien ausbreitete.

Den Kaffee, ohne den er den Tag nicht beginnen konnte, holte sich Georg für 50 Cent aus dem Automaten. Einen Toaster fand er auch.

Kaum hatte er sein Frühstück zubereitet, trafen nacheinander weitere Studentinnen und Studenten in der Küche ein. Vereinzelt mit müden Gesichtern, denen man eine kurze Nacht ansah.

Sie verteilten sich offenbar wahllos auf die freien Plätze. Der Raum war mittlerweile erfüllt von an- und abschwellendem Gemurmel, aus dem sich kaum einmal einzelne Stimmen oder ein Lachen heraushören ließen. Georg war in sich versunken.

Er dachte an den vor ihm liegenden Tag, an die Immatrikulation und daran, dass er sich in der Stadt noch Lebensmittel für die kommenden Tage besorgen musste. Immer nur Toastbrot, Butter und Käse war ihm schon jetzt zu fad geworden.

Dann schrak er auf. Eine Studentin war an seinen Tisch getreten und fragte nach einem freien Platz, den Georg ihr lächelnd gewährte, froh darüber, nicht allein frühstücken zu müssen.

„Bist du neu hier, ich habe dich noch nie gesehen", sagte das Mädchen, das sich ihm als Ulrike vorstellte. Er fand sie nett, doch ein „Wow" entlockte sie ihm nicht. „An Karin reicht sie nicht heran", dachte er bei sich und schämte sich dieses heimlichen Vergleichs. An sie hatte er seit seiner Ankunft in Hannover nicht mehr gedacht.

Er wunderte sich, dass sie ihm jetzt wieder in den Sinn gekommen war. Er sann nicht länger darüber nach.

Georg musste sich auf den Weg machen, wollte er zur Öffnungszeit des Immatrikulationsbüros an der Hochschule sein. „Tschüss, ich muss los", sagte er kurz und entfernte sich. Den Tisch abzuräumen, vergaß er.

Dass es Ulrike für ihn tat, erfuhr er erst später.

Er griff sich seinen Rucksack, den er vorsichtshalber mit zum Frühstück genommen hatte, und verließ das Wohnheim durch die Vordertür.

Die Enttäuschung

Draußen rief er sich noch einmal die Wegbeschreibung ins Gedächtnis, die er von Frau Werner am Ankunftstag bekommen hatte, und lief raschen Schrittes los.

Durch den Stadtteilpark Möhringsberg erreichte Georg gleich den Weidendamm, den er allerdings ein paar Kilometer südwärts laufen musste, um schließlich das Verwaltungsgebäude der Hochschule für Fotografie zu erreichen.

Frau Werners Angaben über Zeit und Entfernung waren reichlich optimistisch gewesen, fand er, ohne ihr daraus einen Vorwurf zu machen.

Er brauchte unbedingt ein Fahrrad. Er wollte die Eltern bitten, ihm seines per Bahn nachzuschicken. Dann hätten die langen Laufwege ein Ende. Er vergaß es.

Vor ihm warteten etliche Erstsemester auf ihre Einschreibung. Unter ihnen auch Tim, den er ein paar Meter vor ihm in der Schlange entdeckte.

Er versuchte, dessen Aufmerksamkeit durch eifrige „Hey-Tim-Rufe" zu erlangen. Aber sein neuer Bahnbekannter aus Bielefeld reagierte nicht.

Stattdessen zog sich Georg verwunderte Blicke der Umstehenden zu. Er gab es auf und konzentrierte sich auf sein eigenes Fortkommen in der Warteschlange. Als er schließlich an der Reihe war, seinen Studentenausweis und ein Vorlesungsverzeichnis entgegenzunehmen, war Tim längst wieder verschwunden. Sie trafen sich nie wieder.

Georg wollte sich erst einmal orientieren und schlenderte mit wachem Blick durch die Gänge der neuen Hochschule.

Gleich neben dem zentralen „Infopoint" entdeckte er eine breite Anschlagtafel, auf der alle Dozenten mit ihren Sprechstunden aufgeführt waren.

Unter „M" fand er Imko Matthey, hinter dessen Sprechzeiten deutlich der Hinweis angebracht war: „Nur für Meisterschüler".

Der Professor schien hier ein Star zu sein, der sich mit Anfängern nicht abzugeben brauchte.

Obwohl Georg enttäuscht war, mit seinem Idol nicht sofort in persönlichen Kontakt treten zu können, packte ihn der Ehrgeiz, einmal Zutritt zum erlauchten Kreis der Meisterschüler zu erlangen.

Wie steinig und entbehrungsreich für ihn der Weg dorthin sein würde, ahnte er nicht.

Das gedruckte Vorlesungsverzeichnis enthielt überdies einen Link zum Downloaden. Mit dessen Hilfe konnte er es sich bequem auf dem Laptop anzeigen lassen.

Bis zum Beginn des regulären Vorlesungs- und Seminarbetriebes blieben ihm noch drei Tage.

Georg nutzte die Zeit, seiner neuen Umgebung, der Hochschule und der Stadt, ein wenig näher zu kommen.

Zunächst schlenderte er plan- und ziellos durch die Gänge und Treppenhäuser. Überall hingen großformatige Fotos aus so unterschiedlichen Genres wie Landschaft, Tiere, Architektur, Reportage, Dokumentation, Porträt oder Akt.

Jedes Bild für sich wirkte auf den frischgebackenen Studenten wie ein Fenster in eine Welt, die er so noch nicht kannte. Die herausragende Qualität der Fotos, ihre Dimension, die Rahmung und Hängung ließen Georg vor Ehrfurcht erschaudern. Schließlich stand er vor einem zwei mal einem Meter ausladenden Schwarz-weiß-Porträt einer jungen andalusischen Bäuerin. „Spanischer Moment" hieß der Titel. Die Frau trug ein schlichtes helles Baumwollkleid, das etwa die Hälfte ihrer schlanken, aber kräftigen Oberschenkel bedeckte, dazu grobe schwarze Gummistiefel.

Ihren rechten Arm hatte sie auf eine Heugabel gestützt und mit dem linken Handrücken wischte sie sich den Schweiß von der Stirn. „Ein Foto, das eine perfekt inszenierte Geschichte voll betörender Spannung erzählt", kam es Georg in den Sinn.

Er harrte minutenlang davor aus.

Als er ganz dicht an das Werk herantrat, entdeckte er eine Signatur unten rechts am Bildrand. „Imko Matthey, Agrón 2001" entzifferte er mit Mühe.

Da war es wieder, sein fotografisches Idol. Er spürte, ihm erneut ein Stück näher gekommen zu sein. Wann würde er ihn persönlich begegnen? Als Studienanfänger dürfte es ihm kaum gelingen.

Das wusste Georg

Er musste zunächst den mühsamen Weg durch die diversen Einführungsveranstaltungen und Grundseminare durchlaufen, bevor er eine Veranstaltung von Imko Matthey würde besuchen dürfen.

Das sah die Studienordnung verpflichtend vor, die er bei seiner Immatrikulierung ausgehändigt bekommen hatte.

Dort standen die Pflichtmodule „Grundlagen der Fotografie", „Typografie I" „Programmlehre", „Kommunikationswissenschaften/Medientheorie", „Crossmediale Gestaltung I" und „Darstellungs- und Entwurfsmethodik". Mit praktischer Fotografie hat das ja zunächst nichts zu tun, stellte Georg bekümmert fest. Doch da musste er durch. Das war ihm klar.

Ohne ein solides theoretisches Fundament, das man im Anfangssemester vermittelte, würde es nicht klappen, obwohl er begierig war, sofort zu fotografieren.

Die Studios, die er auf seinem ersten Rundgang durch die Hochschule entdeckt hatte und in die er durch eine halb geöffnete Tür einen Blick warf, hatten ihn mit ihrer Atmosphäre angezogen. Er wäre gern hinein gegangen und war versucht, die dort installierte Blitzanlage auszuprobieren. Er traute sich nicht.

Der Eindruck ließ ihn nicht mehr los. Die Studienordnung sah erst im dritten Semester, also nach etwa eineinhalb Jahren Theorie, das Modul „Angewandte Fotografie I Porträt- und Modefotografie" vor.

Mit leidlichem Ehrgeiz wollte sich Georg darauf stürzen und die obligatorischen Theorieteile mit Anstand und respektablen Ergebnissen hinter sich bringen.

Da die Pflichtveranstaltungen für Studienanfänger erst in der kommenden Woche begannen, verließ Georg die Hochschule, um sich zunächst einmal, um seine privaten Angelegenheiten zu kümmern.

Lebensmittel musste er einkaufen, um sich nicht die ganze Zeit von Toastbrot und Käse zu ernähren.

Dass es ihm langsam zum Hals heraus hing, hatte er längst beim Frühstück am Morgen gemerkt.

Kaffee, Mineralwasser und ein paar Flaschen Bier wollte er sich im nächsten Supermarkt besorgen, um nicht ständig den Automaten im Studentenheim bemühen zu müssen. Das würde sein recht karg bemessenes Budget zu sehr beanspruchen.

Die Eltern bezahlten die Miete für das Wohnheim und zusätzlich 300 Euro für seinen Lebensunterhalt. Zusammen mit der staatlichen Studentenförderung hatte Georg monatlich 500 Euro zur Verfügung. Das war knapp und er hatte streng hauszuhalten, um über die Runden zu kommen.

Etwas anderes als Aldi war da nicht drin. Das störte ihn nicht. Gleich gegenüber der Fachhochschule für Fotografie oder FHF wie er sie schon kennerisch nannte, lag eine Filiale des Discounters, die er jetzt ansteuerte, um dort seinen Rucksack zu füllen.

Der war dann so schwer, dass er sich entschloss, mit der Straßenbahn ins Studentenwohnheim zu fahren. Den Fußweg wollte er sich nicht noch einmal antun.

Als frisch gebackener Student kehrte er nach Hause zurück. Dass er „nach Hause" zu sich sagte, als die Tram sich in Bewegung setzte, fiel ihm auf. Er verspürte kein Heimweh mehr, seitdem er die erste Nacht in Hannover verbracht hatte.

Der Freitagabend nahte und die Welcome-Party. Am frühen Nachmittag hatten die Studenten der Wohnheimvertretung begonnen, die Gemeinschaftsküche mit Papiergirlanden und Luftballonen zu schmücken.

Und sie hatten eine stattliche Musikanlage mit gewaltigen Lautsprecherboxen aufgebaut. Die Tanzfläche war umrahmt von den im Kreis aufgestellten Tischen und Stühlen.

Die Neonröhren, die ansonsten die Küche beleuchteten, waren mit buntem Krepppapier umwickelt und sorgten für schummeriges Licht und tauchten den Raum in eine geheimnisvolle Stimmung.

Auf der Kochzeile war ein schlichtes Buffet aufgebaut aus mit Wurst und Käse belegten Brötchen, ein paar Gläsern „Gürkchen", wie sie Georg aus Bochum vertraut waren. Äpfel, Birnen und Rohkostsalat sollten auch die Vegetarier und Veganer zufrieden stellen.

Ein Beitrag von zwei bis fünf Euro erwartete man von jedem Besucher.

Am Eingang war ein Tisch aufgestellt. Auf dem thronte ein massiges rosa Sparschwein, das unmissverständlich um eine Spende bat.

Niemand wagte es, das Schwein zu passieren, ohne nicht mindestens eine Münze hinein zu werfen. So auch Georg nicht, der es einstweilen bei zwei Euro bewenden ließ.

Freilich verlangte man für Essen und Trinken ähnlich geringe Beträge. Er hatte sich ein Bier geholt und schlenderte unschlüssig im Raum umher. Er hoffte, jemanden Bekanntes zu treffen.

Innerhalb der ersten halben Stunde tat sich nichts. Er kannte niemanden. Selbst von den Gesichtern des Ankunftsabends oder seines Frühstücks im Haus erblickte er keines.

Als er ein weiteres Mal gespannt zum Eingang der Küche schaute, sah er Ulrike. Sie war allein. Das schien sie nicht zu stören. Ihr heiteres Gesicht zumindest zeugte von bester Laune. Beschwingt, fast sportlich, enterte sie den Partyraum, steckte ein paar Münzen in das Schwein und sah sich erwartungsfroh um.

Als sie Georg erblickte, hob sie ihren Arm und lachte. Sie lief direkt auf ihn zu und sagte mit immer noch lachender Mine: „Da bist du ja, für den ich den Frühstückstisch abgeräumt habe." Ihm schoss die Schamröte ins Gesicht und er stammelte: „Danke, tut mir leid, hatte meinen Kopf woanders." „Lass mal gut sein, du kannst dich ja revanchieren", erwiderte sie und strahlte ihn an. Georg war erleichtert. Ganz sanft, indem er ihren Ellenbogen berührte, bugsierte er sie mit den Worten: „Wollen wir uns setzen?", zu einem leeren Tisch direkt an der

Tanzfläche. „Jetzt kannst du es wieder gutmachen, wenn du uns was zu trinken und zu essen holst", meinte Ulrike, sobald sie sich niedergelassen hatten.

Georg stand sofort auf, lief zum Tresen und brachte für beide je ein Bier, das Käsebrötchen für sie und eines mit Schinken für sich zurück an den Tisch. Auf ein Tablett hatte er verzichtet. Er balancierte die vier Teile geschickt mit seinen Händen und erntete dafür einen bewundernden Blick Ulrikes.

Sie hatte ihr zweites Semester Sozialpädagogik an der Uni Hannover hinter sich gebracht, wie sie Georg sogleich erzählte. Sie wolle später einmal eine Kita leiten, am liebsten in ihrer Heimatstadt Hildesheim. Als er voll Begeisterung von seinem bevorstehenden Fotografiestudium lossprudelte, malten sie sich aus, beides miteinander zu verbinden. Eine Fotodokumentation „Eine Woche in der Räuberhöhle fände ich toll", schlug Ulrike vor. „Ja", ergänzte Georg begeistert, „mit Porträts der Kinder und ihrer Erzieher."

Die Zwei schwadronierten noch ausführlich über gemeinsame Pläne der Sozialpädagogin und des Fotografen, von Zeit zu Zeit unterbrochen von längeren Tanzeinlagen.

Im Lauf des Abends ließen sie die rockigen und härteren Musikstücke ungetanzt verstreichen und betraten die Tanzfläche nur noch, um ihre Körper im Rhythmus langsamer Melodien aneinanderzuschmiegen.

Schon bald hatten Ulrike und Georg ihre Umgebung aus den Augen verloren. Sie spürten allein sich.

Es war spät geworden und als sie nach draußen gegangen waren, um eine Zigarette zu rauchen, bemerkten sie erst, dass außer ihnen vielleicht noch fünf andere Studenten auf der Party ausharrten. Sie schauten sich unschlüssig an, blieben aber stumm.

„Trinken wir noch ein Bier?", fragte Georg behutsam. „Nein", erwiderte das Mädchen energisch, „ich glaube, wir haben beide genug."

Und leise fügte sie hinzu: „Jedenfalls vom Bier." Er schaute sie fragend an. Ulrike sagte nichts, ergriff seine Hand und zog ihn sanft zum Treppenhaus und stieg mit ihm die Stufen zum ersten Stock hinauf.

Vor dem Apartment 105 blieb sie stehen, zog den Schlüssel aus ihrer Handtasche und schloss auf. Sie schaute zu Georg, öffnete die Tür und schob ihn sacht über die Schwelle in ihre Wohnung.

Sie stellte sich vor ihm auf, legte seine Hände in die ihren und führte ihn rückwärtsgehend ins Schlafzimmer. Ulrike setzte sich aufs Bett und zog ihn zu sich herab.

Dabei ließ sie sich rücklings in die Kissen fallen, umschlang Georgs Hals und küsste ihn mit heißer Leidenschaft bei lüstern geöffnetem Mund. Ihre Zungen spielten miteinander und ihre Lippen sogen sich aneinander fest. Immer, wenn sich ihre Zähne zufällig berührten, gesellte sich zum Keuchen und Schmatzen ein irritierendes leises Knirschen. Dabei lachten beide kurz auf, um sich sofort wieder gegenseitig zu verschlingen.

Jetzt ergriff Georg die Initiative. Er öffnete Ulrikes Bluse Knopf für Knopf. Beim engen Tanzen hatte er bemerkt, dass sie keinen BH trug. Ihren kleinen Busen bedeckte jetzt nur noch ein eng anliegendes, weißes T-Shirt, auf dem sich ihre Brustspitzen deutlich abzeichneten.

Georg legte die linke Handfläche auf ihren Bauch und schob sie sachte unter ihr Hemd und tastete sich langsam nach oben. Behutsam streichelte er Ulrikes Brust,

138

die jetzt festweich und rund in seinen Händen lag. Er vernahm ein wohliges, leises Stöhnen aus ihrem Mund. Er zog ihr das Shirt aus und umschloss den einen Busen mit den Lippen und strich mit der Zunge über die Spitze.

Den Anderen umhüllte sanft die Innenfläche der Hand. Darauf fuhr er mit der Rechten ihre Figur entlang nach unten, öffnete den Knopf ihrer Jeans, zog den Reißverschluss auf und schob sie zwischen ihre Beine.

Ulrike stöhnte heftiger, grub ihre Finger in Georgs Hüfte und presste ihre Körper gegeneinander. Deutlich spürte sie seine Erregung.

Zu einer erfüllten ersten Liebesnacht im Studentenheim kam es nicht. Viel zu viel Alkohol, keine Erfahrung und die Gier nach schneller Erfüllung ließen ihn plötzlich und unfreiwillig kommen.

Ihre brennende Lust brach wie ein Strohfeuer in sich zusammen. Die beiden blieben unbefriedigt und ratlos zurück. Sie lagen noch eine Zeitlang schweigend nebeneinander, bis Georg Ulrikes Hand umfasste und sie drückte. „Alles gut", flüsterte sie noch. Dann fielen sie in einen tiefen Schlaf.

Als sie am nächsten Morgen aufwachte, murmelte er im frühmorgendlichen Traum unverständliche Worte vor sich hin, öffnete seine Augen aber nicht.

Behutsam, ohne ihn zu wecken, verließ sie das Bett und schlich ins Bad.

Sie drückte sich eine gehörige Portion Zahnpasta auf ihre Bürste und schrubbte ihre Zähne solange, bis sie den fahlen Geschmack abgestandenen Bieres nicht mehr wahrnahm.

Dann stieg sie unter die Dusche.

Als Ulrike ihren Körper mit Duschgel einseifte und dabei mit den Händen über ihren Busen strich, erlebte sie Georg wieder.

Auch der war mittlerweile wach geworden und wunderte sich, dass Ulrike nicht mehr neben ihm lag. Er hätte sie gern in den Arm genommen. Dann hörte er die Dusche rauschen und trottete ebenfalls ins Bad.

Die Tür war nicht verschlossen. Er trat ein. Sie erschreckte sich nicht, als er plötzlich im Raum stand, sondern duschte unbeeindruckt weiter. Er sah ihr zu. Ulrike verließ die Duschkabine und angelte sich unbekümmert ein Handtuch vom Halter und trocknete sich ab.

Georg fühlte einen fast unwiderstehlichen Drang, ihren nackten Körper zu berühren. Er traute sich aber nicht.

„Du darfst mein Duschgel benutzen, saubere Trockentücher und eine unbenutzte Zahnbürste lege ich dir derweil raus", sagte Ulrike beiläufig.

Nachdem sie Deo und Tagescreme aufgetragen hatte, lief sie nackt ins Schlafzimmer und zog sich an. Georg stand eine Weile unschlüssig im Badezimmer und wusste nicht, was er von ihrem ungezwungenen Benehmen halten sollte, aber es gefiel ihm.

Als auch er geduscht hatte, band er sich ein Handtuch um die Hüfte und ging zurück ins Schlafzimmer, wo Ulrike seine kunterbunt herumliegende Kleidung sorgfältig auf einer Stuhllehne drapiert hatte.

Lachend sagte sie zu Georg: „Frische Unterwäsche habe ich leider nicht für dich." „Macht nichts", erwiderte er, „ich ziehe mich dann gleich oben bei mir um."

Etwas unbehaglich fühlte er sich, derweil er seine von der Nacht krumpelige Kleidung anzog, wohingegen Ulrike in ordentlichem und blitzsauberer Aufmachung vor ihm stand.

Sie trug frisch gewaschene blaue Jeans, über die sie einen schlichten, schwarzen Baumwollpullover mit V-Ausschnitt gezogen hatte. Darunter war ein weißes Shirt zu sehen, das ein strahlendes Dreieck unterhalb des Halses bildete.

Der Pullover war so weit ausgeschnitten, dass der Ansatz ihres Busens sich im hellen Ausschnitt abzeichnete. Der Anblick faszinierte ihn mehr als die eben noch nackte Ulrike im Bad.

Er kam sich in seinen gebrauchten und zerknitterten Sachen neben dem adretten Mädchen so schäbig vor, dass er beschloss, sich sofort umzuziehen.

„Bin gleich wieder da", rief er Ulrike zu, rannte aus der Tür ins Treppenhaus, nahm drei Stufen auf einen Schritt und stand in wenigen Augenblicken vor seinem Apartment.

Er trat hinein, steuerte auf den Kleiderschrank zu und zog genau die Sachen an, die er beim Fotoshooting mit Karin im Bochumer Stadtpark getragen hatte. Er dachte sich nichts dabei.

Als er kurz vor den Garderobenspiegel trat, sah er sich zurückversetzt in seine Schulzeit und die Erlebnisse mit der Schulfreundin.

Er zog sich erneut um. Diesmal wählte er bewusst Sachen, die sich von denen in Bochum unterschieden, ein blaues T-Shirt, eine luftige rote Windjacke, beige Cordjeans und ein Paar mittelbraune Lederschuhe.

Georg beeilte sich, rasch wieder bei Ulrike zu sein.

Als sie ihm die Tür auf sein Klopfen hin öffnete, umfing ihn der Duft frischen Kaffees und aufgebackener Brötchen.

Sie hatte einen einfachen Frühstückstisch zurechtgemacht. Bevor sie ihn bat, Platz zu nehmen, lobte sie sein adrettes Aussehen. Sie frühstückten. Über die vergangene Nacht sprachen sie kein Wort mehr.

Es war Samstagmorgen und Ulrike wollte ein paar Einkäufe erledigen und bat Georg mitzukommen. Sie nahmen die U-Bahn und waren in wenigen Minuten in der Innenstadt Hannovers.

Dort kannte sie sich besser aus als er, der sich ihr anschloss, als sie zielstrebig die Aldi-Filiale in der Rundestraße ansteuerte.

Zahncreme, Deo und Duschgel standen auf ihrem Einkaufszettel. Georg langweilte sich, derweil Ulrike voller Akribie die Angebote studierte und sich stets für das Günstigste entschied.

Als sie endlich mit ihrer unendlich schwierig erscheinenden Auswahl fertig war, schoben sie den spärlich beladenen Einkaufswagen zügig in Richtung der Kassen, an denen bereits lange Kundenschlangen an diesem Einkaufssamstag standen.

Auf dem Weg dorthin hatte Georg in einem Weinregal einen „Nero d'Avolo" für zwei Euro neunundvierzig entdeckt. Er tippte Ulrike auf die Schulter und deutete ihr an, dass er noch mal schnell zu den Auslagen zurückwolle. Sie nickte.

Er wandte sich um, lief zügig die paar Schritte zum Weinregal, ergriff die Flasche, ging zurück, zeigte sie Ulrike und fragte sie beiläufig: „Für heute Abend?", und legte sie zu den Drogerieartikeln in den Wagen.

Seine angedeutete Verabredung auf ein erneutes Zusammensein blieb zunächst unbesprochen zwischen ihnen.

Nachdem sie die paar eingekauften Sachen in den mitgebrachten Beutel gepackt hatten, schlenderten die Beiden zum Bummeln auf die nahe Lister Meile.

Ulrike hatte sich vorgenommen, nach herabgesetzten T-Shirts Ausschau zu halten, und steuerte verschiedene Textilgeschäfte und Warenhäuser an. Georg langweilte sich, sagte aber nichts. Etwa eineinhalb Stunden suchten sie vergeblich. Selbst Ulrike hatte keine Lust mehr, Sie setzten sie sich erschöpft an einen Tisch vor dem Eiscafé „Napoli". Von dessen Stühlen in der Fußgängerzone überblickten sie fast die gesamte Einkaufsstraße.

Auf der gegenüberliegenden Seite entdeckte Georg zufällig das „Fotostudio 54", ein Fachgeschäft mit angeschlossenem Atelier. Das musste er sich unbedingt näher ansehen, zumal die großformatigen Bilder im Schaufenster einen Fotogenuss vom Feinsten versprachen. „Geh nur", meinte Ulrike, als sie seine Neugier bemerkte, die sich ihr durch ein Glänzen in den Augen zeigte, „ich warte hier so lange auf Dich". Sekunden später stand Georg vor dem Schaufenster und konnte sich nicht sattsehen. Besonders die ausladenden Porträt- und Aktbilder in edlem schwarz-weiß hatten es ihm angetan.

Er trat ein und bat eine Verkäuferin um einen Prospekt mit ausführlichen Kontaktdaten. Danach sah er sich eine Weile im Laden um, als er eine kleine, aufsteckbare Softbox entdeckte, die weiches Licht erzeugte und ideal für Porträts mit Blitz zu sein versprach.

Er erinnerte sich an einen Artikel in einer seiner Fotomagazine. Sie kostete 20 Euro. Er kaufte sie. Dann lief er zurück zu Ulrike. Jetzt war er versöhnt mit dem Einkaufsbummel, der ihn bislang angeödet und genervt hatte.

Nachdem sie sich an einem Eiskaffee für Georg und einem Cappuccino, Ulrike, gestärkt hatten, bummelten sie eine Zeit lang ziel- uns planlos durch die Innenstadt, wie ein Liebespaar sich bei den Händen haltend.

Ob sie eines waren, wussten beide nicht. Sie sprachen nicht darüber, sondern plauderten belanglos über Auslagen, sie die in den Schaufenstern entdeckten. Mal fand Ulrike etwas ansprechend, mal Georg.

Sie kamen an einem „Beate-Uhse-Laden" in der Andreasstraße vorbei. Sie wagten beide einen flüchtigen Blick hinein und hofften, dabei nicht bemerkt worden zu sein.

Die Erinnerung an die verkorkste Liebesnacht drängte sich zwischen sie. Keiner von ihnen sprach darüber. Doch stumm drückten sie ihre Hände etwas fester ineinander und schlenderten weiter.

Inzwischen war es Mittag geworden.

Ulrike schlug vor, in der „Contine", einer bescheidenen Mensa am Königsworther Platz, zu essen.

Sie hatte erfahren, dass man hier selbst samstags einkehren konnte. Sie liefen zur nahen Haltestelle und stiegen in den Bus.

Nach drei Stationen dort angekommen, fanden sie das Studentenrestaurant nur mäßig besetzt vor.

Ulrike und Georg suchten sich einen freien Tisch hinten links, dessen umliegenden Plätze frei waren.

Eine gedämpfte Unterhaltung konnte so von den übrigen Gästen nicht gehört werden.

Nachdem sie sich ihr Essen am Tresen geholt hatten, sie vegetarisch, er Fisch, sprach Ulrike ganz unbefangen von ihrer letzten Nacht.

Ihm war es peinlich, aber er drückte sich nicht. „Du", sagte sie, „wir können es gern noch einmal probieren, aber nicht heute, lass uns noch ein wenig warten."

Georg nickte stumm. Er empfand zwar wieder Lust, ängstigte sich aber vor einer zweiten Blamage, die ihre Beziehung wohl nicht ausgehalten hätte. Zugleich beeindruckte ihn, wie frei Ulrike mit dem für ihn so peinlichen Thema umging.

Sie fuhren zurück ins Wohnheim. Sie verschwand in ihrem, er in seinem Apartment. Am Abend wollten sie sich bei ihm treffen. Gegen acht klopfte Ulrike an. Sie hatte zwei Weingläser mitgebracht und eine Tüte Chips, die sie ihm entgegenstreckte.

Georg nahm ihr die Sachen ab, stellte die Gläser ab und füllte die Knabbereien in eine Kompottschale aus seinem Geschirrschrank.

Damit er die Weinflasche nicht umständlich mit einem Korkenzieher öffnen musste, den er nicht besaß, hatte er schon beim Kauf darauf geachtet, dass sie mit einem Schraubverschluss versehen war.

Auf das stilvolle Plopp eines sich lösenden Korkens konnte er nicht hoffen. An dessen Stelle trat das wenig romantische Knacken einer Drehkapsel aus Kunststoff. Die war mittlerweile sogar unter Weinkennern akzeptiert. Darauf zu achten, brauchte Georg bei einem Wein von Aldi ohnehin nicht.

Er goss ein. Erst sich einen Schluck, den er mit gespielter Kennermiene im Mund hin und her bewegte, um ihn darauf langsam und mit einem leisen „Mmh" die Kehle hinunter rinnen zu lassen, derweil sie dem Schauspiel amüsiert zusah, um ihm am Ende mit einem fröhlichen Lachen Applaus zu spenden.

Und Georg spielte weiter. Mit einer übertrieben tiefen Verbeugung bat er Ulrike, an seinem wenig stilgerechten Küchentisch Platz zu nehmen.

Er zog einen Stuhl vom Tisch ab, wies mit einer galanten Handbewegung auf die Sitzgelegenheit und schob sie behutsam so hinter sie, dass sie sich bequem hinsetzen konnte.

Er goss beide Gläser zum Dreiviertel voll. Das hatte er ja bei Karin geübt.

Ulrike war geschmeichelt und genoss es, so formvollendet bedient zu werden. Mit einem leisen Pling stießen sie ihre Gläser aneinander und tranken den Nero d'Avolo aus Sizilien, der sich als schmackhafter erwies, als es sein geringer Preis vermuten ließ. Dazu knabberten sie Chips und plauderten wieder über das Fotoprojekt Kita, das beide planten, sobald Ulrike am Ende des Grundstudiums ihr erstes Praktikum antreten würde.

Gefühle im Wettstreit

Sie zu bitten, ihm als Fotomodell zur Verfügung zu stehen, fiel ihm nach zwei Gläsern Rotwein nicht schwer.

Aktbilder zu erbitten, schien ihm nicht mehr zu gewagt zu sein, nachdem Georg erlebt hatte, wie bedenkenlos sie mit ihrem nackten Körper umging.

„Darf ich dich fotografieren?", fragte er direkt und im kaum veränderten Plauderton des Abends. „Na klar", entgegnete Ulrike, „warum nicht gleich jetzt und hier?

Ich trink nur grad mal aus, dann kannst du schon mal für dein Studium üben.

Soll ich mich ausziehen?" „Nein, nein, nicht so schnell", erwiderte Georg sofort. Er geriet in Panik. Einerseits freute er sich riesig, plötzlich und völlig unvermutet, Ulrike als Aktmodell vor sich zu haben.

Aber, und das überwog, er fühlte sich überfordert. Ihm blieb kaum Zeit, eine Fotoinszenierung vorzubereiten.

Er hatte keine Posen parat, sein Herz klopfte, sein Kopf war leer.

Ulrike sah ihn verständnislos an. Sie wusste nichts damit anzufangen, ihn so zögerlich zu erleben, hatte sie ihm doch eine Chance eröffnet, die so bald nicht wiederkommen würde.

Die Stimmung dieses Abends drohte zu kippen. „Okay", sagte er, „wir können ja mal was probieren." „Na ja", dachte Ulrike, „Begeisterung klingt anders." Dennoch wartete sie geduldig ab.

Georg war derweil aufgestanden und hatte die Kamera geholt. Er montierte die Softbox, die er am Vormittag gekauft hatte, an seinem Blitzgerät, fügte alle Teile sorgfältig zusammen. Ulrike schaute ihm mit wachsendem Interesse zu.

„So", sagte Georg, „ich wäre jetzt soweit", visierte sie auf dem Stuhl am Tisch an und drückte auf den Auslöser.

Seine neu erworbene Softbox hatte ganze Arbeit geleistet. Ulrikes Gesicht war weich gezeichnet und gleichmäßig ausgeleuchtet. In ihren Augen funkelte ein winziger Lichtpunkt direkt neben ihren Pupillen.

„So muss es sein", kommentierte Georg kaum hörbar das Ergebnis der ersten Probeaufnahme. Sie verstand zwar nicht, was er meinte, sie interessierte sich nicht für Fotografie, registrierte aber genau, wie zufrieden er war. Das gefiel ihr.

Ulrike stand auf, ging zu seiner Sitzecke und kuschelte sich hinein. Georg folgte ihr und fotografierte. Nach jeder Aufnahme schaute er kontrollierend auf sein Display. Je mehr Bilder er schoss, desto seltener setzte er die Kamera ab. Mittlerweile war sie vor seinen Augen wie fest gewachsen.

Auch Ulrike gefiel die Fotosession immer besser. Sie bewegte sich von Mal zu Mal lasziver und begann dabei ihre Bluse aufzuknöpfen.

Unter ihr war dieses Mal ein weißer BH zu sehen, dessen Ränder ein Band von edler Spitze verzierte, der ihren Busen hielt und straffte.

Schließlich zog Ulrike ihre Bluse mit langsamen Bewegungen aus und ließ die letzte Barriere fallen. Sie reckte ihre reizvolle Brust der Kamera entgegen und lachte sie an mit makellosen, blendend weißen Zähnen.

Die Fältchen um ihre Augen vibrierten ein wenig und zeugten von ausgelassener Freude. Sie nahm Georg kaum wahr, der hinter seinem Apparat schwitzte

148

und mühsam um die Contenance eines professionellen Künstlers rang.

Er kannte Ulrikes Körper, aber mit den Augen eines Fotografen hatte er ihn noch nie wahrgenommen. Sie presste ihren Rücken gegen die Sofalehne und hob ihr Becken an.

Sie steckte beide Daumen links und rechts in den Bund und schob Jeans samt Slip nach unten über die Knie bis hinunter zu ihren Knöcheln, schüttelte ihre Beine, bis ihre Kleidung auf dem Boden landete. Dann streifte sie noch ihre Socken ab. Das dauerte nur wenige Sekunden, in denen Georg das Fotografieren unterbrochen hatte.

Sie bot ihm die nackte Venus von Tizian. Betörend und doch unantastbar. Er fotografierte weiter, schoss Dutzende von Bildern und fand kein Ende.

Aber Ulrike meinte: „Jetzt ist's genug", sie stand auf, nahm ihre Kleider und zog sich an.

Sie bewegte sich langsam zurück zum Tisch, schob ihn, der wie erstarrt dastand, sanft beiseite, griff ihr Glas, trank einen Schluck, sagte „Tschüss" und verließ die Wohnung.

Er erwachte aus seiner Staunensstarre erst nach einigen Sekunden, nachdem die Tür deutlich hörbar ins Schloss gefallen war. Heftig schüttelte Georg den Kopf, um sich aus dem vermeintlichen Traum in die Wirklichkeit zurückzuholen.

Er griff seine Kamera, die er abgelegt hatte, als Ulrike sich anzog, und sah sich wahllos einige Bilder an. Er hatte sich nichts eingebildet.

Er goss sich den Rest aus der Flasche in sein Glas und trank es in einem Zug aus. Das beruhigte ihn ein bisschen, obwohl er komplett durcheinander war.

Was sollte er bloß halten von dem eben Erlebten. Einerseits hatte sich Ulrike ihm und der Kamera in völliger Offenheit hingegeben und sich doch verabschiedet in solch profaner Nüchternheit und ohne den kleinsten Funken von Gefühl.

Wollte sie ihn provozieren, verführen gar oder seine Ernsthaftigkeit als Fotograf einer Prüfung unterziehen?

Er war verwirrt. War sie gekränkt, weil er ihren Reizen nicht erlegen war und nur fotografiert hatte?

Keine Ahnung von nichts. Es war nur blanke Ratlosigkeit in Georg zurückgeblieben. Bloß eines war klar: Die Fotos waren ein Traum.

Sie zumindest blieben ihm, wenn auch alles andere mit und um Ulrike sich in einem dichten Nebel der Ungewissheit versteckte.

Mit solchen Gedanken schlief er ein, angezogen auf dem Bett liegend.

Vom Wein benebelt und von ungelösten Rätseln gequält.

In dieser Nacht zogen seltsame Gestalten durch seine Träume. Frauen mit bizarr großen Brüsten, die geformt waren wie mittelalterliche Kampfbögen, aus denen Pfeile auf ihn niederprasselten. Sie trafen ihn nicht.

In der Früh riss ihn das aufdringliche Quäken seines Handys aus dem angsterfüllten Schlaf.

„Guten Morgen, Georg, wollen wir zusammen bei mir frühstücken?" Klar, fröhlich und ausgeschlafen drangen ihre Worte an sein Ohr.

„Ja, gern", krächzte er mit verkaterter Stimme zurück. „Oh", entgegnete Ulrike, „das wird ja wohl noch ´ne halbe Stunde dauern, so, wie du dich anhörst. Macht nichts, ich warte auf dich, vergiss deinen Fotoapparat nicht. Ich möchte die Bilder auch gern sehen. Bis gleich, ich freue mich." Georg war sofort hellwach, sprang vom Bett auf, riss sich die zerschlafenen Kleider vom Leib und lief ins Bad. Auf's Rasieren verzichtete er mal wieder.

Er schor sein Gesicht ohnehin nicht regelmäßig, weil er davon überzeugt war, das sei einem Künstler zuträglich. Auch Imko Matthey trug einen Drei-Tage-Bart.

Georg fühlte sich schmuddelig, aber nach Ulrikes Anruf war er aufgekratzt. Er sprang unter die Dusche und rieb sich die Nacht vom Körper. Eilig zog er frische Jeans, T-Shirt und Sneaker an.

Sein Vorrat an einwandfreien Sachen ging langsam zur Neige, er musste dringend waschen.

Er schnappte sich die Kamera und in nur zwanzig Minuten stand er vor ihr.

Sie umarmten sich. Und beim schon vertrauten Duft aufgebackener Brötchen und frisch gebrühten Kaffees setzten sie sich an den sorgfältig gedeckten Frühstückstisch.

Ulrike fragte sofort nach den Fotos. Zeit, sie zu sichten, zu sortieren und zu bearbeiten, hatte Georg freilich noch nicht gefunden. „Sei's drum", dachte er, „wird schon schiefgehen."

Beim Durchblättern der dutzenden von Aufnahmen wurde Ulrike immer ausgelassener. Angezogen fand sie sich schön und nackt noch viel schöner.

Wieder war es die heitere, unbekümmerte Ausstrahlung, die es ihm so angenehm machte, mit ihr zusammen zu sein.

Georg hatte sich verliebt.

Nach Durchsicht aller Bilder meinte sie unvermittelt: „Das zweite Mal rückt immer näher". Er begriff nicht und schaute sie fragend an. Sie aber lächelte nur, und sagte nichts.

Nachdem die Beiden eine Weile schweigend beim Frühstück gesessen hatten, hellte sich seine Mine auf, um sich sogleich wieder in bekümmerte Falten zu legen.

Ulrike erkannte es sofort und meinte: „Das klappt schon, ich helfe dir." Georg atmete tief durch, so wie ein Kind, wenn es langsam aufhört zu schluchzen, nachdem die Mutter es tröstend in ihre Arme geschlossen hatte.

Als sie aufgegessen hatten, gingen die beiden nach draußen, um die Umgebung des Wohnheims zu erkunden, mit der sie nicht so vertraut waren, wie mit der Innenstadt von Hannover.

Ulrike wollte den jüdischen Friedhof „An der Strangriede" besuchen. Er lag lediglich ein paar Hundert Meter vom Wohnheim entfernt.

Das ergäbe, meinte sie, einen kurzen, erfrischenden Spaziergang am Sonntagvormittag, gepaart mit etwas Kultur und Geschichte ihrer neuen Heimat.

Georg war einverstanden, wenn auch nicht entzückt. Lehrerverhalten hatte er schon bei Karin nicht gerne gemocht. Aber die Aussicht, ein wenig mit Ulrike durch die Gegend zu bummeln, reizte ihn.

Sie marschierten los. Die Beiden hielten sich bei der Hand, bis sie den Eingang des Gräberfeldes erreicht hatten. Ab jetzt bummelten sie berührungslos.

Dass es nicht erlaubt war, sakrale jüdische Stätten wie Synagogen oder Friedhöfe ohne eine Kopfbedeckung zu betreten, wusste Georg nicht.

Es wurde ihm erst klar, als die Friedhofsaufseher ihnen je eine Kipa überreichten und bedeutete, sie auf den Kopf zu setzen. Ulrike hatte Schwierigkeiten, den kleinen, runden Hut auf ihren dichten Haaren festzuhalten. Die Männer an der Eingangspforte halfen ihr mit Klammern aus. Damit steckte sie ihre Kippa fest. Es kam ihnen zunächst komisch vor. Dann aber bemächtigte sie die Würde des Ortes und sie wanderten andächtig durch die Gräberreihen.

„Es gibt hier ja gar keine Blumen", bemerkte er verwundert. „Nein", antwortete sie flüsternd, „Das Judentum kennt keinen Blumenschmuck auf Gräbern. Vom Gedenken sprechen die Steine auf den Grabmalen, die du hier vereinzelt siehst", entgegnete Ulrike.

Georg war beeindruckt und kam sich ungebildet vor. Die Namen auf den Grabstellen sagten ihnen nichts und bald verließen sie den Friedhof wieder. Es gab noch einen winzigen Park am „Kläperberg", der nicht größer war als ein mittlerer Kinderspielplatz. Dort zu bummeln, hatten beide keine Lust. Sie liefen zurück. „Komm, lass uns zu mir gehen, ich mach uns eine Kleinigkeit zum Essen und du holst uns für jeden ein Bier aus dem Automaten. Dann sehen wir weiter." Er wandte sich um, da fügte sie noch hinzu „Denk dran, eins genügt." Georg stutzte und verstand.

Als er mit den zwei Getränkedosen zurück in Ulrikes Apartment kam, hatte sie ein paar Brote mit Wurst, Käse und Schinken belegt und sie ansprechend auf einem weißen Teller dekoriert. Dessertteller standen rechts und links daneben. Auf denen lag je eine rote Papierserviette.

Besteck gab es nicht. Auch auf Gläser für das Dosenbier hatte sie verzichtet. Ulrike hatte, und so verstand es Georg, eine schlichte Vesper vorbereitet. Die Brote waren rasch aufgegessen und das Bier ausgetrunken.

Eine wohlige Schläfrigkeit am Sonntagnachmittag breitete sich in beiden aus und Ulrike schlug vor, sich aufs Bett zu legen. Sie zog ihre Schuhe und Strümpfe aus, streifte ihr Jeans ab und ihren Pullover und legte sich bloß mit T-Shirt und Slip bekleidet hin. Georg war verunsichert, er wusste nicht, wie er sich verhalten sollte.

Doch auf eine einladende Geste Ulrikes zog auch er sich bis auf Boxershorts und Hemd aus und legte sich neben sie, die ihren Kopf an seine Schulter schmiegte, die Augen schloss und gab vor, einzuschlafen.

So lagen sie eine Zeit lang nebeneinander. Selbst Georg war zur Ruhe gekommen und leises Schnarchen verriet, dass er eingeschlafen war. Ulrike hörte es und lächelte, ohne ihre Augen zu öffnen.

Sie richtete sich auf und kitzelte ihn sanft mit der Zunge an seiner Nase. Er erwachte und sie flüsterte: „Schlafen kannst du noch danach."

Er schnellte hoch und griff nach ihrem Körper. Doch sie drückte ihn zurück in die Kissen. „Langsam Georg, ganz langsam." Er verstand, ließ sie los und legte sich wieder auf den Rücken. Ulrike nahm seinen Kopf in beide Hände und küsste ihn mit geschlossenem Mund auf die Lippen. Als er sie öffnete und ihr die Zunge entgegenstreckte, zog sie sich sofort zurück und legte ihr Haupt an Georgs Schulter. Sie streichelte ihn und spielte sanft mit seinen Ohren.

Dann fuhr sie mit ihren Händen langsam am Hals hinab und ertastete den jugendlich straffen Oberkörper unterm Hemd bis abwärts zum Bauch.

Sie kam an den Bund der Boxershorts und hielt inne. Ihm schien das zu gefallen. Er holte tief Luft, blieb aber still liegen. Erst als sie sein Poloshirt sacht anhob und ihre Hand auf seiner nackten Haut langsam erneut nach oben gleiten ließ, atmete er hastiger. Ulrike zog sie unter dem Hemd hervor und legte sich wieder neben ihn. Georg drehte sich zu ihr, küsste sie auf den Hals und nahm behutsam ihr Ohrläppchen zwischen seine Lippen, berührte es mit der Zunge und sog es ein. „Huch, das kitzelt aber", flüsterte sie und ihren Körper durchfuhr ein sanftes Zittern.

Ermutigt streichelte Georg sie weiter am Nacken, Rücken und Bauch, vermied es jedoch bedacht, ihren Busen zu berühren. Ulrike bemerkte die Zurückhaltung, nahm wieder dessen Haupt in ihre Hände und küsste ihn noch mit geschlossenen Lippen. Sie presste Georgs Kopf an sich, krallte ihre Finger in den Haaren fest und öffnete mit dem sanften Druck ihrer Zunge seinen Mund.

Sie löste ihre rechte, glitt an den Armen hinab, bis sie eine Hand zu fassen bekam, schob sie unter ihr T-Shirt und legte sie auf ihre Brust. Georg griff begierig zu, lockerte aber sofort wieder die Finger, als er bemerkte, wie sich ihr Körper anspannte.

Jetzt streichelte er ihren Busen mit nahezu übertriebener Sanftheit. Mit einem Zeigefinger umkreiste er ihre Spitze und drückte sie behutsam in ihr zartfestes Fleisch. Sie stöhnte leise auf. Sie umfasste seine Hüfte und zog ihn auf sich, presste sein Becken gegen ihres und zog ihm sein Shirt aus. Dann fuhr sie mit ihrer Zunge über Brust und Hals. Deutlich bemerkte Ulrike Georgs Erregung unter den Shorts.

„Warte einen Moment", hauchte sie ihm zu, drehte sich zur Seite und fingerte ein Päckchen Kondome aus der Nachttischschublade, kniete sich auf die Matratze, zog ihm die Unterhose aus und stülpte ihm mit geschickten Fingern ein Präservativ über.

Dann streifte sie auch ihren Slip ab, spreizte ihre Beine und ließ ihn hinein. Georgs ungestümen Bewegungen bremste Ulrike mit ihren Händen an seinen Hüften bis beide einen Rhythmus aus kräftigen, aber langsamen Schwingungen erreicht hatten.

Es dauerte nicht eben lange und sie sahen sich mit verklärten Minen und wässrigen Augen an, um zugleich ihre Körper innig aneinanderzupressen.

Ulrike rannen ein paar Tränen über die Wangen. „Habe ich dir wehgetan?" „Nein, Georg, alles ist gut und es war wunderschön." Sie lagen noch eine ganze Weile schwer atmend nebeneinander und sie schmiegte ihren Kopf an seine Schulter.

Ulrike bemerkte, wie sich die Müdigkeit in ihr ausbreitete, sie stand auf, zog ihren Slip und ihr T-Shirt an, lief in die Küche und bereitete eine Kanne Tee zu. Während er Farbe und Geschmack annahm, schlüpfte sie in ihre Jeans und streifte einen Pullover über.

Auch Georg war inzwischen aufgestanden und setzte sich angezogen zu ihr an den Tisch.

„Danke", sagte er flüsternd und Ulrike verstand. Ihr war sofort klar, dass er nicht den von ihr zubereiteten Tee meinte. Kekse knabbernd, plauderten sie über das morgen beginnende Semester.

Für Georg hieß das, sich erst einmal mit den Grundlagen der Fotografie zu beschäftigen. Ulrike gegenüber brachte er deutlich zum Ausdruck, dass er sich dafür nicht sonderlich interessiere. Er gehe davon aus, hier allemal Altbekanntes zu erfahren.

Seine Fotos hätten doch gezeigt, dass er die Grundlagen mehr als beherrsche und mit Theoriekram wolle er sich nicht abgeben.

„Komm, spiel hier mal nicht den Meister", widersprach ihm Ulrike barsch. „Du lernst bestimmt noch was dazu, gerade, weil du wirklich hochbegabt bist." Der Nachsatz versöhnte Georg wieder, nachdem er sich zunächst über ihren belehrenden Ton geärgert hatte.

Ulrike befasste sich mit Handlungskonzepten und den Methoden „Sozialer Arbeit, Modul I". Danach würde sie ins Hauptstudium an der „Evangelischen Fachhochschule" einsteigen. Und sie freute sich darauf.

„Schon wieder so eine überzeugte Pädagogin", schoss es Georg in den Kopf und er dachte an Karin, an die er sich zum ersten Mal seit langem erinnerte.

„Du denkst an eine andere Frau", warf Ulrike sofort ein, als sie den verträumten Gesichtsausdruck bemerkte. „Ja", sagte er, und fühlte sich ertappt. Er erzählte ihr von seinem ersten wahren Fotomodell. Dass es die Geschichte einer großen, unerfüllten Liebe war, erwähnte er nicht. Aber sie hatte es längst begriffen.

Als Georg von Karin sprach, verriet ihn schnell das Leuchten in den Augen. Sie äußerte den Wunsch, seine Freundin von früher kennenzulernen, und schlug ein Treffen vor.

„Göttingen ist doch so weit nicht entfernt. Wir könnten sie besuchen", meinte Ulrike. Sie suchte Klarheit und was zu verdrängen, war ohnehin nicht ihre Art. Georg behagte das nicht „Nee, lass mal, vielleicht ein anderes Mal", wiegelte er ab. Und sie gab erst mal auf.

Es war spät geworden. Er verabschiedete sich mit einer innigen Umarmung und ging hinauf in sein Apartment. Er setzte sich noch für eine halbe Stunde vor den Fernseher, sah den Rest vom sonntäglichen Tatort, ohne in die Geschichte einzudringen. Sie fesselte ihn auch nicht. Er legte sich ins Bett und schlief mit wirren Gedanken an Ulrike, Karin und sein endlich beginnendes Studium ein.

Um neun begann seine erste Lehrveranstaltung mit den Grundlagen der Fotografie. Im Audimax, dem größten Hörsaal der Hochschule, drängelten sich wohl an die hundert angehende Fotografen. Zu Georgs Enttäuschung begrüßte sie nicht etwa ein gestandener Professor oder wenigstens ein erfahrener Dozent, sondern drei studentische Tutoren, die ihm nicht viel älter als er selbst vorkamen.

„Hey, das ist eine Kamera", sagte der Erste betont lässig und hielt dabei einen handelsüblichen Fotoapparat in die Höhe. „Wie ich befürchtet habe", dachte Georg resigniert.

Doch es wurde spannender, als die drei älteren Semester anfingen, die Kamera mit winzigen Schraubenziehern und Pinzetten in ihre Einzelteile zu zerlegen und sie der Reihe nach vor sich auf das lange Pult legten.

Die Prozedur verfolgten alle Erstsemester über einen ausladenden Monitor an der Stirnseite des Hörsaals.

Jetzt erklärten die Tutoren abwechselnd jedes einzelne Teil, nannten seine Aufgabe und die genaue Position innerhalb des Gehäuses.

Es fesselte ihn, denn Georg kannte bislang nur die grobe Funktionsweise einer Kamera, nicht aber jedes Detail ihres Innenlebens.

Nach eineinhalb Stunden dröhnte ihm der Kopf und sein Respekt vor diesem technischen Gerät stieg gewaltig.

Zum Glück für alle Anfänger hatten die Tutoren ihre schier unüberschaubaren Informationen in einem reich bebilderten Skript zusammengefasst, das am Ende für die Studenten auslag. Georg ergatterte mit Mühe eines.

Er hegte es wie einen Schatz und studierte es in den kommenden Wochen immer wieder mit wachsendem

Eifer, bis er zum intimen Kenner des Arbeitsgerätes geworden war.

Den eigenen Fotoapparat auseinanderzunehmen, traute er sich aber nicht.

Nach dieser ersten Studienerfahrung hatte Georg die anfängliche Überheblichkeit abgelegt. Fast demütig erkannte er seine Unzulänglichkeiten in der Liebe und der Fotografie.

Lernbegierig und fleißig durchlief er in den kommenden Monaten sämtliche Pflichtveranstaltungen des Grundstudiums. Nicht von allen Seminaren und Vorlesungen war er gleichermaßen beeindruckt. Kommunikationswissenschaften und Medientheorie waren ihm doch zu trocken akademisch.

Dabei schaltete er schnell ab, so wie er es schon in der Schule getan hatte. Aber meistens bekam er auch hier wieder die Kurve und kniete sich rein, um mit passablen Noten endlich ins Hauptstudium einzusteigen.

Meisterschüler bei Imko Matthey wollte er werden. Dieses Ziel ließ er keine Minute aus den Augen. Stets, wenn er ein weiteres Mal frustriert oder gelangweilt aus einer Veranstaltung kam, lief er zum Foto Spanischer Moment. So was einmal zu schaffen, stachelte seinen Ehrgeiz wieder an. Auch immer, wenn er sich mit Ulrike gestritten hatte, floh er dorthin.

Sie freute sich zwar über dessen Eifer im Studium, fühlte sich dennoch von Zeit zu Zeit vernachlässigt. Vor allem zeigte Georg wenig Interesse an den Formen der Kindererziehung, mit denen sich Ulrike befasste. Darüber war sie sehr traurig und konnte ihn schon mal einige Tage wie Luft behandeln. Und er pilgerte zu „seinem Bild" und blieb oft stundenlang weg.

Den theoretischen Teil des Studiums hatte Georg mittlerweile erfolgreich beendet und der praktische Abschnitt „Angewandte Fotografie" lag unmittelbar vor ihm. Um sich darauf einzustimmen, holte er sich jetzt fast täglich Inspirationen von den in der Hochschule ausgehängten Bildern. Und immer wieder verharrte er längere Zeit vor dem Spanischen Moment.

Eines Tages, da er wieder einmal davor stand, tippte ihm jemand von hinten auf die Schulter. Als er sich erschrocken umdrehte, sah er in das Gesicht von Imko Matthey, der lässig, in einem dezenten Leinenanzug gekleidet, vor ihm stand.

„Erzählen Sie mal, was Ihnen an dem Foto so gefällt. Ich habe Sie schon öfter hier gesehen".

„Alles", wollte Georg gerade antworten, aber er merkte instinktiv, sein Idol hatte ihm diese Frage gestellt, um die Fähigkeit des Studenten zu prüfen, ein Foto interpretieren zu wissen.

Blitzschnell ordnete er seine Gedanken und rief sich die Überlegungen ins Gedächtnis zurück, die er über längere Zeit gesammelt hatte. „Zum einen", begann Georg zögerlich, „die Aufnahme ist technisch ohne Tadel, die Perspektive, die Verteilung von Licht und Schatten, alles ..." „Geschenkt, das weiß ich selbst", unterbrach ihn Matthey etwas unwirsch. „Worin liegt der typische Reiz", hakte er nach. „Das Foto ist hoch erotisch, ohne es offen zu zeigen", entgegnete Georg noch immer verunsichert und eingeschüchtert. Schon selbstbewusster, fuhr er fort: „Das Bild setzt beim Betrachter Fantasien in Gang und erzählt eine Geschichte, die erst nach längerem Anschauen an die Oberfläche tritt" „Okay, aber welche?", bohrte Matthey weiter. „Das sind mehrere", entgegnete Georg jetzt schon mit fester Stimme, weil er bemerkte, dass der Professor noch immer Interesse an seiner Meinung zeigte.

„Die Geste, wie sie sich den Schweiß von der Stirn wischt, deutet auf eine erschöpfte Zufriedenheit mit ihrer Tagesarbeit hin und der in die Ferne gerichtete Blick weist darauf hin, dass sie sich auf etwas freut: ein Glas Wein zur Vesper, ein Schäferstündchen oder schlicht einen entspannten Abend im Kreis ihrer Familie.

Möglicherweise zeigt ihr Gesichtsausdruck aber auch den Traum von einer besseren Zukunft."

„Gut beobachtet, junger Mann", sagte der Professor, „das Bild ist vielschichtig und lässt mehr als nur eine Deutung zu."

Georg war erleichtert, glaubte er doch, ein gewisses Wohlwollen ihm gegenüber bei Imko Matthey herausgehört zu haben.

„Kommen Sie bald mal in eines meiner nächsten Seminare", sagte der Meister, bevor er grußlos entschwand.

Georg schwebte auf Wolke sieben. Er blieb noch ein paar Minuten vor dem Foto stehen, betrachtete es erneut in der Gewissheit, darüber die Brücke zu Imko Matthey geschlagen zu haben.

Er fuhr zurück ins Wohnheim. Sofort eilte er zu Ulrikes Apartment und klingelte. Es dauerte eine Weile bis sie öffnete. Vor ihm stand die in Tränen aufgelöste, schluchzende Freundin. „Mein Gott, was ist los?", stieß Georg hervor und schloss sie in die Arme. Sie weinte und barg ihr nasses Gesicht an seiner Schulter. „Durchgefallen", stammelte sie, „Ich habe die Zwischenprüfung nicht bestanden", sagte sie, schon etwas bedachter geworden. Dann erzählte sie, weiterhin noch um Fassung ringend, dass ihr im Prüfungsgespräch entscheidende

Fachbegriffe, die sie sonst stets parat hatte, schlicht nicht eingefallen seien. „Die Prüfer verlangten zum Beispiel Auskunft darüber, was die aktuelle KIM-Studie besagt. Das konnte ich zwar in groben Zügen erklären, kam aber nicht drauf, als sie fragten, was sich hinter der Abkürzung KIM verbirgt". Dass es Kinder, Internet Medien heißt, fiel mir erst wieder ein, als es zu spät war", erzählte Ulrike, die sich mittlerweile ihre Tränen getrocknet hatte. „Jetzt verliere ich ein ganzes Semester, bevor ich die Prüfung wiederholen darf", seufzte sie resigniert. Der Freund strich ihr tröstend übers Haar, ohne angemessene Worte zu finden.

In diesem Moment von der Begegnung mit Imko Matthey zu erzählen, unpassend.

Zurück im eigenen Apartment hing Georg noch kurz an Ulrikes verpatzter Prüfung. Das berührte ihn aber nicht sonderlich. Darauf setzte er sich an den Laptop, um nach den anstehenden Seminaren Mattheys zu suchen. Der Einladung seines Idols musste er unbedingt Folge leisten. Der korrekte Bildaufbau für ein Porträt, diese Lehrveranstaltung fand am kommenden Dienstagmorgen um neun Uhr statt. Als Ort war das Studio 2 an der Hochschule genannt. Anmeldung zwingend erforderlich, stand darunter.

Georg griff sofort zum Telefon und meldete sich für das Seminar an. „Da haben Sie aber nochmal Glück", sagte eine Dame vom Sekretariat, „zu Professor Matthey pilgern immer viele. Wir haben noch zwei Plätze frei und die Anmeldefrist wäre ohnehin in einer Stunde abgelaufen."

Er atmete erleichtert auf, nannte seinen Namen und das Semester. Dann war die Teilnahme an der ersten Veranstaltung beim Maestro gesichert.

Am Dienstag wartete Georg schon zehn Minuten vor Beginn am Studio 2. Er war nicht der Einzige. Eine überschaubare Gruppe aus fünf Studentinnen und Studenten hatte sich dort bereits versammelt. Aus dem halblauten Gemurmel, das im Raum schwebte, hörte Georg zunächst nichts heraus. Aber der Halbsatz einer hellen Mädchenstimme: „Der kommt doch dauernd zu spät", war deutlich zu vernehmen. Er hing noch in der Luft, als Imko Matthey auftauchte und der Stimme einen verachtenden Blick zuwarf. Das Mädchen errötete und schwieg.

Der Professor schloss die Studiotür auf und trat ein. Die Studenten folgten ihm in respektvollem Abstand.

Alle waren reichlich eingeschüchtert durch die düstere Mine des Starfotografen.

Die hellte sich schlagartig auf, sobald er Georg unter seinen Zuhörern erblickte. Das Gespräch mit ihm über den „Spanischen Moment" war ihm augenscheinlich in wohltuender Erinnerung geblieben. In der nun anstehenden Lehrveranstaltung standen die Regeln der Porträtfotografie auf dem Programm. Der sogenannten Drittelregelung, auch „Goldener Schnitt" genannt, maß Matthey dabei eine herausragende Bedeutung zu. Er demonstrierte sie an Beispielbildern, legte eine vorbereitete Schablone in den Diaprojektor und projizierte Fotos an die Studioleinwand. Die Studenten sollten anhand derer nacheinander erläutern, ob die Drittelregel eingehalten oder verletzt war.

Als die Reihe an Georg kam, nahm der allen seinen Mut zusammen und fragte, ob eine bewusste Missachtung dieses ehernen Gesetzes ein Bild nicht auch spannender wirken lassen könne. Obwohl der Professor dem nicht zustimmte, und er zunächst missbilligend den Kopf schüttelte, imponierte ihm doch Georgs Mut zum

Regelverstoß und ließ sich darauf ein, ein bisschen mit dem Bildaufbau zu experimentieren.

Die Ergebnisse überzeugten ihn nicht und sein Gesicht verzog sich von Mal zu Mal zu einer von Ablehnung, ja Ekel, zerfurchten Fratze. Gelegentliches Aufstöhnen, als er wieder mal ein nicht regelkonformes Foto in Augenschein genommen hatte, verlieh seiner Empörung zudem akustischen Nachdruck. „Ach, Georg, bevor Sie sich mit unsinnigen Experimenten abgeben, sollten Sie zuerst die Regeln verinnerlichen, dann kommen Sie schon ein gehöriges Stück weiter." Er erstarrte und sah sich gedemütigt, wie damals vom Kunstlehrer Müller-Lünen.

Als Matthey seine Lehrveranstaltung mit den Worten „Das war der erste Streich …" beendete und die Studenten das Studio verließen, winkte er Georg zu sich heran.

Der zuckte zusammen und erwartete eine Standpauke. Stattdessen ließ der Starfotograf ihn wissen, er suche einen Assistenten für die Unterstützung bei seinen vielen Fototerminen im In- und Ausland. „Georg, Sie verstehen es, Bilder zu lesen, und Sie haben den Mut, Regeln zu brechen und das anscheinend Undenkbare zu denken. So jemanden brauche ich, der mich hin und wieder aus meiner Routine reißt und auf neue Ideen bringt. Überlegen Sie es sich, wir reden nächste Woche nochmal."

Georg errötete. War es möglich, dass der große Imko Matthey ihn, den unbedeutenden Studenten, zu engagieren vorhatte?

Er verabschiedete sich unbeholfen und verließ das Studio mehr schwebend als gehend. Er kehrte für

164

heute der Hochschule den Rücken. Sich auf weitere Lehrveranstaltungen zu konzentrieren, die er eigentlich noch zu besuchen geplant hatte, gelang ihm nicht. Stattdessen lief er zu Fuß zum Studentenheim. Die frische Luft und die Bewegung halfen ihm, wieder etwas Ordnung in seine Gedanken zu bringen.

Unterwegs zog er sein Handy aus der Jeanstasche und schaltete es ein. In der Veranstaltung hatten alle Mobiltelefone stumm zu bleiben. Imko Matthey duldete keine Störung.

Georg rief Ulrike an, um von seinem Erlebnis zu erzählen. Sie meldete sich zwar, blieb aber seltsam einsilbig: „Schön für dich", sagte sie nur und beendete das Gespräch abrupt mit dem Hinweis, sie müsse sich konzentriert auf die Wiederholung ihrer verpatzten Zwischenprüfung vorbereiten.

Er war enttäuscht. Nicht nur, dass er jetzt niemanden hatte, mit dem er die schier unbändige Euphorie teilen konnte, sondern auch, weil Ulrike verstörend abweisend ihm gegenüber gewesen war. Georg rannte in seine Wohnung, setzte sich an den Computer und öffnete einige Fotos vom Shooting mit Karin im Bochumer Stadtpark.

Auf die Bilder von Ulrike hatte er jetzt keine Lust.

Die Aufnahme, die er mit „Im stählernen Bett kurz vor dem Erwachen" assoziiert hatte, holte er sich auf den Monitor und versuchte, den Bildausschnitt radikal zu verändern.

Die Regeln des „Goldenen Schnitts" ließ er dabei bewusst völlig außer Acht.

Karin war nach der Bildbearbeitung kaum noch zu erkennen. Man konnte lediglich am Farbfleck ihres Kleides erahnen, dass in der rechten Ecke des monströsen Kunstwerkes sich eine hingehauchte Person gekauert hatte.

Georg war nicht überzeugt von dem experimentellen Bildaufbau. Er fand ihn dennoch reizvoll, verbunden mit ein bisschen Angst vor der eigenen Courage.

Georg verließ die Wohnung für eine kurze Pause, um draußen eine Zigarette zu rauchen.

Er traf Ulrike auf dem Weg in die Gemeinschaftsküche. Ihrem verschlossenen Gesicht entnahm er erst recht keine Bereitschaft, sich seine Geschichte anzuhören.

„Was ist los", fragte er und hielt sie am Arm. Ulrike entwand sich ihm abrupt und stieß hervor:

„Du interessierst dich nur für dich, meine Sorgen sind dir völlig egal, das will ich nicht mehr", drehte sich um, und ließ Georg stehen.

Ihm wurde sofort klar, dass ihre Reaktion das Ende ihrer Beziehung bedeutete. Ein Einlenken Ulrikes war nicht zu erwarten. Mit den aufsteigenden Tränen kämpfend, rannte er aus dem Haus und versuchte, sich mit tiefen Zügen aus einer Zigarette zu beruhigen.

Es gelang ihm nicht. Ganz gegen seine Gewohnheit drehte er sich die zweite, kaum, dass die erste im Aschenbecher verschwunden war. Das half ihm nicht. Georg war tieftraurig.

Ulrikes Vorwurf, er sei zu egoistisch, hatte ihn schwer getroffen. Nach einiger Überlegung gestand er sich ein, dass die Anklage nicht so ohne weiteres von der Hand zu weisen war.

Die Begegnung mit Imko Matthey hatte ihn fasziniert und er fand dagegen alles andere nicht mehr so bedeutend. Selbst Ulrike nicht, von deren Erotik er gefesselt war. Ihre Persönlichkeit war zur Nebensache geworden, gestand er sich ein.

Aber ihretwegen die einmalige Chance auszuschlagen, die sich ihm am Vormittag geboten hatte, kam für ihn nicht in Frage. Als er sich langsam wieder beruhigt hatte, war das Rennen um seine Seele entschieden. Gewonnen hatte Imko Matthey. Georg stapfte zurück ins Haus. Ihm war schwindlig von den zwei hastig gerauchten Zigaretten. Sollte er zu Ulrike gehen und das Gespräch suchen? Er traute sich nicht. Und in den folgenden Tagen vermieden es beide, sich zu begegnen. Das setzte sich über Wochen fort, bis ihre Beziehung sich verflüchtigt hatte wie ein Sommerregen auf heißem Asphalt.

Georg hatte Mattheys Angebot längst angenommen, war sein Assistent geworden und arbeitete zudem als Tutor. Er vermittelte Studienanfängern die Grundlagen der Fotografie. Er gehörte jetzt zur Spitzengruppe des Jahrgangs und genoss unter seinen Kommilitonen als Mitarbeiter des Starfotografen hohes Ansehen. Georg brauchte nur noch zwei Studiennachweise, einen in „Landschaftsfotografie" und einen aus dem Themenbereich Tierfotografie. Beide Zertifikate bereiteten ihm keine sonderlichen Probleme. Lediglich bei den Panoramaaufnahmen bemängelten die Prüfer, Georg habe in der Auswahl seiner Motive ein wenig mehr Fantasie an den Tag legen können und zogen ihm ein paar Punkte ab. Zu einem „sehr gut" reichte es deshalb nicht. Er scherte sich nicht weiter darum. Er hatte nicht vor, Landschaften zu fotografieren, nur Menschen.

Nachdem er sein Diplom bestanden hatte, erlebte er zwar so etwas wie Stolz darauf, das erreicht zu haben, was er immer angestrebt hatte, doch zufrieden war er nicht.

Stadt der Träume

Einige Reisen, die er mit Imko Matthey unternahm, waren anregend und lehrreich für ihn.

So die nach Paris, wo er ein paar Aufnahmen von Bistrobesucherinnen schoss, die er vorab gefragt hatte, ob er sie fotografieren dürfe.

Mit seinem mittelmäßigen Schulfranzösisch brachte er zumindest den Satz „Est-il permis de faire une photo de vous? Ist es erlaubt, ein Foto von Ihnen zu machen?", heraus und hatte mehrmals Erfolg damit. Ihm gelangen ansprechende Schwarz-weiß-Porträts jugendlicher französischer Damen, die sich angeregt bei einem Glas Wein oder einem Espresso unterhielten.

Das Umfeld aus Straßen, Geschäften und Restaurants hatte er geschickt und gekonnt mit einbezogen. Wenn es ihm zudem auch noch gelang, einen Citroën mit französischem Kennzeichen und der Endziffer 75 für Paris aufs Bild zu bannen, war er mächtig stolz.

Doch Imko Matthey zeigte wenig Interesse an seinen Fotos. Er war ausschließlich an Georgs Assistenz für ihn gelegen. Nicht an dessen Arbeiten.

Er war enttäuscht und frustriert. Den ewigen Kofferträger für den Professor zu spielen, ging ihm gehörig gegen den Strich. Er wollte schließlich eine eigene Bildersprache entwickeln. Doch die Freiheit ließ ihm Matthey nicht und Georg kündigte kurzerhand.

Er blieb allein in Paris zurück und der Professor reiste wieder nach Hannover. Er war gezwungen, aus dem Hotel auszuziehen, das die Hochschule für Matthey und ihn gebucht und bezahlt hatte.

Von seinem kargen Assistentengehalt hatte sich Georg ein paar hundert Euro zurückgelegt. Er fand eine Unterkunft in der Auberge Internationale des Jeunes im elften Arrondissement der französischen Metropole, in der er mit dem gesparten Geld für etwa zehn Tage wohnen konnte.

Gleich am nächsten Morgen zog er mit der Kamera los. Die stets gut besuchten Cafés und Restaurants in dem dicht besiedelten Bezirk boten Georg Motive zuhauf. Er schlenderte ziellos durch Straßen und Gassen, hielt den Fotoapparat allerdings immer schussbereit.

In der Rue Sant-Sabin fand er das Café de L'Industrie, in dem am frühen Vormittag schon etliche, meist jugendliche Gäste saßen. Obwohl es mitten in Paris lag, erinnerte es Georg mit seinen düsteren Holzmöbeln ein wenig an einen englischen Pub. „Sieht ja aus wie Boogie's Pub in Bochum", schoss es ihm durch den Kopf. Er trat ein, blieb aber zunächst am Eingang stehen und schaute sich im Lokal um. Dann schritt er zielstrebig auf einen Tisch zu, um den eine Gruppe jugendlicher Damen saß, die sich angeregt und lachend unterhielten. Georg verstand kaum ein Wort. „Bonjour Mesdames", sagte er in seinem unbeholfen klingenden Schulfranzösisch.

Er fasste sich ein Herz. „Est il permis de faire une photo de vous? – darf ich ein Foto von Ihnen machen?" Die Mädchen verstummten, sahen sich an und nickten lachend mit dem Kopf. „Bien sûr, Monsieur, sicher, gern", bekräftigte eine der jungen Damen. Dass er ein Menschenfotograf sei, Georg hieße und aus Deutschland käme, versuchte er sich vorzustellen. Und es gelang ihm recht ordentlich.

Nach kurzem Zögern brachte er den Satz: „Je suis un photograph humain, mon nom est Georg et je viens d'Allemagne", herausbrachte. „Ich bin ein Menschenfotograf, mein Name ist Georg und ich komme aus Deutschland". Die Mädchen waren entzückt, insbesondere über seinen deutschen Akzent. Sie setzten sich sofort in Positur.

Er protestierte und gab ihnen zu verstehen, er wolle sie in ihren natürlichen Gesten einfangen. „Non, non, pas des poses, s'il vous plaît, restez comme vous êtes et continuez à parler, nein, nein, keine Posen, unterhalten Sie sich einfach weiter", bat er sie, nun schon mutiger in nahezu korrekten Französisch, sich ganz ungezwungen zu verhalten. Und die Mädchen schnatterten und gestikulierten wie zuvor.

Georg war entflammt und fotografierte.

Nach circa einer halben Stunde legte er seine Kamera aus der Hand. Er setzte sich zu ihnen an den Tisch, bat um ihre Adressen und versprach, Bilder zu schicken. Dann verabschiedete er sich formvollendet „Merci beaucoup Mesdames et à bientot", vielen Dank meine Damen und bis bald." Beschwingt und zufrieden verließ Georg das Lokal. Die Bierdeckel mit den E-Mail-Anschriften der unverhofften Fotomodelle vergrub er tief in den Taschen seiner Jeans.

Danach marschierte er zielstrebig Richtung Seine. Er strebte dem 6. Arrondissement zu, das an das linke Ufer des Flusses grenzte.

Dort lag das legendäre Café de Flore, von dem Georg gelesen hatte, dass es in den 1940er Jahren gewissermaßen das zweite Arbeitszimmer Jean Paul Sartres gewesen war.

Es zog ihn magisch an und er lief flinker, überquerte die nächste Seinebrücke, fragte sich durch, fand sein Ziel und war ernüchtert.

Statt einer Legende sah er ein lieblos eingerichtetes und von Touristen überquellendes Lokal, dessen mit rotem Kunstleder bezogenen Stühle seinen Geschmack beleidigten.

Nach einem Blick durch die Eingangstür beschloss er, nicht einzutreten, sondern sich vorwiegend kleinen Nebengassen vom Boulevard Saint-Germain zu widmen.

Dort hoffte er, typischere Pariser Cafés zu finden. Er brauchte nicht lange zu suchen und setzte seine Fotoserie in zwei winzigen Bistros fort. Sein Französisch wurde fortwährend sicherer und er hatte schon bald keine Angst mehr davor, die Fotostreifzüge in den nächsten Tagen fortzusetzen.

Georg schlenderte zurück in die Jugendherberge. Er genoss den etwa vier Kilometer langen Fußweg, sog den urbanen Duft der Millionenstadt tief in die Lungen ein. Dass er vornehmlich Autoabgase abbekam, störte ihn nicht. „Hier will ich leben", dachte er bei sich und lächelte.

Zurück in der winzigen Kammer kopierte er sofort die Fotos vom Tag in einen Ordner „Paris I". Den schmalen Rest des Tages betrachtete und sortierte er seine Mädchenbilder und schickte eine Auswahl an die eingesammelten E-Mail-Adressen.

Am nächsten Morgen zog er wieder durch Bistros und Cafés im sechsten Arrondissement. Am Ende des dritten Tages hatte er über 150 Bilder ausgewählt.

Sie sandte er unaufgefordert an verschiedene Zeitungen und Magazine des Landes, deren Anschriften er sich aus dem Internet zusammengesucht hatte.

Unter dem Titel „Pariser Gesichter, Visages Parisienne" versuchte er, die französische Öffentlichkeit auf seine Bilder und vor allem auf sich als den Bilderschöpfer, den Créateur d'images, aufmerksam zu machen. Er musste lange auf eine Antwort aus einer der Redaktionen warten.

Einen Tag, bevor er gezwungen war, Paris zu verlassen, weil ihm sein gespartes Geld ausging, erreichte ihn eine Mail der Zeitschrift Modes et travaux, sinngemäß Konfektion und Alltag, in der ein Redakteur ihm schrieb: „Wir sind von Ihren Fotos beeindruckt und würden gern eine Bildergeschichte in unserer nächsten Ausgabe veröffentlichen. Für das Vorabhonorar geben Sie uns bitte Ihre Kontoverbindung. Mit freundlichen Grüßen, Sincérement, Pierre Boulez. Georg verstand nicht jedes Wort aus der Mail, aber er begriff den positiven Bescheid der Nachricht und Paris strahlte.

Er wollte sofort antworten, fand jedoch nur schwer die korrekten Formulierungen. Er war zu aufgeregt und beherrschte noch zu wenig französisch. Unbeholfen formulierte er: „Merci beaucoup Monsieur Boulez, je suis très heureux, que vous avez aimé mes Photos. Mon numero de Comte: Et le code bancaire: FR76 30 066 100 410 001 057 380 116, vielen Dank, Herr Boulez, ich freue mich sehr, dass Ihnen meine Bilder gefallen". Vorsorglich hatte sich Georg vor ein paar Tagen ein Konto bei der Pariser Bank Crédit du Nord eingerichtet. Mit „Merci et cordialement – danke und herzliche Grüße, Georg Konrad", beendete er die Antwortmail an Pierre Boulez und wartete begierig auf das Honorar für die erste Veröffentlichung der Fotos. Noch gespannter sehnte er das Belegexemplar von Modes et travaux herbei.

Nachdem das Geld, es waren immerhin knapp 300 Franc, auf dem Konto eingegangen war, war Georg in der Lage, seine Abreise aus Paris noch ein paar Tage hinaus zu zögern. Als die Modes et travaux dann endlich im Postfach der Jugendherberge lag, fand er darin eine beeindruckend gestaltete Doppelseite mit seinen Bildern. Unter dem Titel „Visages Parisienne" las er, etwas kleiner gedruckt zwar, den dennoch auffallenden Hinweis: Photos par Georg Konrad. Er war überwältigt und entzückt wie nie.

Und wieder kam ihm der Gedanke, sich ganz in Paris nieder zu lassen und als freiberuflicher Fotograf zu arbeiten.

Sich einen frankophonen Künstlernamen zuzulegen, kam ihm obendrein in den Sinn. Er spielte rum. George Caméra" oder George Lintille ‚Linse, fielen ihm ein. Doch das alles überzeugte ihn nicht. Lediglich „Georg" in einen französischen „George" umzuwandeln, schwebte ihm vor.

Clochards und eine Malerin

Weil keine weiteren Angebote von Zeitschriften kamen, entschloss er sich, schweren Herzens Paris zu verlassen und nach Deutschland zurückzukehren.

Wieder nach Hannover oder gar nach Bochum, nein, das kam für ihn nicht in Frage. Diese Orte und seine Menschen hatte er längst hinter sich gelassen.

Aber wohin, jetzt, da er sich sein liebgewonnenes Paris nicht mehr leisten konnte. Georg grübelte. „Adieu ma ville adorée- Adieu meine geliebte Stadt" schnürte ihm die Kehle zu und er kämpfte bei dem Gedanken mit den Tränen.

Allein mit den „Visages Parisienne" im Gepäck wollte er die Metropole nicht verlassen.

Er grübelte lange über ein Abschiedsgeschenk an sein Paris nach.

Georg studierte die Termine der Stadt, in der Hauptsache auf den Seiten des offiziellen kommunalen Portals der Hauptstadt.

Dabei stieß er eines Tages auf die Ausstellung der Malerin und Bildhauerin Veronique Dupont in der Galerie „Terre des arts" in der „Rue Pérignon" im siebten Arrondissement „Ganz schön weit weg", fand er. Aber die Metro brachte ihn. Die Künstlerin war selbst nicht da, nur ihre Malereien und Skulpturen waren zu betrachten. Und so verschaffte sich Georg zunächst einmal einen flüchtigen Eindruck.

Überzeugen konnte ihn das nicht. Die Arbeiten zeigten großformatig gemalte Landschaften, Strände, Seenlandschaften und kolossale Gebäude aus der ganzen Welt.

Bloß Menschen waren nirgends zu sehen. Das ernüchterte Georg und er wähnte sich schon „im falschen Film."

Er schlenderte etwas überdrüssig weiter durch die Ausstellung. Schließlich entdeckte er im hinteren Teil des Museums den gerahmten Lebenslauf der Künstlerin, versehen mit einem Foto Veronique Duponts.

Auf der Stelle war er elektrisiert. Er sah eine Frau, die sicher ihr fünfzigstes Lebensjahr überschritten hatte, reif wirkte, dabei jugendliche Energie und Frische ausstrahlte. „Das ist genau mein Thema", jubelte er innerlich, griff sich einen der vielen ausliegenden Flyer mit den Kontaktdaten, verließ die Ausstellung, rannte zur Métrostation und fuhr zurück in die auberge des jeunes. Dort fütterte er den schon für die Visages Parisienne genutzten E-Mail-Verteiler und verschickte eine Anfrage nach einem Fotoporträt über Veronique Dupont.

Tage vergingen, an denen sich Georg oft in seiner Traumstadt umhertreiben ließ.

Natürlich stets mit der Kamera in der Hand, die er eifrig benutzte, um sich ein Archiv anzulegen, das er Visages d'une ville, Gesichter einer Stadt, nannte. Er dachte inzwischen lange schon ein wenig in der französischen Sprache und wunderte sich selbst darüber.

Umso schwerer fiel ihm der unabwendbare Abschied aus einer Metropole und einem Land, die er beide innerhalb kurzer Zeit ins Herz geschlossen hatte.

Dann endlich erreichte ihn eine Mail vom Figaro Magazine. Ein Redakteur aus dem Kunstressort bekundete Interesse an den angekündigten Fotografien. Nous sommes intéresses par les photos annonceés de Veronique Dupont, Wir sind interessiert an den Fotos von Veronique Dupont, die Sie uns angekündigt haben".

Georg verstand diesmal jedes Wort und er mailte zurück, dass er sich sofort kümmern wolle, Je m'en occuperai tout de suite. Diese E-Mail leitete er dann an die Künstlerin weiter mit der Bitte, sie in ihrem Atelier besuchen zu dürfen, um sie bei ihrer Arbeit zu fotografieren.

Diesmal brauchte er nicht lange auf eine Antwort zu warten. Schon am folgenden Tag las er in seinem Posteingang: „Sehr geehrter Herr Konrad, ich freue mich, Sie am nächsten Mittwoch gegen zehn Uhr in meinem Atelier begrüßen zu dürfen, Herzliche Grüße Veronique Dupont." Je suis ravi de vous accueillir mercredi prochain, vers dix heures avec moi, salutations chaleureuses, Veronique Dupont. Georg verstand wieder jedes Wort und er war außer sich vor Freude, seine erste Bildergeschichte für ein angesehenes französisches Magazin zu fotografieren. „Ich werde mich am nächsten Mittwoch mit Veronique Dupont in ihrem Atelier treffen, Je vais me rencontrer mercredi prochain avec Veronique Dupont dans son studio, mailte er sofort an die Redaktion.

Bis dahin waren es für Georg noch vier lange Tage. Wie sollte er sich vorbereiten?

Er kannte die Künstlerin ja gar nicht. Bloß ein Foto aus ihrer Biografie, das zum Glück auf dem Flyer abgedruckt war, den er sich aus der Galerie mitgenommen hatte.

Georg schaute es sich immer wieder an und versuchte daraus eigene Bildideen zu entwickeln.

Doch die briefmarkengroße Abbildung erweckte Veronique Dupont nicht zum Leben, so sehr er sich bemühte.

Seine Fantasie reichte nicht, aus ihr einen lebendigen Menschen entstehen zu lassen. Georg gab auf.

Und dennoch, das Bild, das er sah, fesselte ihn. Ihre Erscheinung entsprach so ziemlich der faszinierenden und anziehenden reifen Frau, die ihm schon seit dem Garten-foto seiner Mutter in Bochum als fotografisches Thema vorschwebte.

Dass er hier in Paris kurz davorstand, es zu realisieren, versetzte Georg in eine euphorische Stimmung.

Er musste unbedingt, sein Französisch verbessern, um mit Veronique Dupont einen Fototermin zustande zu bringen, der nicht in radebrechenden Fetzen zu ersticken drohte.

Er suchte sich die Telefonnummer des Pariser Goethe-Instituts heraus und erkundigte sich, vorsichtshalber auf Deutsch, nach Intensivkursen französisch.

Eine Mitarbeiterin, die sich am Telefon als Nicole Bertaux vorstellte, riet ihm zu einem Cours intensif de francais, einem Online-Kurs, der sich ganz speziell mit eher simpler Alltagssprache beschäftige. Georg bedankte sich artig mit „Merci bien, Madame Bertaux", und stürzte sich in die Arbeit.

An den Tagen bis zum Treffen mit Veronique Dupont saß er an seinem Laptop und lernte von morgens bis nachmittags französische Alltagskonversation.

Am Abend lief er hinaus in die Stadt und nutzte jede Gelegenheit, mit Einheimischen ins Gespräch zu kommen.

Seine Kamera, die er jederzeit bei sich trug, half ihm dabei. Er fotografierte unermüdlich Menschen, die er massenweise auf den beschaulichen Plätzen und in den Gassen rund um die Bistros, Cafés und Restaurants antraf.

Postkartenmotive vermied er. Erinnerungsfotos brauchte er nicht.

Dabei sprach man ihn häufig an, warum er so besessen fotografiere. Pourquoi photographiez-vous autant?" „Je suis un photographe d'Allemagne et je peins les gens à Paris, ich bin ein Fotograf aus Deutschland und ich male die Menschen in Paris", war dann meist seine Antwort, und er kam ins Gespräch und trainierte sein Französisch.

Nach wenigen Ausflügen in die Stadt und dem unermüdlichen Durcharbeiten des Online-Kurses war er sicher, einer Konversation mit Veronique Dupont standzuhalten.

Jetzt freute er sich noch mehr auf den Termin mit der Künstlerin.

Am nächsten Mittwoch, Mercredi prochain, Georg räsonierte schon französisch, machte er sich früh am Morgen auf den Weg zu Veronique Dupont, deren Wohnung und ihr Atelier am Boulevard Raspail im 14. Arrondissement lagen.

Um von seinem Hôtel de Jeunesse dorthin zu gelangen brauchte er sieben Metrostationen.

Um bloß nicht zu spät zu kommen, rechnete er großzügig mit zwei Stunden. Dann hätte er, da war sich Georg sicher, noch Zeit, das Atelier zu finden und sich ein wenig im Arrondissement umzusehen.

Am Dienstag, Mardi, verzichtete er auf seinen sonst diszipliniert eingehaltenen Onlinekurs französisch und notierte sich genau die Umsteigebahnhöfe bis zum Boulevard Raspail. Zusätzlich hatte er sich die Metro-App auf sein Smartphone geladen, mit deren Hilfe er die Fahrt bereits jetzt virtuell unternahm.

Georg fühlte sich bestens gerüstet und schon fast als Franzose.

Am Mittwochmorgen, Mercredi matin, stand er früh um sieben auf. Er frühstückte ausgiebig und marschierte zur nächstgelegenen U-Bahnstation.

Nach einer Stunde Fahrzeit und zweimaligem Umsteigen erreichte er sein Ziel, den Boulevard Raspail im 14. Arrondissement.

Er verließ die Metrostation und stand an einer belebten, für ihn unübersichtlichen, eng bebauten Straße. Die Hausnummer 222 suchte er.

Eine schier unlösbare Aufgabe, grübelte Georg und war froh, ein hinlängliches Zeitpolster für seine Fahrt durch Paris eingebaut zu haben.

Er fragte Passanten nach der Adresse. Mit den französischen Zahlen in der Größenordnung kannte er sich allerdings nicht aus. Er zermarterte sein Gehirn, um letztlich den etwas unbeholfenen Satz „Pardon, je cherche la numero deux cent vingt deux, Entschuldigung, ich suche die Nummer 222" heraus zu stottern. Er erntete meist nur bedauerndes Kopfschütteln, bis er endlich einen Taxistand erspähte. Er klopfte sachte an die Scheibe eines Wagens.

Der Chauffeur ließ das Seitenfenster herab. Georg wiederholte seine Frage und bekam eine lange und sehr blumige Erklärung. Er verstand kaum ein Wort.

Der gemütliche und hilfsbereite Fahrer stammte wahrscheinlich, vermutete er, aus Nordafrika.

Den üppig hinzugefügten Gesten entnahm Georg zumindest die Richtung und, dass es noch ein weiter Weg sei. Er war nervös und fürchtete, nicht rechtzeitig zu Veronique Dupont zu kommen.

In seinem Portemonnaie befanden sich noch 30 Euro. Er nahm zehn davon in die Hand, zeigte sie dem Taxifahrer und fragte: „Reicht das, Est-ce suffisant?"

Der nickte, und Georg stieg ein, froh darüber, jetzt sicher, pünktlich zu sein.

Schon an der ersten Kreuzung mit der Rue Babylone stockte der Verkehr und es brauchte über zehn Minuten, bis es weiterging. Und der Stop-und-Go-Modus dauerte an. Das Taxi fuhr die kurze Entfernung langsamer, als die Fußgänger auf den parallel laufenden Fußwegen gingen. Schließlich lenkte der Fahrer den Wagen auf eine zufällig leere Bushaltestelle und hielt an. Er wies mit seinem Arm auf einen Tordurchgang auf der linken Seite. Le numéro deux cent vingt deux est là dans la Court." „Die Nummer 222 ist dort im Hinterhof", das Taxameter zeigte neun Euro fünfzig. „Merci, Monsieur". Georg reichte ihm den Geldschein nach vorn und stieg aus.

Durch die mehr stehenden als fahrenden Autos bahnte er sich den Weg über den breiten Boulevard. Er schritt durch die ihm gezeigte Passage und gelangte in einen von Bäumen und Sträuchern umrahmten Innenhof. Schattig, beschaulich und kühl.

Von ihm aus erreichte man verschiedene Wohnungen, Werkstätten, Büros und Ateliers erreichen.

Unter ihnen auch das mit der Nummer 222 der Künstlerin. An der weißen, etwas verwitterten Tür stand in breiten türkisfarbenen Lettern Veronique Dupont, Peintre, Malerin". Er zog an einer links der Tür hängenden Kordel, an deren Ende eine Art Schiffsglocke angebracht war.

Auf ein helles Bimmeln hin, öffnete sich ein winziges Fenster im ersten Stock und es erschien der Kopf einer reifen Dame mit wirrem Haarschopf.

Ah, vous devez être Monsieur Konrad. Je vous attendais, entrez, Ah, Sie müssen Herr Konrad sein, ich habe Sie schon erwartet, kommen Sie rein." Georg drückte die zierliche Messingklinke herunter, öffnete die schmale

Tür, deren Scharniere bedauerlich quietschten und erklomm die Treppe zum ersten Stock.

Je höher er kam, desto durchdringender stieg ihm der Geruch von feuchter Ölfarbe in die Nase, gemischt mit dem von Terpentin und, komisch, Georg vernahm eine frische Meeresbrise mitten in Paris.

Als er oben angekommen war, stand Veronique Dupont schon in der Tür Bienvenue, Je suis heurex, herzlich willkommen, ich freue mich, begrüßte sie Georg, der unbefangen eintrat.

Sofort umfing ihn eine Stimmung, die er bislang nicht kannte. Auf Tischen, Stühlen und Staffeleien lagen und standen großformatige Malereien, überwiegend pastellfarbene Meeres- und Strandansichten. Wenige Tiere und nur selten Menschen. Es dominierten mediterrane Landschaften. Überall lagen Tuben, Pinsel, Töpfe und Schalen herum. Auf einer der zahlreichen Fensterbänke entdeckte Georg ein schmales Gerät, aus dem ständig ein weißer Nebel aufstieg, der nach Meer, Salz und feuchtem Sand roch. Seinen fragenden Blick beantwortete die Künstlerin „J'ai besoin que pour mon inspiration, das brauche ich für meine Inspiration." Georg nickte verständnisvoll. Er betrachtete die vielen, zum Teil unvollendeten Gemälde von Schiffen, Meer und Strand.

Aber vor allem sah er die Künstlerin. Veronique Dupont entsprach genau der Vorstellung einer reizvollen, reifen Frau, die ihm als Sujèt seines angestrebten fotografischen Themas vorschwebte. Madame, merci d'avoir pris le temps. Je veux prendre des photos à votre travail. Vielen Dank, dass Sie sich Zeit genommen haben. Darf ich Sie bei Ihrer Arbeit fotografieren? „Bien sûr", „aber sicher", antwortete Veronique Dupont knapp, freundlich und zustimmend und setzte sich sofort wieder an

182

ihre Staffelei, um einem langen weißen Sandstrand die letzten Konturen zu hinzuzufügen. Sie grübelte augenscheinlich darüber, der monotonen gelblichen Fläche etwas Ocker beizumischen, um der Farbe ein wenig vom Ton der untergehenden Sonne zu verleihen. Veronique Dupont hielt den Stiel ihres Pinsels wie eine überlange Zigarette im linken Mundwinkel und sah nachdenklich und konzentriert auf ihr in die Staffelei geklemmtes Gemälde. Ihr roter, schon etwas verschlissener Pullover war voller verschiedenfarbiger Flecken und bildete zu ihren zerzausten blonden Haaren einen nahezu archetypischen, künstlerischen Kontrast. Georg war angetan und fotografierte unaufhörlich.

Veronique ließ sich davon keine Sekunde ablenken. Sie arbeitete weiter, als wäre sie für sich allein. Zwischendurch stand sie auf, um ihr Werk aus der Distanz zu begutachten. Oder, um sich eine neue Tube Farbe aus dem Schrank zu holen, in dem die Malerin das aufbewahrte, was sie für ihr tägliches Pensum brauchte:

Acryl- und Aquarellfarben, verschiedene Töpfe und Tiegel, Pinsel, Stifte, Lappen, Papier, Leinwand, Firnisspray. Und Georg fotografierte. Veroniques Arbeit an der Staffelei hatte es ihm angetan. Ihre Mimik variierte hin und her zwischen Konzentration, zufriedener Freude, Enttäuschung und Verzweiflung.

Zwischendurch fuhr sie sich durch ihre ohnehin zerzausten Haare, als wenn sie dort die Lösung eines künstlerischen Problems fände.

Dann sprang sie unvermittelt auf, wandte sich zum Fotografen und fragte ihn, ob er etwas zu trinken wünschte, George, vous veut boire un thé ou un café

183

avec moi? Qui, merci, un café, s'il vous plaît", „wünschen Sie etwas zu trinken, Tee oder Kaffee? Einen Kaffee bitte", gab er spontan zurück.

Es war ihm zwar gar nicht nach einer Pause zumute, versprach sich aber zusätzliche unvermutete Motive von einer entspannten Veronique Dupont, die sich derweil umgedreht hatte und zum Schrank gegangen war, in dem neben ihren Malutensilien Geschirr und Besteck standen. Sie nahm zwei Becher heraus, Milch, Zucker und eine Schale mit Gebäck. Dazu eine Dose Kaffee und eine Cafetière à Piston, diese typisch französische Pressmaschine. Georg fotografierte weiter Madame Dupont richtete alles auf einem Beistelltisch neben ihrer Staffelei an. „Du sucre et du lait?" „Non, merci, noir s'il vous plait" „nein danke, schwarz bitte", entgegnete er, als sie ihn nach Milch und Zucker fragte. Er hätte besser vorher probieren sollen. Aber tapfer trank er von dem höllisch bitteren Gebräu. Und höflich fügte er ein „très bien, sehr gut" hinzu. Veronique lächelte, derweil sie eine Gauloise aus einer zerknitterten blauen Schachtel nestelte, die Zigarette zwischen ihre Lippen schob und anzündete. Als sie ihm auch eine anbot, lehnte er dankend ab, zückte hingegen noch einmal seine Kamera, um die rauchende Künstlerin einzufangen. Akribisch achtete er darauf, den sich kräuselnden Rauch aus ihrem Mund auf`s Bild zu bannen.

Mittlerweile war es später Nachmittag geworden und draußen begann es bereits zu dämmern.

Georg war überzeugt, genügend Motive für seine Fotogeschichte „im Kasten" zu haben.

Er trank mutig den Becher leer, richtete sich auf, bedankte sich für die Zeit, die ihm Veronique Dupont geschenkt hatte und wandte sich zum Gehen.

Auch sie stand auf, legte ihre Hände auf Georgs Schulter und verabschiedete ihn mit der traditionellen bise, dem französischen Küsschen auf die rechte und die linke Wange. Er trat wieder auf den Hof hinaus.

Es war schon dunkel geworden und er tappte etwas unsicher Richtung Hofdurchgang auf den Boulevard Raspail, der durch Straßenlaternen, beleuchtete Schaufenster und den noch immer rauschenden Verkehr jetzt hell strahlend vor ihm lag.

Den Weg zurück zur Metrostation bewältigte er zu Fuß. Beschwingt schritt er aus.

Er konnte es kaum erwarten, sich die Bilder vom Treffen im Atelier anzusehen.

Den Fotoapparat aus der Tasche zu nehmen, um sich schon mal einen Eindruck von den Aufnahmen zu verschaffen, traute er sich nicht, hier mitten in der fiebrigen Metropole. Zu groß fand er das Risiko, die Kamera entrissen zu bekommen.

Stattdessen drückte er sie enger an sich. Bevor er die Treppen zum Bahnhof hinabstieg, hing er sich die Tasche so um den Hals, dass sie vorn auf seinem Bauch ruhte.

Das war zwar unbequem, bot aber den besten Schutz vor Räubern, dachte er. Wohl war ihm dennoch nicht.

Auf dem Bahnsteig angekommen, suchte er instinktiv die Nähe zu dem patrouillierenden Sicherheitspersonal. Die Rückfahrt zur Jugendherberge verlief zum Glück ohne Zwischenfälle.

Dort sichtete er sofort die Aufnahmen. Nachdem er einige missglückte Bilder aussortiert hatte, blieben ihm zwanzig Fotos, die seinem kritischen Auge standhielten.

Er schickte sie umgehend ans „Figaro Magazine" und wartete.

Quälend lange Tage vergingen bis er endlich zumindest eine Eingangsbestätigung per Mail erhielt, die aber kein Wort darüber enthielt, ob und wann daraus eine Geschichte erscheinen würde.

Angaben zu einem Honorar vermisste er.

Das beunruhigte Georg, zumal sein Konto sich immer näher der Null-Euro-Marke näherte und er sich schon als Clochard unter einer der vielen Seinebrücken sah.

Dann endlich erreichte ihn eine weitere Mail vom „Figaro Magazine", in der die Bildredaktion ihm mitteilte, dass man seine Fotos schätze und sie in den folgenden Wochen für ein vierseitiges Porträt der Malerin Veronique Dupont nutzen werde.

Ein Termin zur Veröffentlichung stehe noch nicht fest. Deswegen wolle man ihm in den nächsten Tagen ein Überbrückungshonorar in Höhe von 250 Euro per Verrechnungsscheck, par chèque, zukommen lassen. Georg atmete auf. Jetzt konnte er noch bleiben, wenn er äußerst sparsam war.

Nach ein paar Tagen fand er zum Glück die Bankanweisung im Briefkasten.

Er nahm sie, lief zur Crédit du Nord und ließ die Summe dem Konto gutschreiben. Er hob sofort einhundert Euro in bar ab.

Mit diesem Geld in der Tasche setzte er die abendlichen Spaziergänge durch Paris fort. Zuerst allerdings bezahlte er seine Mietschulden bei der auberge jeunesse, die ihn schon zweimal gemahnt hatte, als er wegen des ausgebliebenen Honorars vom „Figaro Magazine" in wirtschaftliche Not geraten war.

Da kam ihm schlagartig zu Bewusstsein, wie nahe er den Seinebrücken war und Georg empfand zum ersten Mal eine innere Verbundenheit zu den armen Clochards.

Und er hatte ein neues fotografisches Thema vor Augen. Aber wer würde ihm eine Bildergeschichte über das soziale Elend in Paris abkaufen?

Er recherchierte und landete erneut bei der „Modes et travaux".

Er kündigte seine Fotos an und hörte lange nichts. So machte er sich eines Abends auf und kletterte mit klopfendem Herzen an das Flussufer unter der berühmten Pont Neuf nicht weit entfernt vom Louvre.

Ein paar Grüppchen von schlafenden, trinkenden und raufenden Clochards fand er. Doch sie waren nicht seine Brüder im Geiste.

Schon, als er den Reißverschluss der Kameratasche öffnete, prasselte eine Kaskade von Beschimpfungen auf ihn nieder, gepaart mit drohenden Gebärden. Georg verstand nicht viel. Nur dégage, tu gaffeur, verpiss dich, du Gaffer", ahnte er, herausgehört zu haben.

Er hatte Angst, und er strebte eilig dem nächsten Treppenaufgang entgegen, um sich oben auf der Brücke, wie auf der Flucht, unter die Touristenmassen zu mischen.

Sein Bild von Paris hatte einen hässlichen Riss bekommen. Georg begrub ernüchtert sein jüngstes Projekt.

Zur fotografischen Gesellschaftsreportage fürchtete er, kein Talent zu besitzen.

Auf dem Rückweg in seine auberge de jeunesse fasste er wieder Mut. So schnell gab er nicht auf. Wenn er ein erfolgreicher Fotograf werden wollte, durfte er nicht vor jeder Schwierigkeit die Flucht ergreifen.

Zudem hatte er sich gegenüber der modes et travaux schon so weit „aus dem Fenster gelehnt", dass er liefern musste.

Georg wollte mehr über die „Clochards de Paris" erfahren und sich mit ihrem Wesen vertraut machen, bevor er einen erneuten Versuch wagte.

Er beschloss, am nächsten Tag eine Bibliothek aufzusuchen. Je veut savoir quelque chose sur la mentalité de les clochards de Paris, Ich würde gern etwas über die Mentalität der Chlochards von Paris erfahren", fragte er die junge Dame am Auskunftstresen der Bücherei. Sie verwies ihn freundlich auf den Stichwortkatalog.

Auf der Tastatur des elektronischen Verzeichnisses gab Georg „Clochard" und „Sous les ponts de Paris, unter den Brücken von Paris" ein.

Er erhielt über zwanzig Treffer und entschied sich für den schmalen Band von Eric Romand, „La nuit à la Seine, nachts an der Seine".

Dem Aufdruck auf dem Buchumschlag zufolge, der elektronische Katalog zeigte zudem ein Bild, kostete das Buch lediglich fünf Euro sechzig und Georg entschied, das Exemplar in einer Buchhandlung zu erstehen, statt es auszuleihen.

„Je veut l'acheter moi-même, ich möchte es mir selber kaufen", informierte er die Dame an der Auskunft, bedankte sich und ging. In der Librairie Galignani an der Rue Rivoli kaufte er es sich, trug es heim in die auberge de jeunesse und stöberte darin.

Es fiel ihm schwer. Mit der französischen Schriftsprache hatte er sich bislang nur flüchtig beschäftigt. Immer wieder schlug er in seinem Laptop Vokabeln und grammatische Konstruktionen nach.

Aber es funktionierte, und er erfuhr von der Magie des Geldes. Nur, wer einem Clochard zuerst einen Schein, mindestens zehn Euro, entgegenstreckte, konnte Kontakt zu ihm aufnehmen. Mit einer Flasche Rotwein würde es ebenso klappen, verriet ihm Eric Romand.

Mit diesen Tipps versorgt, plante er, es am folgenden Abend noch einmal versuchen.

Von der Crédit du Nord holte er sich ein kleines Päckchen Zehn-Euro-Scheine und zog in der nächsten Nacht wieder los.

Diesmal wählte er anstatt der Pont Neuf die Pont des Artes. Er wollte andere treffen, nicht jene, die ihn fortgejagt hatten. Aber auch hier trafen ihn zunächst nur abweisende Blicke, als er sich behutsam einer Gruppe zerlumpter Männer näherte. Sofort griff Georg in seine Jackentasche und hielt ihnen einen Geldschein entgegen. Die Situation entspannte sich ein wenig.

Einer der Gestalten lächelte sogar ein bisschen, spöttisch zwar, als wollte er zum Ausdruck bringen, sich damit nicht zufriedenzugeben, egal, um welche noch so kleine Gegenleistung es sich handele.

Georg zückte zwei weitere Scheine und sie sahen ihn gelassen, aber erwartungsvoll an. „Je veut prendre des photos?", äußerte er sich behutsam. In dem Moment reckten sich ihm mehrere Hände mit gespreizten Fingern entgegen. Mindestens fünfzig sollte das wohl heißen. Georg zögerte und überlegte kurz, ob er sich auf den Handel einlassen konnte.

Schließlich war der Vertrag mit der Modes et travaux noch nicht unter Dach und Fach.

Er gab nach, zählte im Schutz seiner Jackentasche fünf Scheine ab und gab sie hin.

Jetzt kam Bewegung in die Männergruppe. Die zerlumpten Gestalten tuschelten miteinander. Er verstand kein Wort. Plötzlich winkten sie ihn heran, nickten heftig und lachten ihn mit ihren verfaulten Zähnen ins Gesicht. Der Geruch, den sie dabei verströmten, war kaum zu ertragen.

Georg war eingehüllt in einen Dunst aus Schnaps, altem Schweiß, billigem Rotwein, Exkrementen, Urin und halb verdautem Essen.

Doch es störte ihn nicht. Zum ersten Mal spürte er die Wucht einer Situation, die er nicht kontrollieren konnte.

Die Chlochards bestimmten die Regeln, die es gar nicht zu geben schien. Georg nahm die Kamera hoch und er bemerkte aus den Augenwinkeln, wie der Größte unter den Männern verhaltene, aber deutliche Regieanweisungen gab.

Die Innenflächen seiner Hände zeigten nach oben und er hob sie fast unmerklich an. Wie auf die Geste eines Dirigenten hin, erhob sich die Gruppe und fing an, ungelenke Tanzbewegungen zu vollführen.

Die Männer drehten sich langsam im Kreis und schritten dabei mal nach vorn und wieder zurück, mal nach links und mal nach rechts. Georg bot sich ein skurril anmutendes Lumpenballett, begleitet vom Stakkato seiner Kamera und vom Blitzlicht in eine gespenstige Szene gehüllt.

Er fotografierte unablässig. Als dann einer nach dem anderen, erschöpft und schwindelig vom Rotwein zu Boden sank, hörte er nicht auf.

Aber jener, der diese lustige und zugleich unheimliche Aufführung dirigiert hatte, gebot ihm Einhalt und schickte ihn mit einer unmissverständlichen Geste fort.

190

Georg packte seine Fototasche und verschwand. Ohne sich noch einmal umzudrehen, erklomm er die nächste Treppe in die Oberwelt und versteckte sich im Menschenmengemenge auf der Pont des artes.

Mit einer etwas angewiderten Überheblichkeit betrachtete er die tausende am Geländer hängenden Liebesschlösser.

Über dieser betulichen Zurschaustellung von Anhänglichkeit fühlte er sich erhaben. Jetzt, als er sich auf dem besten Weg zu einem ernsthaften Dokumentarfotografen Pariser Menschengeschichten wähnte.

Wieder zurück in seinem Hôtel de Jeunesse, sortierte er die Fotos, schickte sie per Mail an die Redaktion der Modes et travaux und wartete.

Dann endlich, nach quälend langen Tagen des Hoffens und Bangens, erreichte ihn eine Antwort von dort: Monsieur Konrad, Merci pour vos Photos, nous sommes impressionnés et publieron une histoire d'images dans environ deux semaines, Herr Konrad, danke für Ihre Fotos. Wir sind beeindruckt und werden eine Bildergeschichte innerhalb der folgenden zwei Wochen veröffentlichen. Und als Nachsatz: Le texte est écrit par notre équipe éditoriale, den Text schreibt unsere Redaktion.

Er hätte den Eiffelturm umarmen können. Nach zehn Tagen hielt er das Belegheft mit einer Doppelseite seiner Fotos in der Hand. Er las verzückt erneut die Zeile Photos par Georg Konrad. Die Geschichte trug den Titel L'anarchie et la misère, Anarchie und Elend. „Perfekt", dachte er.

Und das Honorar war auch schon da.

Berlin

Georg hatte sich angewöhnt, mindestens dreimal pro Tag, das Postfach seines Rechners nach neuen Nachrichten zu durchforsten.

Als er eines Abends von dem letzten Streifzug durch die Stadt ins Hôtel de Jeunesse zurückkehrte, las er eine Mail aus Berlin. Sehr geehrter Herr Konrad, wir haben Ihre Fotos im „Figaro Magazine" und in der „Modes et travaux" entdeckt und würden Sie gern kennenlernen. Wir streben eine längerfristige Zusammenarbeit mit Ihnen an. Kommen Sie doch mal nach Berlin. Wir laden Sie ein.

Mit freundlichen Grüßen,

Matthias Luger,

Chefredakteur".

Die Nachricht kam vom „MenschenMagazin", der Zeitschrift, die mit aufwendigen Fotoreportagen aus dem Leben von Gewinnern und Verlierern einen Kultstatus in der Hauptstadt und dem ganzen Land erreicht hatte.

Georg kannte sie und träumte schon seit Kindertagen davon, dort einmal Bilder von sich zu veröffentlichen. Die Mail brachte ihn seinem Traum ein Stück näher.

Und er war fest entschlossen, der Einladung zu folgen.

Mit Matthias Luger verabredete er einen Termin am kommenden Donnerstag, zehn Uhr, Kantstraße 35, 10625 Berlin. „Wir schicken Ihnen ein Flugticket für Mittwoch und reservieren ein Zimmer im Hotel Hyperion am Kurfürstendamm. Von dort kommen Sie problemlos zu Fuß zu uns. Ein Fahrer wartet am Flughafen Tegel. Alle notwendigen Infos gehen heute per Express an Sie ab. Wir freuen uns.

Beste Grüße,

Matthias Luger."

Georg war von den Socken. So viel Generosität und Luxus verschlug ihm die Sprache, der doch hier im kargen Hôtel de Jeunesse hauste und gezwungen war, mit jedem Euro hauszuhalten. Aber, es war eben Paris.

Sollte er diese Stadt gegen Berlin eintauschen? Jetzt, wo er schon fast ein Franzose war? Georg war verunsichert. Er schrieb nur Merci beaucoup" zurück.

Zwei Tage später lagen das Flugticket, der Hotelvoucher und 200 Euro in bar als Reisespesen im Fach in der Jugendherberge.

Am Mittwoch fuhr er früh um acht mit der Metro zum Flughafen „Charles de Gaulle". Das Flugzeug der „Air France" startete pünktlich um elf Richtung Berlin Tegel.

Beim Abflug, kurz bevor die Maschine in Dunst und Wolken eintauchte, erhaschte er noch einen flüchtigen Blick auf seine Stadt.

Die Silhouette des Eiffelturms zog vorüber und verschwand. Georg seufzte.

Er hatte das unbestimmte Gefühl, Paris zu verlassen, obwohl noch nichts entschieden war. Vor allem von ihm nicht.

Nach etwa eineinhalb Stunden leiteten die Piloten die Landung ein. Das Flugzeug setzte hart auf. Am Ausgang wartete sein Chauffeur. Er hielt ein Schild vor der Brust, auf dem in fetten Lettern Monsieur Konrad stand. Frankreich hatte ihn noch nicht ganz vergessen.

Der Fahrer kannte sich perfekt aus in Berlin und fuhr nur ein kurzes Stück auf der ständig verstopften Stadtautobahn A111.

Dann nahm er den Tegeler Weg und die Schlossbrücke Richtung Otto-Suhr-Allee bis zur Kantstraße. Vielleicht wollte er seinem Fahrgast ein bisschen von Berlin zeigen, bevor er ihn im Hotel absetzte.

Georg genoss die Tour durch die Stadt, die ihm fremd war, indes schon gefiel. Wenngleich sie für die Strecke nicht einmal eine halbe Stunde brauchten.

Der Fotograf wäre gern etwas länger durch Berlin gefahren.

Darum zu bitten, traute er sich aber nicht. Er wollte die Gastfreundschaft, die man ihm mit dem Service geboten hatte, nicht über Gebühr strapazieren.

Er ließ sich am Hotel absetzen und bedankte sich artig.

Nachdem er sein schmales Handgepäck im Zimmer abgestellt hatte, schlenderte er ein bisschen durch die City West:

Ku'damm, Tauentzienstraße, KaDeWe, Wittenbergplatz. „Es ist zwar nicht Paris, doch es gefällt mir", dachte er.

Müde vom Laufen und den neuen Eindrücken, schlenderte er zurück zu seinem Hotel, trank ein Glas Wein an der Hotelbar, französischen freilich, und legte sich schlafen.

Es war zwar noch nicht spät, aber er wollte sein Gespräch morgen mit Matthias Luger unbedingt ausgeschlafen absolvieren. Seine Kleidung dafür, weißes Hemd, frischgewaschene Jeans, schwarzes Sakko, hing er sorgfältig über einen im Zimmer stehenden „Stummen Diener".

Früh um acht frühstückte er ausgiebig vom üppig ausgestatteten Buffet. Er gönnte sich zweimal vom Französischen Frühstück: einen Pott schwarzen Kaffee, zwei Croissants, Butter und Honig.

Dem aktuellen „MenschenMagazin", das im Frühstücksraum zur Morgenlektüre bereit lag, widmete er sich ausgiebig. Er sah sich die Fotos an. Er entdeckte einen alten Bekannten. Imko Matthey war mit einer Bilderstrecke über die Provence vertreten. Georg fand sie gelungen, aber vor Ehrfurcht erstarrte er nicht. Er fühlte sich ihm mittlerweile ebenbürtig. In der Bildsprache sogar überlegen.

„Mmh", dachte er zufrieden, „du machst mir nichts mehr vor."

Er machte sich in aller Ruhe auf den Weg in die Kantstraße 35 und traf sich mit Chefredakteur Matthias Luger, der ihn mit ausgestreckter Hand und einem breiten Lächeln in einem repräsentativen Büro empfing. „Ich freue mich, Sie einmal persönlich kennen zu lernen, kommen Sie, wir setzen uns an den Konferenztisch", eröffnete er das Gespräch.

Er rief seine Sekretärin. „Frau Krüger, bringen Sie uns doch bitte mal etwas zu trinken für meinen Gast und mich." „Kommt sofort", antwortete sie und stand nach wenigen Augenblicken mit einem Tablett, auf dem eine Kanne Tee, eine Kanne Kaffee und eine Flasche Wasser platziert waren, dazu Tassen und Gläser.

Matthias Luger schaute fragend zu ihm. Er bat um ein Glas Wasser. Der Gastgeber goss sich einen Kaffee ein.

Er legte je ein Exemplar von „Modes et traveaux" und dem „Figaro Magazine" auf den Tisch und schlug die Seiten mit Georgs Bilderstrecken auf. „Sehr schön", sagte Luger, tippte mit dem Finger auf die Chlochard-Geschichte mit der Bemerkung: „Hat mir besonders gefallen."

Georg freute sich sehr, dass seine Bilder in Deutschland Anerkennung fanden, selbst vom Chef einer solch renommierten Zeitschrift.

Aber, was hatte Luger mit ihm vor? Nur ein Lob aussprechen? Dafür hatte er ihn ja bestimmt nicht nach Berlin eingeladen.

Georg schaute ihn erwartungsvoll an, derweil er an seinem Wasser nippte.

„Unser Magazin erzählt von Menschen", sagte Luger, „von Menschen mit Gesichtern, Gefühlen, Charakter, Charisma. Menschen, die es lohnen, mit ihrer Geschichte beschrieben zu werden.

Sie müssen nicht berühmt sein, nicht einmal einem größeren Publikum bekannt sein. Nur eines müssen sie haben: das gewisse Extra an Charakter und Persönlichkeit. Dabei haben wir nicht den oft erwähnten Chefarzt im Focus, der sich häufig als ein arrogantes Arschloch entpuppt, sondern eher die Kinderkrankenschwester, die sich aufopfernd und liebevoll um ihre kleinen Patienten kümmert.

Die stillen Helden des Alltags eben. Zudem die vielen Abgehängten und Zukurzgekommenen in unserer Gesellschaft, die sich dennoch Haltung und Stolz bewahrt haben."

Georg hatte sich Lugers kurzen Vortrag konzentriert angehört, ohne bis dahin verstanden zu haben, woraufhin er steuerte. Luger merkte, dass sein Gast ihn fragend ratlos ansah.

Er kam auf den Punkt. „Unser Magazin lebt in der Hauptsache von seinen Fotos.

Wir kaufen sie von den besten Fotografen aus der ganzen Welt ein und fördern gezielt vielversprechende Talente.

Ihre Bilder in den zwei französischen Zeitschriften haben mich beeindruckt. Genauso erging es dem Leiter unserer Illustration, Thomas, Tom Gilder."

Der Chefredakteur griff zum Telefon: „Tom, kannst du mal raufkommen?" Wenige Augenblicke später stand ein großgewachsener, schlaksiger Typ, Mitte vierzig mit längeren, schon ins Graue changierenden Haaren, im Raum.

Luger machte die beiden miteinander bekannt. „Wir nennen Tom hier „das Auge". Georg lächelte und reichte ihm die Hand. „Tom, du erinnerst dich doch sicher an die französischen Zeitschriften mit der Künstlerin Dupont und den tanzenden Chlochards unter der Seinebrücke." „Ja klar", antwortete „das Auge", „die Fotos zeigen Talent, kann man ausbauen."

Luger zeigte auf den Fotografen und sagte: „Hier ist ihr Schöpfer." „Kompliment", meinte Gilder, „sehr beeindruckend, und das geht bei mir nicht so schnell", bemerkte er zu Georg gewandt.

Dann verabschiedete er sich auch schon wieder. „Stecke mitten in der Arbeit, Matthey hat eine Menge geschickt, die muss ich erst mal sichten."

Er klopfte zweimal mit den Knöcheln der rechten Hand auf den Tisch und verließ, sichtbar in Eile, das Büro der Chefredaktion. Als Tom Gilder gegangen war, beugte sich Luger vor, richtete sich auf und schaute dem Fotografen in die Augen und fragte direkt: „Haben Sie Lust, für uns zu arbeiten?" Georg zögerte.

Im Zeitraffertempo spulte sich ein Parisfilm in seinem Kopf ab. Adieu France?, bohrte als schmerzhaft brennende Frage in ihm.

Nachdem Luger bemerkte, wie er mit sich rang, setzte er nach: „Wir gewähren Ihnen nahezu alle fotografischen

Freiheiten, nur über die endgültige Bildauswahl entscheidet immer Tom Gilder.

Unsere Honorare liegen deutlich höher als marktüblichen Vergütungen. Kleine Fotos gibt es bei uns nicht und große Formate sind das Markenzeichen vom MenschenMagazin. Sie honorieren wir mit mehr als tausend Euro pro Abdruck.

Hinzu kommen Spesen und andere Aufwandsentschädigungen. Sie bekommen eine Kreditkarte des Verlages und brauchen mit keinem Cent in Vorleistung zu treten."

Georg schwindelte ob dieses Angebots. Aber er zögerte dennoch weiter mit einer Antwort.

Klar, die Aussicht, seine Geldsorgen mit einem Schlag loszuwerden, reizte ihn gewaltig. Wo war der Haken? Er spürte ihn instinktiv, wusste ihn aber nicht zu benennen. Luger wurde langsam ungeduldig.

„Was wollen Sie noch, Georg, ich darf Sie doch beim Vornamen nennen?". Er fühlte sich einerseits geschmeichelt, ja umworben, andererseits missfiel ihm die schnelle und von ihm als plump empfundene, Vertrautheit Lugers.

Jetzt war ihm schlagartig klar, worauf sein ungutes Gefühl fußte und entgegnete, er fühle sich eingeengt in die institutionalisierten Abläufe eines Apparats einer solch bedeutenden Zeitschrift. Ihn umtriebe die Sorge, seine Freiheit als ungebundener Fotograf zu verlieren.

„Okay", sagte Luger, „ich habe meine Karten auf den Tisch gelegt, Sie können es sich ja noch einmal durch den Kopf gehen lassen. Schlafen Sie eine Nacht darüber und wir sehen uns morgen wieder. Gleiche Zeit, gleicher Ort, Sie bleiben unser Gast."

Luger stand auf und Georg war entlassen. Er war verblüfft von dem abrupten Ende der Audienz beim Chefredakteur und verließ dessen Büro mit einem schlechten Gewissen, das generöse Angebot nicht sofort angenommen zu haben.

Draußen wehte ein eisiger Wind durch die Straßen und er sehnte sich nach dem angenehmen milden Pariser Klima. Zur Kälte gesellte sich zudem ein fieser Nieselregen, der ihn rasch durchnässte.

Georg fror, äußerlich wie innerlich. Er wählte den kürzesten Weg zum Hotel. Ein weiteres Bummeln durch die vielleicht neue Stadt war ihm vergällt.

Angekommen, ging er sofort auf sein Zimmer und tauschte seine nasse Kleidung gegen trockene, legere Sachen. In Cordjeans und Pullover setzte er sich an die Bar unten in der Lobby, bestellte ein Glas Bordeaux und grübelte.

Georg sah durch die großen Fenster, wie der Wind den mittlerweile zum Wolkenbruch angewachsenen Regen durch die Straßen peitschte.

Die am Hotel vorbeifahrenden Autos zogen dichte, sich verwirbelnde Schleier hinter sich her.

„Klar", fand Georg, „solch ein Wetter gibt es auch in Paris, aber irgendwie ist es da anders.

Der Regen fällt dort zärtlicher, er ist sanft und nicht so wuchtig, nicht so teutonisch."

Selbst der Wein schmeckte ihm hier fremd, weniger schmeichelnd. Hier verlangte er ein Urteil. Hier stand er vor Gericht. In Paris hatte er ihn schlicht getrunken. Er gehörte zum Alltag wie Camembert und Baguette oder Croissants. Dort war vieles einfach, hier war alles kompliziert, tout était simple là, tout ici est compliqué. Und das behagte Georg nicht.

Doch dann nahm er sich erneut das MenschenMagazin zur Hand, das auch in der Bar auslag, und blätterte darin.

Überwältigend schöne Fotostrecken fand er. An ihnen konnte er sich kaum sattsehen. Die Bilder von Matthey beeindruckten ihn wieder. „Dir werd´ ich`s zeigen", murmelte er leise vor sich hin.

Er trank den Wein aus, der ihm nicht geschmeckt hatte, zahlte und ging hinauf auf sein Zimmer. Er zog seine Oberbekleidung aus und legte sich aufs Bett. Er zappte ein bisschen durch die Fernsehprogramme und schlief ein.

Nach anderthalb Stunden wachte er auf und wusch sich das Gesicht, zog sich an und verließ das Hotel.

Er schlenderte Richtung Gedächtniskirche dem Ku'damm entgegen.

Es hatte aufgehört zu regnen und allmählich brach die Nachmittagssonne durch die immer größer werdenden Wolkenlücken. Berlin blinzelte ihm zu.

Nach knapp zwanzig Minuten erreichte er den Breitscheidplatz. Er legte den Kopf in den Nacken und ließ den Blick zur Spitze der Kirchenruine schweifen. Der Himmel war mittlerweile blankgeputzt, die letzten Wolken verschwunden. Die schon tiefstehende Nachmittagssonne in seinem Rücken tauchte das Fragment der Gedächtniskirche in einen warmen, fast goldenen Schimmer, der einen berührenden Kontrast zum waidwunden Mahnmal bildete.

Man hatte die halb zerstörte Kirche nach dem Zweiten Weltkrieg stehen gelassen, um an die zerstörerische Wucht des Krieges zu erinnern. Er erfuhr es aus den Informationen in seinem Reiseführer „Berlin", den er sich in Paris besorgt hatte." L'eglise est restée en tant que mémorial, die Kirche blieb als Mahnmal erhalten", stand dort geschrieben.

Georg war beeindruckt von diesem Stück Erinnerungskultur. Er bog auf den Ku'damm ein und erinnerte sich auf der Prachtstraße des Berliner Westens ein wenig an die Champs-élysées. Aber wirklich nur ein bisschen.

Nach ein paar hundert Metern erreichte er auf der rechten Seite das Café Kranzler und entschloss sich, auf einen Kaffee, einzutreten, auf den er durch seinen kurzen Mittagsschlaf eine unbändige Lust verspürte. „Sieht aus, wie das Café de flore", sagte er zu sich. Das hatte er in Paris wegen der Touristenmassen gemieden.

Hier erging es ihm ähnlich. Er setzte sich an den letzten freien Tisch, da der Kaffeedurst die Oberhand behielt. Er bestellte, einen „Café au Lait". Es ging ihm wie mit dem Wein an der Hotelbar, er schmeckte nicht wie in Paris.

Er genoss ihn trotzdem, schon allein deshalb, weil er ihm die Trägheit des Nachmittags verscheuchte.

Beschwingt nahm er seinen Spaziergang wieder auf. Kurz vor der Kreuzung mit der Uhlandstraße traf er auf das Maison de France mit dem Institut Française und dem Cinema Paris.

Er versöhnte sich langsam mit dem Gedanken und damit, vielleicht doch in dieser Stadt zu leben. Ein paar Gehminuten weiter erreichte er, Ecke Schlüterstraße, den „George-Grosz-Platz", einen Ort, dessen Atmosphäre ihn an die kleinen Heimeligkeiten im Pariser Zentrum erinnerte, wo er seine ersten fotografischen Ausflüge unternommen hatte.

Hier gruppierten sich gleichermaßen Restaurants, Cafés und winzige Läden rund um einen Ort, bepflanzt mit jungen Linden und einer Hinweistafel mit Daten aus dem Leben des Künstlers. Er bedauerte, in George

Grosz keinen Franzosen, sondern einen Deutschamerikaner gefunden zu haben. Der Name sagte ihm ohnehin nichts. Aber die Schreibweise seines Vornamens assoziierte er sofort mit dem Maler George Braque, dessen Bilder er im Figaro Magazine gesehen hatte. Dass sich für ihn zunächst keine weitere Beziehung France et Berlin ergeben hatte, störte ihn nicht sonderlich.

Es wurde langsam dunkel und er wechselte am nächsten Übergang die Straßenseite und schlenderte zurück Richtung Breitscheidplatz und Gedächtniskirche.

Sie hatte er schon im Blick, als ihn eine junge Frau auf Französisch ansprach und nach dem Weg zum „Kaufhaus des Westens" fragte, Excusez-moi, comment puis, je aller á la KaDeWe? Georg, stolz, den Weg schon zu kennen und erfreut darüber, jetzt doch eine französische Begegnung in Berlin zu haben, antwortete, es sei ganz einfach und auch nicht mehr sehr weit, c'est très simple, il n`est past très loin, das ist ganz einfach und nicht weit". Sie bräuchte nur die Tauentzienstraße in Verlängerung des Ku'damms zu laufen, dann läge es auf der rechten Seite kurz vorm Wittenbergplatz.

Hoch zufrieden, einer Französin in deren Muttersprache in Berlin den Weg beschreiben zu können.

Er schlenderte zurück zum Hotel.

Georg war fast überzeugt, hier leben zu können. Am Abend an der Hotelbar aß er einen bescheidenen Snack, trank wieder einen Bordeaux, der ihm schon besser schmeckte und legte sich schlafen.

In dieser Nacht träumte er von Berlin und vom „MenschenMagazin", für das er als hoch angesehener Fotograf in der Welt umherreiste und die Glücklichen, Unglücklichen, Skurrilen und Gewöhnlichen fotografierte.

Als Georg aufwachte, noch ein wenig gefangen in seinen Träumen, stand sein Entschluss fest.

Er frühstückte ausgiebig und verzichtete auf das Petit Dejeuner, an das er in Paris gewöhnt war. Stattdessen wählte er Rührei mit Speck und einen Pott Kaffee. Er verließ das Hotel und schlenderte ins Verlagshaus. Am Empfang ließ er sich bei Luger anmelden.

„Ich werde erwartet", fügte er hinzu und kam sich wichtig vor.

Er trat ins Büro des Chefredakteurs und der kam erneut mit ausgestrecktem Arm auf ihn zu. „Na?", fragte er und Georg antwortete ebenso kurz mit einem kräftigen „Ja" und drückte dabei fast übertrieben fest seine Hand.

Dann setzten sich beide wieder an den Konferenztisch, auf dem schon ein Vertragsentwurf lag. Er überflog ihn flüchtig und unterschrieb.

Die Bildhonorare würden üppig ausfallen und er war frei, auch für andere Zeitschriften zu arbeiten. Nur mit der Einschränkung, die Aufgaben für das MenschenMagazin dürften darunter nicht leiden. Luger holte eine Flasche französischen Cognac aus dem Schrank und sie stießen auf ihre Zusammenarbeit an.

Insgeheim hatte Georg darauf gehofft, das Menschenmagazin schicke ihn bald für Fotoaufträge nach Paris oder doch zumindest nach Frankreich. Er hatte Heimweh. Berlin kam dagegen nicht an. Das spürte er. Und er bereute schon jetzt sein Ja Luger gegenüber.

Stattdessen schickte der ihn erst einmal nach Hannover auf das weltgrößte Schützenfest.

Dort sollte er die feiernden Menschen porträtieren, um Bilder zu liefern für eine geplante Reportage über das Volksfest. Das war so gar nicht sein Geschmack. Den

Auftrag akzeptierter er dennoch. Ihn reizte das üppige Honorar.

Außerdem wollte er die junge Beziehung zu einem potenten Auftraggeber nicht gleich wieder aufs Spiel setzten. Gemeinsam mit Michael Gnoske, dem Reporter der Geschichte, saß er eines Morgens im ICE nach Hannover. Gnoske redete unaufhörlich und laut auf ihn ein. Er wolle aufdecken, bloßstellen, entlarven. Den ganzen reaktionären Sumpf des riesigen Schützenfestes als paramilitärisches Spektakel zu kurz gekommener Möchtegernhelden ans Licht zerren.

Und Georg solle „ein paar hübsche Fotos dazu liefern". „Wie primitiv und stillos", dachte der, saß schweigend neben dem Reporter und litt.

Er vergrub sich in seinen Sitz und ließ den Redeschwall Gnoskes wie einen Regenschauer auf sich niederprasseln. Schon lange hörte er nicht mehr zu.

Die Worte und Sätze verquirlten sich ihm zu einem atonalen Brei. Wie sollte er es bloß mit diesem Kerl aushalten, der sich selbst für einen bedeutenden Enthüllungsjournalisten hielt und ihn, den Fotografen, ohnehin nur als Beiwerk ansah, der ihm „hübsche" Bilder zu einer herausragenden Geschichte liefern sollte?

Ihm schwante Böses.

In Hannover angekommen, stürzten sich die beiden gleich ins Getümmel. Georg hielt die Kamera schussbereit und schaute angestrengt nach aussagekräftigen Motiven.

Was er sah, waren Menschenmassen, Uniformen und ein grellbuntes Kirmesgetümmel. Nicht sein Thema. Und immer wieder forderte ihn Gnoske auf, belanglose Postkartenbilder zu schießen. Er fühlte sich benutzt, schlimmer noch als von Matthey.

Dass er so nicht arbeiten wollte, war ihm bald klar.

Er bedeutete dem Reporter, sich allein auf Motivsuche zu begeben.

Der runzelte missbilligend die Stirn, nahm es aber widerwillig hin. Georg drehte sich um und verschwand im Trubel. Er schlenderte ein paar Minuten ziellos umher, um sich dann abseits der Menschenmassen dem Schützenfest hinter den Kulissen zu widmen.

In einer schmalen Seitenstraße entdeckte er einen alten Mann, bekleidet mit einem verschlissenen Mantel, abgetretenen Schuhen und einem zerbeulten Hut auf dem Kopf. Bekümmert sah er aus und müde.

Er sprach ihn an und bat um die Erlaubnis für ein Foto. Er sah in ein Antlitz voller Verzweiflung und ohne Hoffnung, in dessen grauen Bartstoppeln sich eine Träne verfangen hatte.

Er nickte ausdruckslos und stumm. Georg hob seine Kamera und betätigte den Auslöser. Er bedankte sich bei dem Alten, drückte ihm einen Zehn-Euro-Schein in die Hand und wollte sich schon abwenden.

Doch mit einem plötzlich aufblitzenden Stolz im Gesicht lehnte der das Geld kopfschüttelnd ab. Der Greis führte mit einer etwas ungelenken, aber durchaus eleganten Bewegung Daumen und Zeigefinger an die Hutkrempe und schlurfte davon.

Der Fotograf blieb ratlos und verwirrt zurück. Der alte Mann war langsam um die nächste Ecke verschwunden.

Georg schaute sich das Foto auf seinem Kameramonitor an. Er sah in ein Gesicht, in dem sich Stolz und Elend in einer Weise mischten, die er nicht zu entziffern in der Lage war. Was hatte dieser Mensch erlebt? Er wusste es nicht.

Er war sicher, dass ihm ein faszinierendes Foto gelungen war, dessen intensiver Ausdruck der Prolog zu einer Geschichte war, die unerzählt blieb.

Georg setzte seinen Weg am Rand des Volksfestes fort. Stets so nahe dran, dass er dem Thema Schützenfest zwar nicht untreu wurde, aber immer so weit entfernt, dass er allen gewöhnlichen Motiven entfloh.

Auf einem engen, schmuddeligen Kinderspielplatz, eingezwängt zwischen trostlosen Mietskasernen, traf er auf eine Gruppe uniformierter Männer.

Sie scharrten sich, Bierflaschen schwenkend um eine dicke Frau, deren rechter Teil ihres mächtigen Busens schon aus der Bluse gequollen war. „Ausziehen, ausziehen", grölten die Angetrunkenen und reckten ihre Flaschen wie Ausrufezeichen in die Luft.

Und Georg fotografierte aus der Deckung eines Verteilerkastens.

Schon bald fingen die Ersten an, schwitzend vor Begierde, ihre entblößte Brust zu begrapschen, was die Frau mit dröhnendem, ordinären Gelächter kommentierte.

Er drückte ein paar Mal auf den Auslöser. Über der bizarren Szene hing eine Wolke aus Bierdunst und Zigarettenqualm.

Nicht wissend, was noch kommen würde, schlich er sich davon und erreichte in wenigen Gehminuten wieder das sich ausgelassen und heiter gebende Schützenfest von Hannover.

Gnoske fand er nicht mehr und Georg beschloss, ohne ihn nach Berlin zurückzufahren.

Am folgenden Tag trafen sich der Redakteur und der Fotograf in der Redaktion. Zu sagen hatten sich die beiden nichts.

Es blieb bei der gegenseitigen, stummen Abneigung. Gnoske legte die eilig heruntergeschriebene Reportage der Chefredaktion vor und Georg seine Bilder dem „Auge".

Die auf Aufforderung des Reporters entstandenen Postkartenfotos wischte Gilder sofort mit der Bemerkung „Das ist banale Kinderkacke", vom Tisch, „die könnten wir uns auch aus der Pressestelle in Hannover besorgen. Das aber ist nicht unser Stil."

Dann sah er die Fotos vom alten Mann und die von den grölenden Schützenbrüdern mit der halbnackten Frau. Das „Auge" nickte nur und aus seinem Mund war ein leises anerkennendes Pfeifen zu hören.

Aus der Reise nach Hannover entstand eine vierseitige Geschichte mit einem ganzseitigen Foto von der langsam außer Kontrolle zu geratenen Szene auf dem schäbigen Kinderspielplatz inmitten der trostlosen Mietskasernen.

Der traurige Alte fand seinen Platz etwas kleiner auf Seite drei. „Volksfest mit Schattenseiten" war der gesamte Artikel überschrieben.

Ein Postkartenbild gab es auch dazu. Es diente aber allein der Kennzeichnung des Schützenfestes von Hannover und war entsprechend als Randnotiz abgedruckt.

Gnoske hatte einen brillanten, polemisch zugespitzten Text verfasst. Das erkannte auch Georg an. Der Autor war ihm dadurch aber nicht angenehmer geworden.

Ihm gefiel die Geschichte und der deutliche Hinweis: Fotos: Georg Konrad erfüllte ihn erneut mit Stolz. Sein Honorar war wie versprochen üppig.

208

Aber, als Luger ihn ein paar Tage später fragte, ob er längerfristig für ihn arbeiten und der einfacheren Kommunikation wegen endgültig nach Berlin ziehen wolle, druckste er herum.

Doch der Chefredakteur bestand auf einer Antwort, nicht ohne wiederholt auf sein großzügiges Honorar und die Spesen hinzuweisen. Zudem darauf, dass weitere lukrative Aufgaben geplant seien. Über Menschen in Lissabon, Prag und Barcelona wolle man in Kürze Reportagen veröffentlichen, wieder mit Fotos von Georg Konrad. Doch der zögerte immer noch und erbat sich Bedenkzeit bis zum nächsten Tag.

Luger gewährte sie ihm.

Zurück in seinem Quartier, das weiterhin der Verlag bezahlte, setzte er sich wieder an die Bar vor ein Glas Bordeaux. Dort konnte er am besten und in Ruhe nachdenken.

Draußen dämmerte es bereits und die am Hotel vorbeifahrenden Autos ließen nacheinander ihre Scheinwerfer aufleuchten. Die wenigen, die ohne Licht fuhren, waren bald nur noch undeutlich, fast schemenhaft zu erkennen.

Es hatte zu nieseln begonnen und die Straßen überzog ein nasser Film.

Georg träumte von Paris. Dort regnete es zwar ebenfalls ab und an. Doch meist in kurzen heftigen Schauern, die rasch wieder von einem blauen Himmel mit vereinzelten weißen Wolken abgelöst wurden.

Nur im tiefen Winter legte sich ein undurchdringlicher grauer Schleier über die Stadt und die Seine schlängelte sich dann wie ein bleiernes Band durch die Metropole, die er ansonsten lebensfroh, hell, offen und vom Geist der Aufklärung durchdrungen erlebt hatte.

Er vermisste das Savoir-vivre. Dort war alles Kür, hier alles Pflicht.

Wollte er sich weiter von Redakteuren wie ein Knipser behandeln lassen, der ein paar „hübsche Bilder" als schmückendes Beiwerk liefern sollte?

Das wollte er nicht. Auch, wenn die von Luger in Aussicht gestellten Reisen verlockend waren, war er sich jetzt sicher, dass er morgen „Nein" sagen würde.

Etwas müde vom Wein und aufgewühlt von der Entscheidung, die er getroffen hatte und deren Konsequenzen, die er gar nicht einschätzen konnte, ging er hinauf in sein Zimmer.

Mit dem großzügigen Honorar, das ihm das MenschenMagazin für die Fotos aus Hannover gezahlt hatte, es waren mehrere tausend Euro, konnte Georg sich eine Zeit lang über Wasser halten.

Er hoffte, seine bisherigen Kontakte zu Magazinen in Frankreich wieder zu nutzen, um weitere Aufträge zu erhalten. Ins Hôtel de Jeunesse wollte er auf keinen Fall zurück.

Aber unbedingt nach Paris. Ihm schwebte dort eine bescheidene Wohnung vor. Er war überzeugt, die Stadt sich für einige Zeit erlauben zu können. Er suchte, noch in Berlin, von seinem Hotelzimmer aus, per Internet eine Bleibe in Paris. Er stöberte in etlichen Seiten und war ernüchtert.

Unter tausend Euro Monatsmiete war es völlig ausgeschlossen etwas zu finden. Und das galt schon für Einzimmerwohnungen. Selbst in den berüchtigten, von Armut und Kriminalität geprägten Vororten, den „banlieu", gab es nichts, was sich Georg hätte leisten können. Und auf staatliche Unterstützung, wie sie den meisten Bewohnern dort zuteil wurde, brauchte er als Deutscher nicht zu hoffen. Frankreichs Metropole adieu zu sagen und Lugers Angebot anzunehmen, wäre die einfachste und sicherste Alternative.

Das wurde Georg jetzt klar, aber es widerstrebte ihm. Wer half ihm, seinen Pariser Traum doch noch wahr werden zu lassen? Er nahm erneut Kontakt auf zum Figaro Magazine, das seinerzeit die Clochardbilder veröffentlicht hatten. Zudem kam ihm Veronique Dupont in den Sinn. Mit ihr hatte er die erste engere persönliche Beziehung geknüpft.

Am nächsten Tag bat er den Chefredakteur um weitere Tage Aufschub.

Er müsse ein paar Angelegenheiten klären, bevor er eine endgültige Entscheidung treffen könne, begründete er seine Bitte. Luger war nicht erfreut, stimmte aber widerwillig zu.

„Okay", meinte der Chefredakteur, „drei Nächte bezahlen wir Ihr Hotel noch, dann ist Schluss, falls Sie sich gegen uns entscheiden." In Georgs Ohren klang das nach Erpressung.

Das Klima zwischen ihnen war kühl geworden. Das war deutlich zu spüren. Er mailte sofort ans Figaro Magazine „Messieurs, pouvez vous m'aider à trouver un apartement adorable à Paris?, Meine Herren, können Sie mir helfen, eine bezahlbare Wohnung in Paris zu finden?" Die Antwort kam prompt: Monsieur Konrad, nous sommes désolé, il n'y a pas d'apartements bon marché à Paris, Herr Konrad, tut uns leid, es gibt keine preiswerten Wohnungen in Paris."

Auch Veronique Dupont konnte ihm nicht helfen. Georg war tief enttäuscht.

Sein Sehnsuchtsort schien in weite Ferne gerückt und der vermeintliche Abstecher nach Berlin, in diesen schwermütigen preußischen Koloss drohte, ihn für lange Zeit festzuhalten. „Paris läuft nicht weg", versuchte er sich, zu beruhigen. Und er entschloss sich, Lugers Angebot unter bestimmten Bedingungen anzunehmen.

Die Aussicht auf wirtschaftliche Sicherheit durch kontinuierliche Aufträge und großzügige Honorare hatte den Ausschlag gegeben.

Eine Lust auf existentielle Risiken hatte Georg nie verspürt. Sein Elternhaus und seine Herkunft aus Westfalen hatten den Glücksritter in ihm gar nicht erst entstehen lassen.

Am nächsten Vormittag traf er sich erneut mit Matthias Luger, der ihn mit erwartungsvoller Miene begrüßte. „Ja", sagte Georg sofort, „ich bleibe, aber nur unter der Bedingung, dass ich nie wieder mit Redakteuren wie Gnoske arbeiten muss. Ich bin nicht der Lieferant von Bildern als schmückendes Beiwerk. Ich will eigene Geschichten mit meinen Aufnahmen erzählen." „Okay", entgegnete Luger, „ich gebe Ihnen alle Freiheiten. Liefern Sie mir einzigartige Fotos, wir machen was draus." Die beiden schlugen ein und lächelten sich an, unterdessen ihre Hände wie festgewachsen ineinander ruhten.

Georg zog sich in die zum Haus gehörende Bibliothek zurück, nahm sich einen Stapel aktueller Berliner Tageszeitungen und suchte nach Themen, die er mit Bildern erzählen konnte. „6000 Obdachlose in unserer Stadt" las er im „Tagesspiegel". Ein Thema hatte er schon. „Fixertreffpunkt Kottbusser Tor" stand im „Kurier". Das war sein zweites.

Nachdem er sich die Orte notiert hatte, wo er Wohnungslose treffen würde, machte er sich auf den Weg.

Zuerst fuhr er Richtung Regierungsviertel. Er hatte gelesen, dass dort unter der Brücke am Ludwig-Erhardt-Ufer viele Menschen ohne eigenes Heim kampierten. Zu ihnen pilgerte er und hatte mit der gleichen Ablehnung und Feindseligkeit zu kämpfen wie seinerzeit bei den Clochards an der Seine.

Auch hier halfen seine freundliche Beharrlichkeit und ein paar Zehn-Euro-Scheine. Ihm gelangen eindringliche Aufnahmen von Menschen, die bitterarm, aber nicht ohne Ehre waren.

Eine Stunde intensiven Fotografierens war vergangen. Danach überquerte er die Spree und wandte sich dem Hauptbahnhof zu. Dort, unter der „Hugo-Preuß-Brücke", benannt nach einem Berliner Staatsrechtler und Autor der Weimarer Verfassung, traf er Joe, einen jungen Mann, der ihn auf französisch ansprach: „Bonjour Monsieur le photographe, ici je vis mieux qu'à Paris, Guten Tag, Herr Fotograf, hier lebe ich besser als in Paris." Georg war gerührt und verwundert, jemanden zu treffen, der sich in Berlin wohler fühlte als an seinem Sehnsuchtsort. Sie unterhielten sich, auf Französisch, mehr als eine Stunde über die Stadt an der Seine, ihre Clochards, die Brücken und die Menschen.

Und er durfte fotografieren.

Acht Jahre habe Joe in Paris auf der Straße gelebt, bis ihn Neid, Missgunst und Gewalt aus Frankreich hierher vertrieben hätten. Georg wollte es nicht wahrhaben. „Croyez-moi, il était si, glauben Sie mir, es war so.", versicherte Joe.

Der Fotograf erinnerte sich an seine ersten Erfahrungen unter einer Seinebrücke, welche Angst er hatte und wie er panisch auf die Straße geflohen war. Hier, an dieser Berliner Brücke, am Zusammenfluss von Spree und Spandauer Schifffahrtskanal, war es friedlich.

Georg beschlichen Zweifel, ob sein Bild von Paris bisher nicht doch etwas zu idealisiert gewesen war. Allmählich glichen sich die Waagschalen aus. Noch aber waren sie nicht auf gleicher Höhe.

Langsam wanderte er zurück zum Regierungsviertel. Das Parlament, der Deutsche Bundestag, war im umgebauten Reichstagsgebäude untergebracht. Die Regierungszentrale im Bundeskanzleramt.

Das Gebäude nannten die Berliner respektlos „Bundeswaschmaschine". Ihre Form erinnerte daran. Es stand daneben. Beide gaben aufeinander acht.

Georg beeindruckte die, wie er empfand, demokratische Architektur. Die von jedem begehbare gläserne Kuppel des Bundestages mit Blick in den Plenarsaal zeigte Bürgernähe und das Kanzleramt keinen Machtanspruch.

Vor seinem inneren Auge erschien der Élysée-Palast, der Amtssitz der französischen Präsidenten. Mit dessen monumentalen und barock überladenen Pomp stand er für die uneingeschränkte Herrschaft der Könige und Kaiser.

Er passte aber nicht so recht zu demokratisch gewählten Staatsoberhäuptern. Wie angenehm war dagegen doch die bescheidene Architektur des bürgerlichen Berlin. Und die Waagschale neigte sich wieder ein Stück.

Er machte sich auf den Weg zurück in die Redaktion. Dort zeigte er erst einmal dem Bildchef Tom Gilder die Fotos von den Obdachlosen.

Der sortierte schnell und, wie Georg empfand, erbarmungslos zehn Aufnahmen aus. Auf den verwundert fragenden Blick des Fotografen meinte er knapp: „Nicht ausdrucksstark genug." Der nahm es widerwillig hin. Noch weitere Bilder fielen dem messerscharfen Urteil Gilders zu Opfer. Bis ein paar wenige seine Gnade fanden. Mit denen gingen Tom und Georg zu Luger und schlugen ihm eine doppelseitige Fotogeschichte vor. Der war einverstanden, rief einen Redakteur an, es war zum Glück nicht Gnoske, zudem eine Grafikerin. „Setzt euch zusammen und baut einen Vierseiter für 20,21,22 und 23 da haben wir eine Lücke. Beeilung, morgen geht's in Druck."

Georg, Martin Dietz und Martina Möller stürzten sich in die Arbeit. Innerhalb einer Stunde, nachdem er einiges über seine Fotos erzählt hatte, wie sie entstanden waren und wer die abgebildeten Personen sind, schrieb der Redakteur einen kurzen einleitenden Text und formulierte Bildzeilen.

Martina Möller skizzierte derweil den grafischen Aufbau der Geschichte. Der Entwurf ging an Luger, der sein Okay gab, und man bereitete den Druck vor. Georg sah das Ergebnis der vier Seiten erst im fertig produzierten Heft.

Er war hoch zufrieden und auch stolz auf seine Bilder und die gesamte Story.

Die Geschichte erschien unter dem Titel „Unbehaust in Berlin". Die Zusammenarbeit mit Martin Dietz und Martina Möller war konfliktfrei und überraschend produktiv gewesen.

Der einführende Text, war knapp gehalten, enthielt aber die notwendigen Fakten, um dem Publikum einen Einblick in das Leben und die Schicksale von Wohnungslosen zu vermitteln. Die Bildzeilen blieben maßvoll und stellten die abgebildeten Menschen in ihrem

Elend nicht bloß. Georg war hingerissen. Die großformatigen Schwarzweißbilder dominierten.

Am nächsten Morgen machte er sich sofort auf den Weg, um die Fixergeschichte rund um das Kottbusser Tor zu fotografieren.

Es sollte seine bislang heikelste Geschichte werden. Er wählte die U1 ab Wittenbergplatz und erreichte in knapp einer Viertelstunde die Berliner Drogenhochburg Kottbusser Tor.

In Kreuzberg verließ er die U-Bahn. Eine Wolke von Haschisch- und Marihuanagerüchen stieg ihm in die Nase. Sie mischte sich mit den Ausdünstungen der Currywurst- und Dönerbuden rund um den S-Bahnhof.

Georg fielen einige Jungs in Kapuzenpullovern auf, die langsam aufeinander zu schlenderten, sich kurz die Hand gaben und sich dann rasch wieder voneinander entfernten. Es sah zunächst nach einer gewöhnlichen Begrüßung unter Kumpeln aus. Ihre ständigen fahrigängstlichen Blicke in die Umgebung erzeugten eine über allem liegende Atmosphäre von Spannung, Misstrauen und Feindseligkeit.

Georg fühlte sich nicht wohl in seiner Haut und wäre am liebsten sofort wieder zurückgefahren. Er brauchte Fotos und war unschlüssig, wie er vorgehen sollte.

Bis sich zufällig sein Blick mit dem eines dieser Jungen traf. In Bruchteilen einer Sekunde sah er in ein Kindergesicht aus Traurigkeit, Angst und Scham. Statt Furcht empfand er Mitleid. „Hey", sprach er ihn an, „darf ich ein paar Fotos von dir schießen?"

Die schmächtige Gestalt schüttelte den Kopf und rannte schon weg, als Georg ihm hinterherrief: „Du kriegst auch Geld dafür." Jetzt verlangsamte er seine Schritte, blieb schließlich stehen und drehte sich um. Erwartungsvoll, aber immer noch ängstlich und voller Misstrauen schaute er Georg an und kam allmählich auf ihn zu. Der lächelte sanft und nickte ihm zu. Der noch vorherrschende Argwohn im Kindergesicht verschwand langsam und wich einer zögerlichen Neugierde. Die beiden standen wieder voreinander und er bemerkte das kindliche Interesse und sagte nur: „Zehn Euro pro Aufnahme, und du brauchst dich nicht zu erkennen geben."

Der Junge willigte ein und schlug vor, nach unten auf die neu gestaltete Spielfläche an der Ladengalerie Ost im „Zentrum Kreuzberg" zu gehen. Dort standen Bäume und Bänke, angeordnet zu einem bescheidenen Park. Die beiden fanden einen Platz, der von der angrenzenden Ladenzeile nur schwer einzusehen war.

Er zückte die Kamera und sein Begleiter raffte die Kapuze sofort so, dass nur ein schmaler Schlitz seine Augen frei ließ. Georg fotografierte, während der Junge immer noch ängstlich um sich sah, als fürchtete er, verfolgt zu werden. Auf die Frage, wovor er Angst habe, deutete er zur Antwort mit einer Kopfbewegung zum S-Bahnhof, wo vermutlich die anderen Jungs von vorhin weiter mit Drogen handelten.

Plötzlich hörten sie aus Richtung der S-Bahnstation, wie Reifen quietschten und Türen knallten. Darunter mischten sich aufgeregtes Hundegebell und lärmendes Rufen.

Maik, so hatte sich der Junge beim Fotografieren vorgestellt, sprang auf, reckte ihm auffordernd seine offene Hand entgegen, in die der Fotograf ganz schnell ein paar zerknüllte Geldscheine drückte. Der Junge verschwand in Richtung Einkaufsmeile, wo er sich unter die Menschenmenge mischte. Schon innerhalb weniger Sekunden war er nicht mehr zu sehen. Georg blieb ratlos zurück.

Als er nach einigen Momenten in die Hosentasche griff, um seinen Geldvorrat zu überprüfen, stellte er fest, dass er Maik in der Hektik für nur vier Bilder 150 Euro gegeben hatte. „Ein fürstliches Honorar", meinte er halblaut, ärgerte sich aber nicht. „Er wird es dringender brauchen als ich", entschuldigte Georg seine Unachtsamkeit. Der Verlag würde ihm das Geld ersetzen.

Dann marschierte er zurück zur S-Bahnstation und sah noch, wie Polizisten einige der Kapuzenjungs in die geparkten Streifenwagen schoben. Dort saßen sie mit hängenden Köpfen und hatten nichts Bedrohliches mehr an sich. Der Fotograf empfand erneut nur Mitleid. Die Polizeiwagen setzten sich in Bewegung und verschwanden im Verkehrsgewühl der Großstadt.

Er ging zu Fuß auf der Oberbaumbrücke, überquerte die Spree in Richtung Warschauer Straße, stieg in die S-Bahn und fuhr zum Zoo. Von dort schlenderte er zum Verlag. Georg war enttäuscht wegen der mageren Fotoausbeute, musste sich aber eingestehen, dass die heikle Situation am Kottbusser Tor und ein verängstigter Maik nicht mehr hergeben konnten.

Mit Tom Gilder sichtete er die wenigen Aufnahmen. Nur ein einziges Bild hielt seinem Urteil stand. Es zeigte den von einer Kapuze verhüllten Kopf, aus dem zwei große dunkle Augen traurig und zugleich panisch herausschauten. Das Foto, das jetzt auf die Ausmaße einer randlosen Magazinseite im Format 213 mal 285 Millimeter gebracht war, entfaltete eine solche Wucht, dass sogar „das Auge" tief durchatmete und Georg einen anerkennenden, ja bewundernden Blick zuwarf.

Redaktion und die Grafikabteilung entschieden, es bei diesem einen Foto zu belassen, und entwarfen einen doppelseitigen Artikel mit der Titelzeile: „Die traurigen Augen vom Kottbusser Tor."

Das war der ganze Text. Alles andere drückte das Bild aus. Georgs Aufnahme von Maik entpuppte sich als Renner. Die verkaufte Auflage dieser Ausgabe schnellte in die Höhe. Bildagenturen und Artdirektoren renommierter Magazine aus mehreren europäischen Ländern riefen im Verlag an, um Kontakt mit dem Fotografen aufzunehmen, oder um Rechte an dem Foto zu erwerben. Schon bald erschien das Bild in bekannten und auflagenstarken Zeitschriften in Mailand, Rom, Barcelona, Paris und London. Überall mit seinem Namen als Urheber.

Da der freischaffende Fotograf zur Hälfte an den Erlösen aus den Rechteverkäufen beteiligt war, verdiente Georg jetzt so viel Geld, dass er in der Lage war, sich sein eigenes Atelier in Berlin einzurichten.

Er begann zunächst im Stadtbezirk Charlottenburg-Wilmersdorf, in dem auch das Verlagshaus vom „MenschenMagazin" seinen Sitz hatte. Wohnungen gab es ausreichend. Der gediegen-gutbürgerliche Bezirk bot zudem bezahlbare Behausungen. Selbst dann noch, wenn er schwankende Einkünfte als freier Fotograf mit ins Kalkül zog. Seinen Ansprüchen an eine Unterkunft mit Atelier oder Studio für inszenierte Aufnahmen, genügten sie nicht. Sie verlangten mehr Raum.

Er zog weiter Richtung Osten. Im Bezirk Friedrichshain-Kreuzberg, dessen künstlerisch alternative Szene er als Kreativer schätzte, bot sich ihm ein vergleichbares Bild.

Nach weiteren Wochen der Suche und unzähligen Besichtigungen fand er schließlich eine Wohnung im Nordosten der Stadt, im Bezirk Pankow, Ortsteil Weißensee, deren Größe es erlaubte, ein Studio zu betreiben. Es lag in einem großzügigen Innenhof, der von der angrenzenden Straße durch eine Toreinfahrt zu erreichen war. Vieles erinnerte ihn an das Maleratelier von Veronique Dupont in Paris. Den verwitterten Charme hatte sie allerdings nicht. Die Wohnung war modern und funktionell. Und es gab einen Fahrstuhl, eine Wechselsprechanlage, ausreichend Parkplätze und einen Hausmeisterservice. Ab jetzt sollte sie seine Heimat in Berlin werden.

Georg war inzwischen 33 Jahre alt und die veröffentlichten Fotos hatte ihm einen angesehenen Namen in der europäischen Fotografenszene eingebracht. Er fotografierte zwar auch weiterhin für das „MenschenMagazin", aber die sich häufenden Anfragen international bedeutender Magazine und Bildagenturen führten dazu, dass sich sein Engagement dort dramatisch verringerte. Chefredakteur Matthias Luger behagte das nicht und er sprach ihn an: „Georg, wir hatten vereinbart, dass Ihre Arbeit für andere Auftraggeber uns nicht beeinträchtigen darf und jetzt tut sie es doch." Sein Ton war vorwurfsvoll. Georg gefiel das nicht. „Gut", entgegnete er, selbstbewusst und voller Überzeugung, „dann gehen wir ab sofort getrennte Wege."

Neues Leben

Georg verabschiedete sich noch kurz von Martina Möller und Martin Dietz. Gnoske ließ er aus und verließ auf der Stelle das Verlagsgebäude und fuhr in die Wohnung nach Pankow. Er hörte den Anrufbeantworter ab, sichtete Mails und öffnete seinen WhatsApp Account.

„Guten Tag, Herr Konrad", krächzte es aus dem Lautsprecher des AB, „mein Name ist Charly Brink von der Agentur Breuninger & Brink. Wir organisieren Werbekampagnen unter anderem für die Kosmetikindustrie und suchen dringend einen Fotografen, der Gesichter zum Sprechen bringt. Sie können das. Besuchen Sie uns doch mal in Frankfurt."

Georg rief sofort zurück und saß am nächsten Tag im ICE auf dem Weg in die Mainmetropole. Ob er reifere Frauen fotografieren wolle für eine Werbekampagne über eine Anti-Falten-Crème der Marke „Sedus" aus Hamburg. Die Fotomodelle, alles Damen im Alter zwischen 40 und 50, seien schon engagiert. „Es sind nicht die typischen Magermodelle. Das stört Sie hoffentlich nicht.", fügte Charly hinzu.

„Nein, im Gegenteil", entgegnete Georg, ohne zu erwähnen, wie lange er sich solche Frauen als Motiv gewünscht hatte. Und er erinnerte sich an die Mutter und an das Foto, das er vor vielen Jahren von ihr in Bochum aufgenommen hatte. Ein Druck davon hing in seiner neuen Wohnung in Berlin.

Die Aufnahmen sollten an der Burgruine Falkenstein im Taunus, unweit von Frankfurt, entstehen. Um ungestört zu fotografieren, hatte Breuninger & Brink die Burg für zwei Tage von der Gemeinde Königstein angemietet. Beginnen sollte die Kampagne in wenigen Wochen. Der

Wetterbericht versprach Gutes und Georg sollte sich in der Zwischenzeit mit den verantwortlichen Managern des Auftraggebers der Marke „Sedus" treffen. Deren Name leitete sich vom französischen „séduisante" für verführerisch her.

Zudem plante er, sich mit den Modellen sowie der Burg Falkenstein vertraut zu machen. Die Termine in der kommenden Woche seien schon vereinbart, versicherte ihm Charly Brink, man warte nur noch auf sein Einverständnis und die Unterschrift unter den Vertrag.

Georg zögerte diesmal keinen Moment. Er unterschrieb.

Ausgestattet mit einer großzügigen Vorauszahlung der Agentur, fuhr er zunächst nach Berlin zurück.

Dort durchstreifte er in den folgenden Tagen unablässig Museen und Kunstgalerien, um sich Anregungen für die Bildsprache reifer Frauenmodelle zu verschaffen. Unter den Malern der „Klassischen Moderne" hatte es ihm Amadeo Modigliani angetan.

In ihm fand er einen Künstler, der Frauen unbekleidet zeigte, sie aber nie bloßstellte. In der Art wollte auch Georg fotografieren.

Er studierte Bildbände, die er sich in den Museumsläden besorgte. Allmählich entwickelte er sehr konkrete Vorstellungen davon, wie er die Schönheit der Reife fotografisch umsetzen konnte.

Und er hielt sich für gewappnet für die kommenden Gespräche mit den Managern der Marke „Sedus" und den Modellen.

Er fuhr erneut nach Frankfurt in die Konzernzentrale, wo er sich in Begleitung von Charly Brink mit den Sedus-Leuten zusammensetzte.

Weil die Agentur bereits alles organisiert hatte, darunter auch das Engagement von Georg als Fotografen, traf man sich lediglich, um sich kurz kennen zu lernen.

Die Chemie stimmte zwischen den Beteiligten und nach knapp zehn Minuten trennte sich die kleine Gruppe wieder. Nicht, ohne sich gegenseitig Erfolg für die bevorstehende Kampagne gewünscht zu haben.

Charly und Georg gingen noch auf einen Kaffee in die „Café bar" im Kunstverein ins „Steinerne Haus" am Römerberg.

In knapp zwei Stunden sollte das erste Treffen mit den Modellen in einem Resort in Königstein stattfinden. Breuninger & Brink hatte die fünf Damen im „Hotel am Feldberg" untergebracht und Georg war schon ganz begierig darauf, seine Motive kennen zu lernen.

In einer knappen Stunde, die beide plaudernd im Café verbracht hatten, waren sie per Du und fuhren mit Charlys Auto die paar Kilometer nach Königstein ins Hotel. Dort erwartete man sie bereits. Aber eben nicht so, wie sich das Georg vorgestellt hatte.

Zur Vorbereitung auf einen Fototermin hatten sich die Damen ordentlich aufgebrezelt. Zusätzlich zur obligatorischen Sedushautcrème waren jede Menge Make-up, Lippenstift, Lidschatten und Wimperntusche zum Einsatz gekommen. Die Fotomodelle sahen aus wie Puppen. Nett und sympathisch zwar, bloß nicht natürlich.

Georg war entsetzt, ließ sich aber zunächst nichts anmerken.

Nachdem man sich begrüßt und vorgestellt hatte, nahm er Charly in einem unbeobachteten Moment beiseite und flüsterte ihm zu: „Ich dachte, ich sollte Frauen fotografieren, Puppen waren nicht vereinbart." „Was schlägst du vor?", fragte der etwas betreten und sichtlich ratlos. „Dessous und kein Make-up", erwiderte Georg knapp. Er war fest entschlossen, die Regie jetzt nicht mehr aus der Hand zu geben.

Charly nickte nur und schwieg. Auch die Frauen hatten bemerkt, dass sich in der Hierarchie etwas Entscheidendes zu Gunsten des Fotografen verschoben hatte. Alle Blicke waren erwartungsvoll auf ihn gerichtet.

„Natürliche Schönheit wollen wir zeigen, sonst nichts", sagte Georg in einer Tonlage, die keinen Widerspruch zuließ.

„Ich werde Sie in Dessous fotografieren ohne jegliche Schminke. Wenn Sie das nicht akzeptieren, reise ich auf der Stelle ab."

Das war so deutlich wie unmissverständlich. Die Modelle Anna, Hilde, Gerti, Marion und Susanne schauten sich fragend und ratlos an. Charly zuckte zusammen, fasste sich aber schnell wieder und sagte zu den fünf gewandt: „Genauso machen wir das."

Daraufhin zog sich jede in ihr Badezimmer zurück, entledigten sich ihrer Oberbekleidung, rieben sich die Schminke aus dem Gesicht und warfen die hoteleigenen Morgenmäntel über.

Sie trafen sich, wie verabredet, in der Lobby.

Mit Charlys Van fuhren alle gemeinsam zur Location, der Burgruine Falkenstein, nur wenige Kilometer entfernt.

Weil die Sehenswürdigkeit im Taunus nicht direkt mit dem Auto zu erreichen war, parkte Charly Brink seinen Wagen etwas abseits und die Gruppe war gezwungen, die letzten 300 Meter zu Fuß zurückzulegen.

Als sie die auf einer Anhöhe gelegene Ruine erreichten, waren nicht nur die Damen erschöpft, sondern auch Georg rang um Luft. Seine schwere Ausrüstung, bestehend aus mehreren Kameras, diversen Objektiven und Zubehör hatten ihm zu schaffen gemacht.

Charlys Angebot, ihm beim Tragen zu helfen, hatte er höflich, aber bestimmt abgelehnt. Sein Equipment war ihm heilig. Er gab sie nie in fremde Hände.

Man ließ sich, um auszuruhen, erst einmal auf einem, erhaltenen Stück einer Mauer nieder, die den Burgfried umfasste.

Es war ein schattiger Platz und Georg nutzte die Gelegenheit, seinen Modellen zu erläutern, wie er sich das Fotoshooting vorgestellt hatte.

In der Gruppe wollte er sie ablichten, aber auch einzeln. Als Hintergrund sollten pittoreske Steinformationen dienen und Maueröffnungen, die einen imposanten Blick über das Rhein-Main-Tal boten. Die in der Ferne schemenhaft sichtbaren Hochhaustürme Frankfurts verliehen den geplanten Bildern einen zusätzlichen Reiz durch den Kontrast aus moderner und mittelalterlicher Architektur des aus dem 14. Jahrhundert stammenden Burgfragments.

Dass einige Modelle schwarze und andere weiße Unterwäsche trugen und Gerti mit leuchtend roten Dessous überraschte, störte Georg überhaupt nicht. Er liebte Kontraste und mochte keine Uniformität.

Auch die Mischung aus schlanken, vollschlanken bis korpulenten Figuren fand der Fotograf außerordentlich reizvoll.

Als Susanne sich ihres Bauchansatzes schämte und ihn zu verbergen versuchte, lachte Georg nur. Nicht spöttisch oder gar hämisch, sondern abwiegelnd und aufmunternd. Sie war beruhigt. Auch Anna, Hilde, Gerti und Marion haderten darauf schon weniger mit ihren vermeintlich körperlichen Unzulänglichkeiten. Er hatte den Ton getroffen. Jetzt durchstreiften sie heiter und lachend die Burgruine. Die strahlend weißen Morgenmäntel flatterten im sommerlichen Wind, der kräftig über die Anhöhe blies. Und Georg fotografierte.

Dabei beobachtete er die Umgebung, um Orte auszumachen, an denen er sorgfältig inszenierte Bilder schießen konnte. „Halt", rief er eindringlich, als er sicher war, eine ideale Stelle gefunden zu haben. Westlich, am Fuß des noch passable erhaltenen Wehrturmes, des sogenannten Bergfriedes, lag eine durch eine Bruchsteinmauer abgegrenzte Rasenfläche.

Diese „Spielwiese" hatte sich der Fotograf für seine ersten Aufnahmen ausgesucht.

Mit einem Foto der Modellgruppe vor der Mauer fing das shooting an. Dabei achtete Georg darauf, dass die unterschiedlichen Farben der Dessous sich asymmetrisch abwechselten. Mal zwei Weiße neben einem Schwarzen und umgekehrt. Gerti mit ihrer roten Unterwäsche stellte er meist so, dass sie die zweite oder die vorletzte in der Reihe war.

Es ergab sich eine Farbmelodie, deren Kontraste jede Eintönigkeit vermied. Ebenso verfuhr Georg mit blonden, dunklen, langen und kurzen Haaren.

Susanne bat er, ihren Morgenmantel anzulassen, um eine weitere optische Überraschung in die Reihe zu bringen. Er hatte vor, Hilde, Marion und die anderen Modelle jeweils einzeln zu fotografieren. Er suchte Plätze in der Ruine auf, wo er Gegenstände, ein Gatter, Kanonenrohr und Bäume fand, die ein reizvolles Formen- oder Farbenspiel zum Gesicht boten.

Nach drei Stunden intensiver Arbeit beendete Georg den Fototermin mit einem herzlichen „Dankeschön" und einer tiefen Verbeugung vor den Damen. Die klatschten heftig Beifall und eine jedes Model umarmte ihn zärtlich. Es hatte ihnen Freude bereitet, mit ihm zu arbeiten. Sie fühlten sich ernst genommen und sie spürten seine Zuneigung zu den Fotomodellen.

Marion

Die beiden Männer fuhren zurück nach Frankfurt in die Agentur, nachdem sie die Damen wieder im Königsteiner Hotel abgesetzt hatten, wo sie auf Kosten von Breuninger & Brink eine weitere Nacht verbrachten.

Während Charly den Bus steuerte, verschaffte sich Georg schon mal vorab einen groben Eindruck von den Fotos. Der Monitor seiner Kamera zeigte ihm Bilder, die ihn zufrieden schmunzelnd in die weichen Polster des Busses zurücksinken ließen.

Charly hatte es aus den Augenwinkeln bemerkt und fragte nur „Na?" Und Georg nickte stumm. Er war aber schon begierig darauf, seine Ausbeute in aller Ruhe auf einem der ausladenden Bildschirme in der Agentur zu betrachten und zu beurteilen.

Breuninger & Brink verfügte über mehrere gigantische Monitore, auf denen sie ihren Kunden Bilder präsentierten, die allein schon durch ihre Größe beeindruckten. Darauf sollten nun auch Georgs neuesten Fotos erstrahlen.

An der Agentur angekommen, begaben sich die beiden sofort in den Präsentationsraum und gönnten sich eine erste Durchsicht ohne den Kunden der Marke „Sedus".

Kritisch durchforschten sie jede der etwa 100 Aufnahmen. Schon der kleinste Fehler veranlasste Georg, das entsprechende Bild auszusortieren. Übrig blieben am Ende 15 Motive, zehn Gruppenfotos und fünf Einzelbilder.

Nachdem sie zum wiederholten Mal die Aufnahmen durchgesehen hatten, bemerkte Charly, wie der Fotograf an Marions Porträt stets einen winzigen Moment länger verweilte als an den Fotos der anderen Modelle. „Na", sagte Carly, „die gefällt dir wohl, hab' ich recht?"

Georg schwieg, nickte aber kaum merklich mit dem Kopf und wurde verlegen. „Kann ich gut nachvollziehen", warf Charly ein, „die hat was. Soll ich diskret ein Treffen arrangieren?" „Nee, lass mal, vielleicht später", entgegnete Georg und sie widmeten sich wieder der Bildkritik.

Am nächsten Vormittag, so war es verabredet, wollte B & B die Bilderstrecke den Markenverantwortlichen von „Sedus" präsentieren.

Dr. Markus Wiedemann, Marketingchef der Kosmetiklinik zeigte sich beeindruckt „Genau so, habe ich mir das vorgestellt: Natürliche Schönheit perfekt in Szene gesetzt", lobte er die Arbeit der Agentur und des Fotografen. Charly und Georg strahlten.

In der Frankfurter Großdruckerei Rettberg, einer Geschäftspartnerin von Breuninger & Brink, gab man Großplakate in Auftrag, die in allen deutschen Großstädten die Marke „Sedus" in Szene setzten. Die Plakate mit Georgs Fotos erreichten eine Dimension von bis zu 3,5 mal 2,5 Metern und würden an viel bevölkerten Orten zu sehen sein.

Charly bot ihm an, noch solange in Frankfurt sein Gast zu sein, bis die ersten Plakate fertig gedruckt vorlägen. Georg stimmte freudig zu.

Er war begierig darauf, seine Fotos in so riesigen Dimensionen zu sehen. Die Formate übertrafen die bisher gewohnten Zeitschriftenbilder um ein Vielfaches.

Breuninger & Brink hatten mit der Druckerei vereinbart, die gesamte Auflage von zehntausend Stück pro Motiv innerhalb von drei Tagen an die vorab engagierten Klebeunternehmen zu liefern. Charlys und Georgs

Arbeit war damit erledigt. Um das Weitere kümmerten sich die Druck- und Vertriebsspezialisten, von denen es allein in Frankfurt eine Handvoll gab, die regelmäßig für Breuninger & Brink arbeiteten.

Charly fuhr derweil mit Georg zu sich nach Haus. Der Miteigentümer einer weltweit operierenden Agentur wohnte in einer renovierten Altbauwohnung direkt in Sachsenhausen-Nord, einem der angesagtesten Viertel der Mainmetropole.

Er stellte seinem frisch engagierten Fotografen ein geräumiges Gästezimmer mit eigenem Bad zur Verfügung. In den paar freien Tagen, die sich die beiden bis zur Drucklegung der Plakate gegönnt hatten, zogen sie regelmäßig durch die Sachsenhäuser Äppelwoikneipen.

Am zweiten Abend kehrten sie ins „Fichtekränzi" ein, einem der traditionsreichsten Lokale im Szeneviertel.

Georg wunderte sich, dass Charly zielstrebig einen Vierertisch im Garten ansteuerte, anstatt sich mit ihm an einen der freien Tische mit zwei Stühlen niederzulassen. Als höflicher Gast fragte Georg aber nicht nach, sondern nahm es hin und setzte sich an den reservierten Platz.

Die beiden hatten gerade ihr zweites Glas Äppelwoi bestellt, als eine Dame mittleren Alters an ihren Tisch trat und fragte, ob sie sich dazu setzen dürfe. Georg schaute auf und erkannte Marion sofort, obwohl sie, gekleidet in Jeans, Pullover und Lederjacke wenig Ähnlichkeit mit dem Dessousmodell hatte.

Ehe er was sagen konnte, hatte Charly schon „Ja bitte, sehr gerne", geantwortet und schelmisch gelächelt. Jetzt war klar, wer das so zufällig anmutende Treffen arrangiert hatte. Das Gespräch am Tisch kreiste um das Fotoshooting im Taunus. „Geh mal in der nächsten Zeit mit wachem Blick durch die Stadt", empfahl ihr Charly. Georg nickte zustimmend, beteiligte sich aber sonst nicht weiter am Gespräch.

Seine Augen hingen wie festgenagelt an denen Marions, derweil Charly sie mit Folgeaufträgen als dauerhaft festes Model für die Agentur zu ködern versuchte. Sie zögerte. „Wir haben Kontakt zu Kunden, die ihre Kleiderkollektionen für die reife Frau ab 40 bewerben wollen", setzte er nach.

Sie legte ihre Stirn in Falten. Das Wort „reif" behagte ihr nicht. Sie sorgte sich, von jetzt ab als alt abgestempelt zu sein.

Doch dann hellte sich ihr Gesicht wieder auf und zum Fotografen gewandt fragte sie: „Wirst du abermals die Fotos machen?" „Möglich", antwortete er, „aber die Entscheidung liegt bei Breuninger & Brink."

„Ich denke", warf Charly ein, „darauf wird es hinauslaufen." Georg lächelte und zeigte damit sein Interesse an dem in Aussicht gestellten Modeshooting.

„Wo wohnst du eigentlich", fragte Marion unvermittelt und wandte sich dem Fotografen zu. „Wohnung und Atelier habe ich in Berlin und da fahre ich morgen auch wieder hin", antwortete er. „Oh, wie toll", sprudelte es aus ihr heraus, „dort war ich ja seit ewigen Zeiten nicht mehr, muss ich unbedingt bald mal noch mal hin."

„Fahrt doch zusammen", meinte Charly trocken, um sich gleich darauf mit dem Hinweis, er habe morgen einen Haufen Arbeit in der Agentur, von den beiden zu verabschieden.

Da Georg einen Schlüssel zu Charlys Wohnung hatte, blieb er mit Marion noch sitzen und bestellte für sie weiteren Äppelwoi, dessen nur geringer Alkoholgehalt sie dennoch in gelöste Stimmung versetzte. Sie plauderten über ihren gemeinsamen Fototermin im Taunus und Marion erwähnte, dass Georgs Wunsch nach Aufnahmen in Dessous ihr im ersten Augenblick gewagt vorgekommen sei, sie sich dann aber doch sehr wohl gefühlt habe.

Sie verabredeten sich für den folgenden Tag um acht Uhr am Frankfurter Hauptbahnhof. Sie wollten sich am Servicepoint treffen. Er bestellte ein Taxi für Marion und ihre Wege trennten sich derweil. Bester Laune bummelte Georg zurück in Charlys Wohnung, die bereits im Dunkeln der angebrochenen Nacht versunken war.

Charly träumte schon. Er schlenderte ein paar Schritte zum Mainufer, setzte sich auf eine Bank, rauchte und dachte an Marion.

Dann ging er zurück ins Haus und legte sich ins Bett und schlief durch bis zum nächsten Morgen. Auf dem Küchentisch fand er eine Nachricht: „Sorry, Georg, bin schon in der Agentur, wirf den Schlüssel in den Briefkasten, wenn du gehst. Bis später, ich melde mich, Gruß Charly."

Er räumte noch rasch das Gästezimmer auf, zog das Bett ab und verließ Charlys Wohnung. Dann fuhr er mit dem Taxi zum Bahnhof und wartete auf seine Verabredung. Derweil gönnte er sich einen kurzen Frühstückssnack in einem der vielen Imbissbuden des Großstadtbahnhofs.

Marion war pünktlich, der Zug war es nicht. Ihre Wunschverbindung mit einem ICE ab 9:14 Uhr fiel leider wegen Signalstörungen in Kassel-Wilhelmshöhe aus. Als Ersatz wurde ihnen ein nur unwesentlich langsamer fahrender IC angeboten.

Georg schätzte diese schon in die Jahre gekommenen Züge mit ihrem etwas angegammelten Charme der 1970er ohnehin mehr als die nüchtern-modernen ICE's. Kurz darauf saßen Marion und er im Speisewagen, der noch die früher übliche offene Unterteilung in „Raucher" und „Nichtraucher" aufwies, obwohl schon seit Jahren das Qualmen im gesamten Zug verboten war.

Niemand dachte mehr darüber nach.

Der Zug verließ langsam den Kopfbahnhof in entgegengesetzter Einfahrtsrichtung und quietschte sich durch die vielen Weichen.

Er fuhr Richtung Heimat und Marion ins Unbekannte. Niemand sagte ein Wort. Um das sich ausbreitende Schweigen zu durchbrechen, bestellte er Kaffee bei einer durch die Wagen laufende DB-Mitarbeiterin. „Für mich bitte ohne Milch und Zucker", ergänzte Marion und legte dabei eine Hand auf ihren Bauch. Er grinste, zog die Augenbrauen hoch und orderte für sich genüsslich einen Milchkaffee und reichlich vom süßen Stoff.

Als beide ihren ersten Schluck getrunken hatten, zählte Marion lachend ihre Finger. Georg sah sie fragend an und sie sagte: „Ich hab schon mal gerechnet, wie viele Kalorien du gerade zu dir genommen hast." „Na, so neunhundert", meinte er und grinste breit.

Die Stimmung war gelöst und der alte IC zuckelte bedächtig auf Erfurt zu.

Über die thüringische Landeshauptstadt wusste Georg nicht viel, ja, dass Martin Luther dort studiert hatte, hatte er irgendwo gelesen. Mehr war ihm aber nicht bekannt.

Sie war schon mal da gewesen. Sie hatte die Stadt auf einem Familienausflug erkundet und schwärmte Georg von der Krämerbrücke vor. Dort gäbe es, erzählte Marion, in über 30 malerischen Fachwerkhäusern niedliche Geschäfte mit Kunsthandwerk und typischen Waren aus der Region.

Die Stadtverwaltung hatte bewusst darauf verzichtet, Filialunternehmen anzusiedeln. Ein kleiner Schoko-

234

ladenmacher habe stets den Vorzug erhalten vor dem fünfundzwanzigsten Handyladen, von dem es keinen einzigen auf der Brücke gäbe.

Auch übliche Souvenierbuden suche man vergeblich. Georg hörte fasziniert zu und schlug vor, gleich in Erfurt aussteigen, mit Marion über die Krämerbrücke zu schlendern und erst am nächsten Tag in Richtung Berlin weiter zu fahren.

Die beiden schauten sich nur kurz an, sprangen auf, holten ihr Gepäck, verließen in letzter Sekunde den Zug und standen, gerade bevor der Zug wieder anrollte, auf dem Bahnsteig.

In der Haupthalle steuerten sie sogleich das dortige Reisebüro an und buchten, ohne lange zu überlegen, ein Doppelzimmer für eine Nacht im „Hotel Zumnorde am Anger". Marion und Georg nahmen ein Taxi zum Gasthof, stellten ihre Sachen ab und spazierten sofort in Richtung Krämerbrücke.

Die Sonne schien und sie bummelten Hand in Hand durch die malerischen Gassen. In einem urigen Geschäft für Thüringer Spezialitäten, Krämerbrücke Nr. 19, kaufte der Fotograf eine Flasche Wein vom Weingut Bad Sulza und einen Schinken von der Landfleischerei Bauer für einen heimeligen Abend.

Den wollten sie in ihrem kleinen, behaglichen Hotelzimmer in Erfurt verbringen. Georg drängelte schon ein wenig, ihn zog es zurück ins Hotel, er meinte, genug gesehen zu haben. Für diese Art von Beschaulichkeit, wie sie der Ort ausstrahlte, fehlte ihm der Sinn. Es war ihm alles zu betulich.

Marion aber wollte unbedingt noch ein Andenken an Erfurt kaufen. Auch das fand er eher albern, fügte sich dennoch. Sie entdeckte das Atelier und den Laden von

Beate Kister, Krämerbrücke 25, den die Künstlerin „Kleinformat" genannt hatte. Hier malte sie Bilder, mit denen sie in bunten Farben Geschichten von Käfern, Bienen, Schmetterlingen oder einem Igel erzählte, der mit seinen Stacheln einen Apfel erntet, aus dem erstaunt ein Wurm herausschaut.

Sie war begeistert von diesen zierlichen Bildchen, die sie mit kindlicher Freude „so niedlich" fand. Er verdrehte die Augen und murmelte „naiv und betulich". Marion hatte es nicht gehört. Schließlich kaufte sie das Bild mit dem Igel und seiner Apfelernte. Sie nahm es an sich, ließ es von Georg bezahlen und war glücklich.

Danach verließen sie den touristischen Hotspot, und wanderten zurück in ihr Hotel. Im Zimmer bereitete Marion eine bescheidene Vesper zu. Sie plauderten entspannt über den Tag, Erfurt und die Krämerbrücke.

Wie aus Versehen berührte Georgs Knie ihre Oberschenkel, als er ihr das zweite Glas Wein einschenkte.

Sie lächelte, sagte aber nichts. Aus Zufälligkeiten entstanden im Lauf des Abends immer mehr bewusste Zärtlichkeiten, die schließlich in einem langen, intimen Kuss mündeten, bei dem ihre Zungen erst zurückhaltend und bald Mal für Mal heftiger miteinander spielten.

Georg knöpfte langsam ihre Bluse auf und streichelte behutsam ihre, noch in einem BH eingeschlossenen Brüste. Beide atmeten schwer in ihrer aufwallenden Erregung. Sie nahm ihre Hände auf den Rücken, öffnete ihren BH und reckte ihm ihren üppigen Busen entgegen, deren pompöse Erscheinung ihm schon bei den Dessousfotos in Königstein wohltuend ins Auge gefallen war.

Er fasste Marion bei ihren Armen und führte sie galant zum Bett. Als sie darin lagen, fing Georg an, sie mit sanften Händen zu entkleiden, wobei er jeden Zentimeter ihres Körpers mit zärtlichen Küssen bedeckte, stets darauf bedacht, beim kleinsten Zeichen eines Widerstandes sofort innezuhalten.

Davon spürte er jedoch nichts. Und auch Marion hatte mittlerweile angefangen, ihn Stück für Stück auszuziehen. Ganz so sanft und zärtlich wie er tat sie es nicht. Mit steigender Erregung zerrte sie immer heftiger an seiner Kleidung, machte sich nicht mehr die Mühe, die einzelnen Knöpfe des Hemdes zu lösen, sondern riss es mit einer kurzen, ruckartigen Bewegung auf.

Georg wunderte sich zwar, war aber selbst zu aufgeregt, um sich um die Unversehrtheit seiner Oberbekleidung zu scheren.

Ihr Liebesspiel näherte sich rasch der endgültigen Vereinigung, als Marion ihm plötzlich ins Ohr flüsterte: „Tu mir weh, Georg, bitte." Er nahm sofort die Hände von ihr und starrte sie fassungslos an. Damit hatte er nicht gerechnet. Da lag er mit einer so liebreizenden Frau im Bett und sollte ihr Schmerzen zufügen? Das begriff er nicht. „Was willst Du von mir", stieß er verwirrt hervor. „Ich mag keinen Blümchensex", antwortete Marion, „Ich brauche es hart und will auch leiden."

Georg war ein durch und durch friedvoller Mensch. Jemandem absichtlich zu quälen, war ihm nie in den Sinn gekommen. Es fehlte ihm die Fantasie, es sich vorzustellen. Er grübelte. Wenn Schmerzen Lust für sie bedeutete, was konnte er tun, um ihr zu helfen?

„Was soll ich machen?", fragte er. „Kneif mir heftig in die Brust oder beiß zu", antwortete sie flehend. Georg drückte Marions mittlerweile aufgerichteten Oberkörper zurück auf die Matratze.

Er tat es nicht mehr so sanft und zurückhaltend, sondern kräftig, fast gewaltsam und mit einem Nachdruck, der Widerstand nicht duldete. Marion schien es zu gefallen. „Ja", jauchzte sie, „nimm mich jetzt sofort." Georg krallte die Fingernägel heftig in ihre Brust, bis ein Tropfen Blut aus ihr quoll und drang in sie ein.

Ihr Körper bebte unter seinen Stößen und mit einem kehligen, nicht enden wollenden Schrei erlebte Marion ihren Höhepunkt. Und Georg kam Sekunden später mit einer Wucht, wie er sie nie zuvor gekannt hatte. Ihre Leiber lösten sich erst wieder voneinander, als sie ihrer Erschöpfung Herr geworden waren.

Sie kuschelte sich in seinen Arm und schlief mit einem seligen Lächeln um ihren Mund ein. Georg hingegen fand keine Ruhe.

Er blieb noch eine Weile mit offenen Augen liegen, stand dann, um Marion nicht zu wecken, vorsichtig auf.

Er griff sich den hoteleigenen Morgenmantel, zog ihn über, goss sich ein Glas Wein ein, stellte sich ans Fenster und starrte in die Nacht.

Er sah den wenigen vorbei fahrenden Autos hinterher, deren Scheinwerfer hier und da bizarre Schattenspiele auf die Straße zauberten.

Wie draußen die Ampeln von Grün nach Rot wechselten, so changierten Georgs Gefühle zwischen Euphorie und Schaudern. Natürlich war das ein unbeschreiblich intensives Erlebnis gerade mit Marion und er hatte es jede Sekunde genossen. Aber er hatte auch Angst, als ihm bewusst wurde, wie bereitwillig er dem Wunsch nachgegeben hatte, ihr Schmerzen zuzufügen. Er war nicht mehr im Reinen mit sich.

Er stand noch eine Weile unschlüssig am Fenster bis auch ihn nach einem weiteren Glas die Müdigkeit übermannte. Er legte sich zu ihr ins Bett und schlief ein.

Im Traum erschienen ihm geierähnliche Vögel, die sich auf die schlafende Marion stürzten und ihr mit gewaltigen, gebogenen Schnäbeln Stücke aus der dem Busen rissen. Und sie lächelte.

Schweißgebadet wachte er auf. Das Herz schlug dröhnend in seiner Brust. Sofort schaute er zu ihr herüber. Sie schlummerte friedlich. Georg quälte sich wieder aus dem Bett. Schlafen konnte er nicht mehr. Sein Kopf schmerzte wie nach einer durchzechten Nacht. Lust daran empfand er nicht.

Er griff sich zwei Kopfschmerztabletten aus seinem Kulturbeutel und setzte sich mit einem Glas Leitungswasser in die Couchecke.

Langsam klärte sich sein Kopf wieder und er döste ein. Die Morgensonne schien ins Zimmer und Marion wachte fast gleichzeitig mit ihm auf. „Warum liegst Du nicht im Bett?", fragte sie sofort, als sie ihn nach einem flüchtigen Blick durch den Raum auf der Couch erblickte. „Ich konnte nicht schlafen", erwiderte er.

Was ihn gequält hatte, sagte er nicht. Sich damit aufzuhalten, im Hotel zu frühstücken, wollten beide nicht. Georg bezahlte die Rechnung, ließ ein Taxi rufen und Marion und er fuhren zum Bahnhof.

Auf der zweistündigen Fahrt nach Berlin sprachen sie nur wenig miteinander.

Sie hatten schon fast Potsdam erreicht, als Marion schließlich fragte: „Was ist los, Georg, irgendwas bedrückt dich doch?" „Alles gut", wich er aus. Aber sie ließ nicht locker und bestand auf einer Antwort. Endlich stammelte er was von Seligkeit durch Schmerz und dass er damit Probleme habe.

Marion lachte, und meinte: „Du weißt einfach nicht, wie viele Facetten die Lust und die Liebe haben können." Georg fühlte sich belehrt. Das konnte er nicht leiden. Und er fiel in ein trotziges Schweigen bis der Zug langsam in den Hauptbahnhof Berlin einfuhr.

Marion zeigte sich hingerissen von der Ausdehnung und dem nie abreißenden Strom tausender Menschen, die die Station in alle Richtungen durcheilten. Lachende Begrüßungen und wehmütige Abschiede verwandelten den Bahnhof in ein gigantisches Kino.

Als sie ausgestiegen waren, ließ sie ihre Blicke neugierig durch das Gebäude schweifen und sog die neuen Eindrücke begierig in sich ein.

Doch Georg gab ihr kaum Zeit und bugsierte sie zügig in Richtung der S-Bahn-Gleise, um über Ostkreuz die Ringbahn nach Pankow zu erreichen.

Marion war enttäuscht, kein Taxi gegönnt zu bekommen und stattdessen mit öffentlichen Verkehrsmitteln in Georgs Wohnung zu fahren. Aber er hatte das Bedürfnis, seiner bisherigen Generosität ein Ende zu setzen und ernüchternde Normalität einziehen zu lassen.

Überhaupt war die Euphorie der ersten Verliebtheit seit Erfurt bei ihm schlagartig den Zweifeln an einer Zukunft mit Marion gewichen.

Und die Mühen des Alltags schlugen gleich erbarmungslos zu, als die beiden ihr Gepäck einschließlich seiner Fotoausrüstung über die Rolltreppen zur S-Bahn schleppten. Marion empfand die körperliche Anstrengung als Zumutung und beschwerte sich bei Georg.

Der aber lächelte nur. Nach gut einer halben Stunde Fahrt in einem überfüllten Wagon erreichten sie schließlich die Station Berlin-Karow, von der es nicht mehr weit zu seiner Weißenseer Wohnung war.

Die zehn Minuten mit dem Taxi spendierte Georg jetzt wieder. Die Bequemlichkeit war ihm 25 Euro für die

Fahrt wert. Schließlich, so dachte er, hatte auch Marion als Fotomodell ihren Teil zu seinem wirtschaftlichen Erfolg beigetragen.

Zudem wollte er die aufgekommene Missstimmung zwischen ihnen beseitigen. Disharmonie behagte ihm nicht. Sie quittierte die Entscheidung mit einem Lächeln.

Auf der Fahrt durch den Bezirk stieß sie ihn plötzlich an und deutete auf ein ausladendes Werbeplakat am rechten Straßenrand, dem sich das Taxi im stockenden Feierabendverkehr quälend langsam näherte.

Das Motiv zeigte, deutlich zu erkennen, Marion in Dessous. Sie warb für „Sedus".

Als der Wagen kurz vor dem Plakat mal wieder zum Stehen kam, drehte sich der Chauffeur zu seinen hinten sitzenden Gästen um und fragte erstaunt und bewundernd: „Sind das nicht Sie?"

„Ja", erwiderte Marion, deutete auf Georg und sagte: „Und das hier ist der Fotograf." Bevor der Taxifahrer noch etwas fragen konnte, fuhren sie weiter.

Bei sich zuhause angekommen, rundete Georg die Taxirechnung großzügig auf 30 Euro auf, nachdem er sich eine Quittung über die tatsächlichen Fahrtkosten hatte geben lassen.

Der Fahrer sah ihn ungläubig an. Eine solche, in seinen Augen übertriebene, Ehrlichkeit kannte er von anderen Fahrgästen nicht.

Als die beiden vor der Wohnung standen, wunderte Marion sich über die fast dörflich wirkende Idylle, in der Georg wohnte. Nicht weit von dem eben noch als verwirrend empfundenen Hauptbahnhof war es hier erfreulich beschaulich, doch nicht unbelebt. Marion gefiel es am nordöstlichen Stadtrand Berlins.

Jetzt wollte sie erst einmal hinein und genoss die Annehmlichkeiten der modernen Wohnung.

Sie erlaubte es, ihre vielen Gepäckstücke und die schwere Fotoausrüstung ganz bequem in den Fahrstuhl zu schieben und sich mit ihnen fast bis zur Wohnungstür bringen zu lassen. Überdies standen auf jedem Stockwerk Gepäckwagen zur Verfügung, damit für die Bewohner noch die letzten Meter zum Eingang komfortabel wurden.

Sie brachten ihre Sachen in die Wohnung, wo Georg erst einmal sämtliche Fenster weit öffnete, um die abgestandene Luft zu verscheuchen, die sich während der langen Abwesenheit in den Zimmern ausgebreitet hatte.

Ein frischer Wind wehte durch die Räume und er setzte sich sofort an den Schreibtisch: Mails checken, Anrufbeantworter abhören, Faxe durchsehen. Georg war in seinem Kommunikationsverhalten altmodisch geblieben. Zum Telefonieren besaß er zwar ein Handy, einem modernen Smartphone mit Whatsapp und Co. hatte er sich bislang verweigert.

Er war der festen Meinung, es würde ihn von der Konzentration auf das Hier und Jetzt ablenken. Einzig die digitale Fotografie hatte es geschafft, in Georgs analoge Welt einzudringen. Ohne sie hätte er keinen Erfolg gehabt.

Manchmal aber sehnte er sich zu den Zeiten zurück, als er im Kindesalter seinem Vater dabei zugesehen hatte, wie er in der improvisierten Dunkelkammer im Keller Urlaubsfilme entwickelte und Abzüge herstellte. Immer, wenn bei schummerigem Rotlicht allmählich das Gesicht der Mutter erschien, zitterte der kleine Georg vor Erregung. Das hatte er nie ganz vergessen, wenngleich seine Faszination für Fotografie erst viel später erwachen sollte. Und da war die Dunkelkammer schon lange kein Thema mehr.

Die nostalgischen Gedanken blitzten kurz auf, als er sich in die Arbeit mit aufgelaufenen Nachrichten, Fotoanfragen oder Vertragsentwürfen stürzte.

Unablässig fütterte er seinen Rechner mit Namen, Anschriften, E-Mail-Adressen und Rückruflisten.

Eine spezielle Software für Berufsfotografen half ihm den Überblick zu behalten. Aber das Eingeben der entsprechenden Daten dauerte halt und verlangte Georgs ganze Aufmerksamkeit.

Für Marion blieb keine mehr übrig. Sie langweilte sich. Seine Wohnung, die sie für einige Tage mit ihm teilen wollte, hatte sie in weniger als einer Viertelstunde erkundet und festgestellt, dass für ein gemeinsames Leben so gut wie alles fehlte. Es waren keine Lebensmittel im Haus und außer ein paar Flaschen Bier gab es auch nichts zu trinken. Sie wollte mit ihm einkaufen gehen. Doch Georg schüttelte nur mürrisch mit dem Kopf, verwies auf einen Supermarkt am Ende der Straße und vertiefte sich wieder in seine Arbeit.

Marion fühlte sich zurückgesetzt, und zog gekränkt von dannen.

In beiden Händen Einkaufstüten tragend, kehrte sie nach knapp einer Stunde zurück. Sie machte sich sofort daran, Georgs Kühlschrank und die Vorratsschubladen mit Getränken, Reis, Nudeln, Brot und Kartoffeln zu befüllen.

Misstrauisch beobachtete er diesen Eingriff in den eigenen Haushalt. Ihre Okkupation seiner Privatsphäre missfiel ihm „Danke für den Einkauf", sagte er nur knapp, meinte jedoch in Wahrheit: „Misch dich nicht in meine Angelegenheiten", schwieg aber. Marion hatte die

Verstimmung bemerkt. Sie fühlte sich unfair behandelt. Sie hatte doch lediglich helfen wollen, den Haushalt ein wenig auf Stand zu bringen, ohne ihn in seiner Arbeit zu stören, auf die sie schon jetzt eifersüchtig war.

Eine Missstimmung hatte sich wie eine unsichtbare Wand zwischen sie geschoben. Georg bemerkte davon nichts. Er vertiefte sich weiter schweigend in seine Angelegenheiten. Marion zerbrach fast an der Stille, die sich unter ihnen breitgemacht hatte.

Sie trat an Georgs Schreibtisch und legte ihre Hände auf seine Schultern. Er schaute kurz auf, lächelte sie an, beantwortete Anfragen und erfasste Kundendaten.

„Wann zeigst du mir denn mal ein bisschen von Berlin?", fragte Marion zaghaft. „Morgen", antwortete er knapp und hoffte innerlich, sie damit fürs Erste zufrieden gestellt zu haben. Ihr aber war das nicht genug. Sie fühlte sich vernachlässigt.

Und sie war eifersüchtig auf seine Arbeit, die ihm wichtiger zu sein schien als die Beziehung zu ihr. Weil er nicht mit ihr reden wollte, ging sie in die Küche, um nachzudenken.

Auf dem Weg dorthin, drehte sie sich noch einmal zu ihm um und fragte, ob sie rauchen dürfe. „Ja, wenn es sein muss, aber nur dort und mach das Fenster auf", entgegnete Georg knapp und in einem schroffen Ton.

Marion stiegen Tränen in die Augen. Sie wandte sich rasch ab. Ihre Traurigkeit sollte er nicht bemerken.

In der Küche stellte sie sich an das offene Fenster, kramte mit zittrigen Händen eine Schachtel Zigaretten aus ihrer Tasche, griff sich eine und zündete sie an.

Den Rauch des ersten kräftigen Zuges sog sie tief in ihre Lunge und blies ihn nach draußen in die Dämmerung des zu Ende gehenden Tages. Sie hatte sich ihn anders vorgestellt. Ihr Bild von einem unbeschwerten Zusammenseins mit Georg, von ihren Streifzügen durch das quirlige Berlin, von Einkaufstouren, von Museumsbesuchen, von Restaurants und Kneipen in Kreuzberg und Friedrichshain. Schließlich von aufregenden Nächten mit erotischen Überraschungen oder nur das romantische Kuscheln mit ihrem Geliebten war einer kalten, hartherzigen Szenerie gewichen. Sie ließ für romantische Gefülhle keinen Platz mehr.

Marion war verzweifelt. Sie sehnte sich zurück nach Frankfurt, dorthin, wo sie sich auskannte, wo sie Freundinnen und Freunde hatte, in deren Gesellschaft sie sich geborgen und angenommen fühlte.

Der Ruhm eines bundesweit plakatierten Middle-Age-Modells, auf das sie stolz war, bedeutete ihr plötzlich nichts mehr.

Und Georg war ihr merkwürdig fremd geworden. Ja, sie fürchtete sich vor ihm, nachdem er sich so abweisend verhalten hatte.

Die Erfurter Spielerei war dahin und Marion beschloss, sich von Georg zu trennen und noch am selben Tag nach Frankfurt zurückzufahren.

Wie aber sollte sie ihm das beibringen? Sie wusste es nicht. Ihr war klar, dass sie es ihm jetzt sagen musste, zögerte sie, würde sie es nicht mehr schaffen.

Marion rauchte eine zweite Zigarette am Küchenfenster, um ihre aufgewühlten Nerven zu beruhigen und sich noch ein wenig Zeit zu verschaffen. Dann ging sie zurück zu Georg.

„Ich fahre heute noch nach Hause", sagte sie mit fester Stimme, kaum dass sie den Raum betreten hatte. Er reagierte zunächst nicht, hob dann aber den Kopf, sah sie erstaunt an und fragte: „Was hast Du gesagt?" „Dass ich heute noch zurückfahre", wiederholte Marion. „Okay, wie du willst", lautete seine knappe Antwort. Sie fühlte sich in ihrer Ahnung bestätigt, dass aus ihrer beider Beziehung nichts werden konnte.

Trauer und Enttäuschung überfielen sie. Ihr Entschluss aber, Georg zu verlassen, stand fest. Sie lief ins Schlafzimmer, packte ihre Sachen und wollte gerade aus der Tür, als er kam und seine Hilfe bei der Organisation der Rückreise anzubieten.

Doch Marion lehnte ab: „Ich komme schon allein zurecht", sagte sie mit Stolz im Blick. Sogar den 100-Euro-Schein, den er ihr mit den Worten: „Für das Taxi zum Bahnhof" entgegenhielt, wies sie zurück.

Georg sollte keine Gelegenheit bekommen, sich von seinem abweisenden Verhalten freizukaufen. Marion verließ die Wohnung, kramte ihr Smartphone hervor, rief sich ein Taxi und fuhr zum Hauptbahnhof.

Sie suchte sich den nächsten Zug nach Frankfurt und trat ihre Reise in Richtung Heimat an.

Ein Pfeifen kündigte die Abfahrt an und ihr kamen Zweifel. War es richtig gewesen, ihrer Enttäuschung so unvermittelt nachgegeben zu haben? Hätte sie ihrer Beziehung doch besser eine Chance gegeben?

Marion quälte sich. Und sie trauerte einer Liebe nach, die sie in dem Moment als bohrenden Schmerz wahrnahm, nachdem der Zug mit ihr Erfurt erreicht hatte.

Die Erinnerung an die ekstatische Nacht mit Georg ließ sie beinahe zugrunde gehen.

Sie krallte sich in den Armlehnen fest, um nicht der Versuchung zu erliegen, den Zug erneut in dieser Stadt zu verlassen.

Marion verspürte den fast unmenschlichen Drang, den Ort ihrer ersten Lustnacht noch einmal, auch ohne Georg zu durchleben. Doch sie wusste instinktiv, es würde schrecklich enden. Sich einen anderen Mann für eine Nacht zu angeln, kam ihr in den Sinn. Sie verwarf den Gedanken sofort, der kurz in ihr aufgeblitzt war. Zu billig und reichlich ordinär.

Dann hatte der Zug Erfurt auch schon wieder verlassen.

Die restlichen zwei Stunden bis Frankfurt verbrachte Marion bekümmert in ihrem Abteil. Gedanken an Georg ließ sie nicht mehr zu.

Sie ertränkte sie im Rotwein, den sie reichlich beim Zugkellner orderte, bis sie immer öfter zur Toilette wankte. Das Zugpersonal verweigerte ihr den Alkohol, nachdem Mitreisende auf den desolaten Zustand Marions hingewiesen hatten.

Ab sofort gab es nur noch Wasser. Langsam wurde sie wieder nüchtern und in Frankfurt angekommen, konnte sie den Zug ohne fremde Hilfe verlassen. Eilends ließ sie sich im Taxi in ihre Wohnung fahren.

Dort zog sie sich sofort aus und sprang unter die Dusche. Im Wechsel von heißem und kaltem Wasser klärten sich ihre aufgewühlten Gefühle allmählich wieder auf und Marion setzte gedanklich einen dicken Haken hinter ihr verpatztes Liebesabenteuer. „Ist halt schief gegangen", beruhigte sie sich. Sie legte sich ins Bett und schlief ein.

Am folgenden Morgen wachte sie früh um fünf Uhr auf, blieb noch ein wenig liegen, ohne ihre Augen zu öffnen, und träumte sich zurück nach Berlin.

Sie wehrte sich dagegen, es gelang ihr jedoch nicht, ihre Gedanken an ihren Liebhaber zu verscheuchen. Erneut plagten sie Zweifel. Marion griff zum Telefon, wählte Georgs Nummer und legte sofort wieder auf, bevor der Apparat in Berlin geläutet hatte. Sie erhob sich, wandelte unschlüssig im Zimmer umher, nahm sich einen Notizblock und kritzelte Stichworte zu einem Gespräch mit ihm hinein:

„Nochmal versuchen", „zweite Chance", „zu abrupt reagiert", „versteh mich doch" und viele weitere Floskeln, die alle nicht den Kern dessen trafen, was sie in wirklich meinte. In Wahrheit dachte Marion: „Es tut mir schrecklich leid. Darf ich bitte zurückkommen?" Sie hatte den Ton getroffen, griff erneut zum Telefon, wählte seine Nummer und legte nicht auf. Ein Knacken in der Leitung signalisierte ihr, dass er abgenommen hatte.

„Georg Konrad", vernahm sie die vertraute Stimme und sehnte sich nach ihm. „Darf ich wiederkommen?", presste Marion hervor. Ihre Zettel mit den vorformulierten Floskeln hatte sie vergessen.

Bangend erwartete sie seine Antwort, die nicht auf sich warten ließ. Sie hörte, wie er tief durchatmete und „Ja, bitte, unbedingt, sofort" rief. Marion zitterte vor Erregung. „Ich komme," stieß sie hervor, drückte den roten „Gespräch-beenden-Knopf" am Telefon, packte ihre Sachen, telefonierte ein Taxi herbei und fuhr zum Bahnhof.

Wenige Stunden später lagen sich zwei Liebende in den Armen. So innig, als habe es nie ein Missverständnis zwischen ihnen gegeben.

Georg war entspannt. Die wichtigsten Aufgaben hatte er erledigt und sich etwas Luft verschafft. Er freute sich auf ein paar harmonische Tage mit Marion.

Da sie bereits gegen acht Uhr morgens von Frankfurt losgefahren war, kam sie mittags in Berlin an. Er holte seine Geliebte am Hauptbahnhof ab und lud sie zum „Empfangsessen" in das noble Restaurant „Paris-Moskau" ein. Das erreichten sie in wenigen Minuten mit Georgs Auto.

Er hatte sich erst vor kurzem einen klassischen Citroën DS zugelegt. Die „Schwebende Göttin" entdeckte er zufällig bei einem auf Oldtimer spezialisierten Händler an der Alboinstraße in Tempelhof. Das war er seiner Liebe zu Frankreich schuldig gewesen.

„Voilà, Madame", galant öffnete er die rechte Tür für sie. Marion war beeindruckt, behandelt wie ein Staatsgast. Sie fuhren gemächlich die 700 Meter zur Gaststätte. Georg chauffierte sie behutsam wie eine Göttin. Seine Vorsicht galt ihr und dem Oldtimer.

Am Ort des Speisens angekommen, spielte er die Rolle des galanten Gastgebers gekonnt weiter. Sie tafelten mitten im Berliner Regierungsviertel. Sie gönnte sich ein „Pfifferlingsrisotto mit Cranberries und Ziegenkäse", er bestellte „Maishähnchenbrust mit Kumquat-Pfeffer-Ragout".

Derweil genossen sie die Aussicht auf die Machtzentralen der Berliner Republik einschließlich des Kanzleramtes.

Dass hier regelmäßig Spitzenpolitiker zu Gast waren, erregte Marions Neugier. Sie schaute auffällig oft im Lokal umher. Ihn berührte das peinlich.

Georg versuchte sie abzulenken, indem er ihr Vorschläge zur Gestaltung der kommenden Tage unterbreitete. Es gelang ihm nicht. Zu sehr fesselte sie das Hier und Jetzt. Mit Erzählungen zur Geschichte des Hauses, die er sich vorab im Internet angelesen hatte, vermochte er sie nicht von ihrem Voyeurismus abzubringen.

„Eine Bierkaschemme mit Fernfahrerpuff im ersten Stock. Oben gab es drei Zimmer für die Liebesdienste, unten das legendäre Schultheiß-Bier und Festnahrung aus dem Hungerturm, also Bouletten, Schmalzstullen und Gürkchen", referierte er einen Artikel aus der „Morgenpost", den er bei seinen Internetrecherchen über das Lokal gefunden hatte.

Da wurde sie hellhörig und verlangte mehr Details aus dem Stundenhotel. Er konnte und wollte ihr nicht antworten. Stattdessen verzog er angewidert das Gesicht.

Bis dahin war ihre Rückkehr nach Berlin harmonisch verlaufen, ganz in Georgs Sinn.

Aber Marions Erregung, ausgelöst durch die Erwähnung eines ehemaligen Bordells in denselben Räumen, in denen sie nun so vornehm dinierten, ängsteten ihn vor der nächsten Nacht, in der sie bestimmt miteinander schliefen.

Würde sie von ihm verlangen, sie als primitive Nutte zu behandeln und zu demütigen, weil das ihre Lust steigerte? Er fürchtete sich davor.

Ihr Satz „Ich will auch leiden" aus der Nacht in Erfurt und seine Seelenqualen danach bekam er nicht mehr aus dem Kopf. Er wollte so etwas nicht noch einmal erleben.

Georg drängte zum Aufbruch. Marion war einverstanden. Sie war müde von der Zugfahrt und dem frühen Aufstehen in Frankfurt. Er steuerte den Citroën behutsam durch das Verkehrsgewühl der Hauptstadt.

Er war so stolz auf seinen Prachtwagen, dass er selbst in Berlin die „Öffentlichen" mied, obwohl er mit S- und U-Bahnen deutlich schneller vorankam, als mit dem Auto, mit dem er häufig im Stau steckte. Aber auch dann genoss er den Wagen noch.

Nach einer knappen halben Stunde erreichten sie ihr Ziel. Marion war innerhalb der ersten zehn Minuten auf dem Beifahrersitz eingeschlafen. Die weichen Polster und das sanfte Schwingen des luftgefederten Klassikers hatten sie rasch ins wohlige Schlummern versetzt.

In der Tiefgarage seiner Wohnung weckte er sie. Er geleitete die schläfrige Freundin in sein Wohnzimmer und setzte sie auf die Couch, wo sie sofort weiterschlief. Er lief zurück in die Garage, holte ihr schmales Gepäck aus dem Auto und brachte es nach oben.

Marion hatte von all dem nichts mitbekommen. Sie schlief tief und fest. Georg griff sich eine Decke aus dem Schlafzimmer, zog ihr die Schuhe aus und deckte sie zu. Er hob sanft ihren Kopf an und bettete ihn auf ein Kissen. Ihre einzige Reaktion war ein leises wohliges Knurren. Wach wurde sie nicht.

Georg zog sich an seinen Schreibtisch zurück und stellte das Telefon auf „geräuschlos". Nur ein winziges, rotes Lämpchen signalisierte einen Anruf.

Es leuchtete auf. Er nahm ab und meldete sich mit gedämpfter Stimme. „Charly hier, warum so leise, Georg?" „Marion schläft", antwortete er. „Okay, dann nur das Wichtigste in aller Kürze. Das Shooting zur Modekollektion für die reife Frau ab 40 beginnt in vierzehn Tagen in London auf dem Trafalgar Square, mitten im Gewimmel der Megacity. Genaueres bekommst Du per Mail. Ist das in Ordnung, mein Freund?"

„Danke, geht klar", antwortete der nur. „Massenweise Autos, Fußgänger, Touristen", schoss es Georg durch den Kopf. „Darauf werde ich mich vorbereiten müssen", flüsterte er vor sich hin.

„Übungsorte" schrieb er auf einen Zettel und darunter notierte er: „Ku'damm, Breitscheidplatz, Pariser Platz, Alex, Wittenbergplatz, Tauentzienstraße."

Marion Berlin zeigen und gleichzeitig mit dem ihm bisher ungewohnten Thema „Street Photography – Straßenfotografie" auseinanderzusetzen, schien ihm eine ideale Kombination zu sein.

Marion war aus ihrem Mittagsschlaf erwacht und kam zu ihm ins Arbeitszimmer geschlichen. Sie beugte sich über den Sitzenden. „Danke für die Decke, ich habe wunderbar geschlafen", hauchte sie ihm ins Ohr, wobei ihre Lippen seine Ohrläppchen umfassten.

Er drehte sich mit dem Arbeitsstuhl zu ihr hin, umschlang ihre Hüften und küsste ihren Bauch. Aufgestanden war er nicht.

„Was hältst du davon, wenn wir ein bisschen durch Berlin bummeln?", fragte er. „Ja, das wäre toll", entgegnete sie mit einem seligen Leuchten in ihren Augen. „Gut, dann kaufen wir erst einmal ein hübsches Stadtkleid für dich", schlug er vor.

„Oh, ja", juchzte sie und hüpfte vor Freude im Zimmer umher. Marion eilte ins Badezimmer, um sich den Mittagsschlaf aus dem Gesicht zu waschen. Dann fuhren sie gemeinsam mit dem Lift in die Tiefgarage und stiegen in den Citroën und kutschierten Richtung City-West. Georg steuerte das Auto in die Garage vom KaDeWe, wo sie zielstrebig die Abteilung für Damenoberbekleidung ansteuerten. Sie hieß hier freilich „Womens Fashion".

Sie suchte sich ein dezent gemustertes, nicht zu elegantes Sommerkleid aus. Die passenden Schuhe dazu kaufte er ihr im Erdgeschoss. Sie strahlte. „Jetzt noch einen Kaffee?", fragte er. „Ja, gern.", erwiderte sie lächelnd. Sie wechselten die Straßenseite und kehrten bei „Butter Lindner" ein.

Das traditionsreiche Berliner Feinkostgeschäft an der Tauentzienstraße funktionierte auch als Restaurant, ideal für einen Snack zwischendurch. Zur Tasse Kaffee gönnten sich beide ein Petit Fours, diese winzigen französischen Kuchenspezialitäten, die Georg schon in Paris genossen hatte. Er träumte sich in eine längst vergangene Zeit.

Dann bummelten sie erst einmal Richtung Ku'damm. Marion ließ den lauen Sommerwind mit ihrem neuen Kleid spielen und gab die aparte Großstadtdame.

Er fotografierte sie unablässig im Großstadtgewimmel zwischen Autos, Bussen, Taxen und tausend anderen Passanten. Er benutzte eine handliche Kompaktkamera, die er stets bei sich trug. Natürlich auch heute, als er sich in der „Street Photography" übte.

Marion ahnte nichts von seinen Motiven. Sie genoss das unbeschwerte Zusammensein mit ihrem Freund. Um sich nicht mit Tragetaschen zu belasten, hatten sie ihre abgelegte Kleidung vom Kaufhaus nach Weißensee schicken lassen.

Über die „Budapester Straße" bummelten sie weiter zum Tiergarten, die „Straße des 17. Juni" hoch zum „Brandenburger Tor". Auf dem „Pariser Platz" mischten sie sich unter die Touristenmassen.

Georg gelang es mittlerweile perfekt, das Hauptmotiv und seine Umgebung in einer harmonischen Beziehung darzustellen. Sie war stets das Wichtigste. Das wuselige Drumherum des Großstadtlebens stellte den Rahmen dar, der das Bild erst wirken ließ.

Marion war müde und die neuen Schuhe drückten. Den „Alex" schenkten sie sich. Er war ohnehin wenig einladend. Und den Ratten, die sich dort auch tagsüber tummelten, wollten sie nicht begegnen.

Georg schlug vor, sich von einem Fahrradtaxi zurück zum Wittenbergplatz fahren zu lassen, Marion war sofort begeistert. Sie schonte ihre Füße und freute sich darauf, die Stadt noch einmal aus einer ungewohnten Perspektive zu erleben. Rund um das „Brandenburger Tor" standen stets etliche Velotaxis bereit, deren Fahrer auf Kunden warteten.

Rasch war eines ausgewählt. Marions Wahl fiel auf den Pedaleur mit den kräftigsten Waden. Der trat geschwind an und gleich kühlte der Fahrtwind ihre vom Laufen erhitzten Gesichter.

Georg steckte die handliche Kamera in die Hosentasche und entspannte sich bei der auch für ihn unbekannten Art der Fortbewegung. Da sie in solch einem Gefährt recht knapp über der Fahrbahn saßen, erlebten beide die Stadt wieder von Neuem. Sie genossen es. Nach ihrem Geschmack erreichten sie viel zu rasch das Ziel. Angekommen am Wittenbergplatz, vis à vis dem KaDeWe, gab Georg dem fleißigen Pedaleur ein großzügiges Trinkgeld und Marion fragte ihn, ob sie mal seine strammen Waden anfassen dürfe.

Er gestattete es ihr und Georg sah peinlich berührt zur Seite. Kurz darauf saßen sie wieder im Citroën und kutschierten Richtung Weißensee. Auf der halbstündigen Tour schwiegen sie. Nur einmal murmelte er „warum immer so ordinär?", vor sich hin. Sie hatte es nicht gehört. Der Tag ging zu Ende.

Und er hatte Angst vor der Nacht.

Aus den eingekauften Lebensmitteln kochte Marion ein schlichtes Spaghettigericht mit Tomatensauce. Dazu gab es einen Chianti aus dem Supermarkt. „Vorzüglich, wie beim Italiener", lobte Georg ihre Kochkünste.

Sie strahlte und zeigte ihr blendend weißes Gebiss, an deren Eckzähnen er vampirähnliche Zuspitzungen wahrzunehmen sich einbildete. Er kniff die Augen zusammen und als er wieder aufblickte, erstrahlten sie erneut in makelloser Schönheit.

Die Sinnestäuschungen wiederholten sich noch ein paar Mal bis sie im Lauf des Abends ganz verschwanden. Das Begehren stieg.

Sie kuschelten sich in die Sofaecke und liebkosten sich. Sie küssten sich innig, bis sie es in ihren Kleidern nicht mehr aushielten, und sich gegenseitig auszogen.

Ihr Liebesspiel blieb sanft und die Kleidung intakt. Sie schliefen leidenschaftlich miteinander, heftig, aber gewaltlos. Vom Leiden, um das sie noch in Erfurt so inständig gebettelt hatte, war keine Rede mehr. Marion war auch ohne glücklich geworden.

Beim Frühstück am nächsten Morgen planten sie ihren gemeinsamen Tag in Berlin.

Georg schlug vor, ihr zu Beginn die touristischen Highlights der sich ständig wandelnden Metropole zu zeigen. Sein heißgeliebter Citroën sollte wieder zum Einsatz kommen. Die horrenden innerstädtischen Parkgebühren scheute er nicht. Sie betrugen in allen infrage kommenden Tiefgaragen mindestens zwei Euro pro angefangener Stunde.

Er steuerte sein Auto zunächst Richtung „Unter den Linden" und stellte es in der Tiefe des „August-Bebel-Platzes" ab. Von hier aus waren die meisten der bedeuteten Sehenswürdigkeiten der Stadt zu Fuß zu erreichen.

Direkt an der Ostberliner Prachtstraße gelegen, erreichten sie ein paar hundert Meter westwärts das Brandenburger Tor, den Pariser Platz und das Hotel Adlon. Wendeten sie sich nach Osten, sahen sie schon den Fernsehturm, der sich auf dem Alexanderplatz in den Himmel reckte.

Sollte Marion des Laufens müde werden, hatten sie die Möglichkeit, in einen der minütlich zwischen Ost und

West verkehrenden Busse einzusteigen. Einen besseren Standort für den Citroën gab es nicht, um sich in kurzer Zeit einen ersten Eindruck von der quirligen Stadt zu verschaffen.

Zum Glück war es kein Wochenende, an dem sie ihre Tour unternahmen. Touristenmassen störten jetzt nicht.

Zunächst verweilten sie am Bebelplatz. Er war Schauplatz der Bücherverbrennung der Nationalsozialisten am 10. Mai 1933. Eine im Boden eingelassene Glasscheibe gab den Blick frei auf leere, weiße Regale, eine „Bibliothek ohne Bücher". Marion war beeindruckt, bat Georg aber darum, rasch weiter zu ziehen.

Der Ort war ihr zu unheimlich und stimmte sie traurig. Sie wandten sich gen Westen und bummelten gemächlich Richtung Hotel Adlon und Brandenburger Tor.

Sie interessierte sich mehr für die auserlesenen Geschäfte als für die historischen Gebäude links und rechts der Ostberliner Flaniermeile, die bei Touristen dem Ku'damm den Rang abgelaufen hatte.

Nach etwa einer Stunde, innerhalb derer sie sich die Nase an den Schaufenstern platt gedrückt hatte, erreichten sie den Pariser Platz und das Brandenburger Tor.

Georg, den immer noch die Geschichte rund um das Areal in andächtiges Innehalten versetzte, gelang es nicht, seiner Geliebten etwas davon zu nahe zu bringen. „Spürst du nicht, auf welchem historischen Boden wir uns hier bewegen?" „Nö", antwortete sie knapp und wandte sich erneut den Auslagen des Juweliers im Adlon zu.

„Mein Gott, wie unsensibel", dachte Georg bei sich, sagte aber nichts. Er schlug eine Verschnaufpause in einem der unzähligen Cafés der Umgebung vor. Sie kehrten um, schlenderten Richtung Friedrichstraße und setzten sich ins „Café Einstein". Sie bestellten beide eine „Brotzeit" und Kaffee. Der Besuch der schräg gegenüber gelegenen „Galerie Lafayette" stand noch auf dem Programm.

Georg hatte sich gefügt, weil er sich einredete, dort ein bisschen französisches Ambiente zu finden. Er hatte nicht viel übrig für den Schnickschnack zu extrem hohen Preisen. Marion hingegen zeigte sich begeistert und stöberte über Stunden in dem Edelkaufhaus herum.

Schließlich war auch sie erschöpft und sie beschlossen, es für diesen Tag dabei bewenden zu lassen und in Richtung Weißensee heimzufahren.

Der sanft surrende Motor und die weiche Luftfederung ließen Marion schon innerhalb weniger Metern in die geschmeidigen Polstersitze des Citroëns sinken und entschlummern. Georg chauffierte sie nach Hause.

An der Kreuzung Roelcke- und Pistoriusstraße nahm ihm ein im Auftrag der Deutschen Post fahrender Lieferwagen die Vorfahrt.

Er trat kräftig auf die Bremse, das Auto bäumte sich auf und er wendete in letzter Sekunde einen Zusammenprall ab.

Marion wurde heftig in die Sicherheitsgurte gepresst und schreckte mit einem schrillen Schrei aus ihrem Schlummer.

„Schlaf weiter, es ist nichts passiert", versuchte er, sie zu beruhigen. Sie zitterte am ganzen Körper und rang um Luft. Seine tröstenden Worte zeigten keine Wirkung. Er setzte die Fahrt behutsam fort, um sie nicht erneut aufzuregen.

An jeder Kreuzung oder Einmündung zuckte sie zusammen, obwohl Georg den Citroën jetzt noch umsichtiger bewegte, als er es sich ohnehin angewöhnt hatte.

Zuhause angekommen, äußerte Marion ihr dringendes Bedürfnis nach Entspannung.

Die erste Stadterkundung hatte sie erschöpft und der Beinaheunfall geängstigt. Auch Georg verspürte keine Lust mehr auf innerstädtischen Trubel. Beide genossen die Ruhe im beschaulichen Weißensee.

Den Rest des Tages verbrachten sie in der Wohnung. Marion blätterte eher gelangweilt als interessiert in den im Wohnzimmer herumliegenden Zeitungen und Magazinen. Fachblätter der Fotografie, die das Gros ausmachten, mied sie. Im Veranstaltungskalender des „Tagesspiegel", Georgs Lieblingszeitung, entdeckte sie die Vorankündigung der Aufführung „Willkommen bei den Hartmanns" in der „Komödie am Ku'damm". Die Hauptdarsteller kannte sie aus dem Fernsehen. „Wollen wir uns das ansehen?", fragte sie ihn, als sie die Zeitung schwenkend in sein Arbeitszimmer rannte. „Ja, gerne", erwiderte Georg und vertiefte sich wieder in die Vorbereitungen zu seinem Auftrag in London, den erneut Breuninger & Brink unter Charlys Federführung organisiert hatte.

Werbemann und Fotograf waren seit der „Sedus-Kampagne" ein eingespieltes Team. Ein paar rasch hin und her geschickte Mails reichten aus, um sich über alle Details des Fotoauftrages zu einigen.

Einzig den Vertrag zwischen den Partnern gab es in Papierform mit eigenhändigen Unterschriften mit dokumentenechter Tinte. Daran wollte niemand rütteln.

Am späten Nachmittag bestiegen sie den Citroën und fuhren Richtung City West. Georg steuerte seinen klassischen Oldtimer zielstrebig in ein Parkhaus an der Knesebeckstraße. Die Gegend war ihm aus der Zeit beim „MenschenMagazin" wohlvertraut. Ihm war entfallen, dass diese Parkmöglichkeit lediglich bis abends 20 Uhr geöffnet hatte. Für einen Theaterbesuch ungeeignet. Er fuhr weiter. „Das ist mir jetzt aber peinlich", meinte er und überspielte damit seine Unsicherheit, zugeben zu müssen, doch kein intimer Kenner Berlins zu sein.

Marion lächelte. Sie kurvten noch ein paar Minuten durch den Kiez, bis er schließlich in die Tiefgarage vom „Abbahotel" in der Lietzenburger Straße fuhr, wohl wissend, dass sie für Hotelgäste bestimmt war.

Er scherte sich nicht drum. Die Beiden schlenderten zur Komödie und gönnten sich vor der Vorstellung einen Sekt im Foyer. In bester Laune bahnten sie den Weg durch die Menge zu ihren Plätzen.

Das Stück behandelte, eingebettet in ungewollt komische Episoden und Dialoge die Geschichte von Dialo, einem Flüchtling aus Afrika. Die Familie Hartmann nimmt ihn auf, um ihre vermeintlich liberale und tolerante Gesinnung zu demonstrieren. Die Menge an unfreiwilliger Komik und witzigen Einfällen brachten Marion und Georg oft zum Lachen, das ihnen ob des ernsten Themas eins ums andere Mal auch im Halse stecken blieb.

Gut gelaunt, aber und nachdenklich verließen sie das Theater und kehrten in den „Alt Berliner Biersalon" ein.

Dass sich der Chauffeur mit Nichtalkoholischem begnügen musste, störte Georg nicht.

Sie unterhielten sich über das Stück. Marion hatte in erster Linie das großbürgerliche Ambiente des hartmannschen Hauses beeindruckt. Sie schwärmte von Möbeln, Teppichen und Bildern. „Ist dir das superelegante Kostüm der Frau Hartmann aufgefallen?" „Nein", entgegnete er und verdrehte die Augen. „Als ob es darauf ankommt", dachte er. Und wieder zweifelte er an der

Ernsthaftigkeit seiner Freundin. Er schwieg einen Moment, ließ sich dann aber auf das Thema ein, um die Harmonie des Abends nicht durch eine Demonstration intellektueller Überlegenheit zu trüben.

Behutsam, und ohne ihren Redefluss zu unterbrechen, versuchte er, Marions Aufmerksamkeit auf den Kern der Aussage zu lenken. Sie zeigte sich dafür kaum empfänglich und plauderte weiter von Mode und Interieur. Georg gab auf. Einen Gedankenaustausch auf Augenhöhe würde es zwischen ihnen wohl nicht geben, befürchtete er.

„Komm, lass uns heimfahren", schlug sie nach einer Stunde vor. „Einverstanden", erwiderte er und freute sich, die Chance zu haben, daheim den fad gewordenen Geschmack von Wasser und Cola mit einem oder zwei Gläsern Wein hinweg zu spülen.

Bedächtig schlenderten sie zur Hotelgarage zurück. Georg wandte sich an die Rezeption und beichtete sein Parkvergehen. Gegen eine Gebühr von zehn Euro durfte er sein Auto auslösen. Sie stiegen in die „Schwebende Göttin" und fuhren nach Weißensee.

Georg lief sofort in die Küche und holte eine Flasche Rotwein, die er am Vortag aus dem Keller dorthin gebracht hatte.

Er hatte sich angewöhnt, den Tag mit dem Genuss eines Bordeaux, Merlot oder Cotes de Roussilon ausklingen zu lassen.

Den selbst auferlegten Verzicht darauf aus Bochumer Tagen hatte er lange aufgegeben. Seit der Pariser Zeit gehörte das abendliche Ritual zu seinem Leben.

Es mit ihm zu teilen, lehnte Marion mit dem Hinweis ab, sie habe eben in der Berliner Kneipe schon genug getrunken. Mit einem Glas Wasser in der Hand setzte sie sich zu ihm auf die Couch. Weil er die „Tagesthemen" sehen wollte, schaltete Georg den Fernseher an. Der erste Bericht über antiisraelische Unruhen im Gazastreifen lief noch, da war er schon eingeschlafen.

Sein Kopf war auf Marions Schulter gesunken und er schnarchte leise vor sich hin. Sie ließ ihn bis zum Ende der Sendung ungestört. Dann weckte sie ihn mit einem sanften Stupser auf die Wange und beide begaben sich leicht wankend Hand in Hand ins Schlafzimmer. Kaum hatte sich Georg unter seine Daunendecke gekuschelt, schlief er auch schon weiter.

Marion küsste ihn zärtlich auf den Mund, rollte sich auf ihre Seite des ausladenden Bettes und versank ebenfalls in einen tiefen Schlaf.

Im Traum erlebte sie Festliches. Die „Deutsche Gesellschaft für Photographie" hatte Georg den ersten Preis in der Kategorie „Porträt" zuerkannt. Gewonnen hatte sein Foto von Maik, dem traurigen Fixerjungen vom Cottbusser Tor.

Sie sah sich und ihn, gewandet in Smoking und rotem Abendkleid, wie sie gemessenen Schrittes die Treppe von der Lounge zum Festsaal hinaufgingen. Elegante Blumenbouquets schmückten ihn. An der Stirnseite, hinter dem Rednerpult, hing das überlebensgroße Foto von Maik. Seine schwermütigen Augen blickten auf die Schar der geladenen Gäste. Peter Lindbergh, der weltberühmte Modefotograf, klatschte zuerst, als Marion und Georg den Saal betraten. Ihn hatte die Gesellschaft zudem als Laudator gewinnen können.

In seinem Vortrag betonte er insbesondere des Preisträgers Talent, Gesichter zum Reden zu bringen. „Als die Bilder sprechen lernten", war die Laudatio überschrieben. Marion lächelte im Schlaf.

Beim Frühstück am nächsten Morgen erzählte sie ihm von ihrem Traum. Georg war nicht einmal überrascht. Insgeheim spekulierte er schon seit längerem auf eine solche Auszeichnung. Er fasste ihre Nachtfantasie als gutes Omen auf, auch dann noch, als sie ihre Erzählung immer mehr auf sie beide lenkte, deren elegante Erscheinung sie mehrfach betonte.

Er nahm es kommentarlos hin, obwohl er sich vereinnahmt fühlte. Dass sie bereits ein festes Paar waren und sich entsprechend präsentierten, sah er noch nicht als ausgemacht an. Zu dem prämierten Bild in ihrem Traum sagte sie nichts.

Die noch verbleibende Zeit bis zum Fototermin in London verging wie im Flug. Marion und Georg streiften durch Berlin. Sie sahen sich Ausstellungen an, schlenderten durch Museen, gingen ins Kino oder Theater und besuchten Varietés.

Einen speziellen Höhepunkt hatte er sich für die letzten Tage ausgedacht.

Der Fotograf führte sein Modell in das höchste Restaurant Deutschlands. Die „Sphere" genannte Gaststätte in der sich um die eigene Achse drehenden Kuppel des Berliner Fernsehturms am Alexanderplatz bot den Beiden einen grandiosen Ausblick auf die Metropole und das angrenzende Brandenburg. In mehr als 300 Metern über der im Lichterglanz erstrahlenden Stadt genossen Marion und Georg je ein Forellenfilet mit einem leichten Sommerwein, von dem auch er sich ein Glas gönnte. Die Rückfahrt mit dem Citroën lag ja noch weit vor ihnen. Er versuchte ihr wenigstens einige prägnante Ansichten Berlins von hier aus zu erklären. Es fiel ihm schwer. Aus dem Lichtermeer Gebäude oder Plätze herauszufiltern, gelang ihm nur in wenigen Fällen. Ja, das „Brandenburger Tor" und „Die Straße des 17. Juni" erkannte er. Das war aber auch alles. Sie war dennoch hellauf begeistert und konnte sich kaum sattsehen.

Gen Osten erstreckte sich das Häusermeer des Bezirkes Marzahn–Hellersdorf. Nicht unbedingt ein schöner Anblick, doch die meisten Bewohner schätzten die recht komfortablen und noch bezahlbaren Wohnungen.

Den Wein hatten sie längst ausgetrunken und die Fischfilets verzehrt, als sie nach zwei Stunden das Lokal verließen. Es war ihnen keine Sekunde langweilig gewesen, in denen sie die auch nachts noch quirlige Metropole in sich sogen.

Unten wieder angekommen, stiegen sie aus einem der zwei Lifte, der sie vorhin in nur 40 Sekunden in die Höhe gehievt hatte. Sie gingen hinaus in die triste Welt des Platzes, dem bislang keine Stadtplanung einen Hauch von Attraktivität verliehen hatte.

Marion fröstelte. Es zog ständig auf dem Alexanderplatz. Ein eisiger Wind zerrte an ihrer Kleidung und sie verschränkte zum Schutz ihre Arme vor der Brust. Es half nicht sonderlich.

Sie waren erst ein paar Schritte auf den unwirtlichen Platz hinausgetreten, da huschte eine Ratte über ihre Füße. Marion schrie auf und klammerte sich an Georg. „Bring mich hier weg", flehte sie ihn an. Er umfasste ihre Schultern und eiligen Schrittes verließen sie den Alex Richtung Rathaus. In dessen Nähe, auf der Weidendammbrücke, wartete der Citroën auf sie. Er steuerte ihn sicher nach Weißensee.

Ein harmonischer Abend endete mit einer Ratte. Sie ging ihr nicht mehr aus dem Kopf. Während der Autofahrt hielt sie beständigen Körperkontakt zu ihm, als wolle sie sich dessen Schutzes zu vergewissern. Sie legte ihre Hand auf Georgs rechten Oberschenkel und fasste kräftig zu. Weiter ging sie nicht, um den Fahrer nicht in seiner Konzentration auf die Straße zu beeinträchtigen. Es war ihm angenehm. Die Wärme ihrer Berührung ließ eine wohlige Erregung in ihm aufsteigen. Er gab ein wenig mehr Gas. Gerade so viel, die Dauer des Weges nach Haus zu verkürzen. Nicht aber so üppig, um Marion zu beunruhigen.

In der Wohnung angelangt, kuschelten sie sich aufs Sofa und sie legte ihren Kopf in seinen Schoß. Georg schwenkte den linken Arm nach hinten und fingerte eine Flasche aus dem Weinkorb. Er stellte sie vor sich auf den Tisch. Gläser standen schon darauf. Sie waren vom vorigen Abend übriggeblieben.

Um ihre bequeme Lage nicht zu stören, verzichtete er auf frische aus dem Schrank. Die Reste angetrockneten Weines darin, ignorierte er. Er goss den „Grünen Veltliner", einen Weißwein aus Österreich, den er sehr schätzte, in die Gläser. Der Weiße löste die Spuren des Roten rasch auf und der schwache Roséschimmer verschwand, sobald dar erste Kelch zu Zweidrittel gefüllt war. Sie trank liegend und er war froh, einen Weißwein ausgewählt zu haben.

Marion zitterte so sehr, dass sie ihr Glas nicht ruhig halten konnte. Die Ratte vom Alexanderplatz hatte sie dermaßen verängstigt, dass sie an diesem Abend nicht von Georgs Seite wich.

Sogar, als er aufstand, um etwas vom Salzgebäck aus der Küche zu holen, begleitete sie ihn und ließ seine Hand nicht einen Augenblick los. Er fand das albern, sagte aber nichts, um die Geliebte nicht zu kränken. Mehr noch, ihre Anhänglichkeit behagte ihm genauso, wie die Rolle des Beschützers. Er öffnete einen Schrank und zog eine Schublade auf, in der er allerhand Naschzeug aufzubewahren pflegte.

Er ließ ihr die Wahl und Marion entschied sich für gesalzene Erdnüsse. Sie setzten sich wieder ins Wohnzimmer, knabberten die Nüsse und spülten sie mit dem Grünen Veltliner herunter.

Es dauerte nicht lange, da überfiel eine bleierne Müdigkeit die Beiden und sie trotteten schlaftrunken Richtung Bett. Sie kuschelten sich aneinander.

Georg legte eine Hand auf Marions linke Brust und versuchte deren Spitze zu streicheln. Sie reagierte kaum. Nur ein leises, wohliges Grunzen entfuhr ihren Lippen. Sie war eingeschlafen. Im Traum erschien ihr ein gigantisches Heer von pferdegroßen Nagetieren, das im Gleichschritt auf sie zumarschierte. An den Hufen trugen sie schwarze, mit Nägeln beschlagene Stiefel, die bei jedem Schritt den Asphalt erbeben ließen. Sie versuchte, sich zurück in den Fernsehturm zu retten, vergeblich.

Die Menge aus schwarzbraunen Bestien hatte sie schon umzingelt und ihr den Weg abgeschnitten. Da schwebte aus dem Nachthimmel ein weißer Citroën herab und ließ seine Scheinwerfer aufleuchten. Im Moment zerstob das bedrohliche Heer in die Dunkelheit der Berliner Nacht.

Am Steuer saß er und winkte ihr lächelnd zu. Er öffnete die Beifahrertür und zog sie zu sich ins Auto. Dann schwebten beide davon, dem Mond und den Sternen entgegen.

Georgs Hand, die eben noch Verlangen signalisiert hatte, glitt hinab auf die Matratze. Er versank augenblicklich in einen tiefen Schlaf.

Von ihrem Traum bemerkte er nichts. Am nächsten Morgen bekämpften sie ihren leichten Kater mit einem üppigen Frühstück aus Rührei mit Speck und tiefschwarzem Kaffee. Allmählich wichen ihre Kopfschmerzen und die Mattigkeit verschwand aus den Gliedern. Sie wollten den Tag ruhig angehen. Darin waren sie sich einig.

Georg schlug vor, sich ganz entspannt in der nahen Umgebung umzusehen. Schließlich gab es dort die berühmte Kunsthochschule Weißensee. Marion war einverstanden. Zu größeren Aktivitäten, womöglich mit langen Anfahrtswegen, verspürten beide wenig Lust. Sie schlenderten los.

Im überschaubaren Stadtteil des Bezirks Pankow brauchten sie kein Auto. Folglich blieb der Citroën in der Garage. Als erstes Ziel steuerten sie die Hochschule an. Georg hatte im Kiezblatt „Wir in Weißensee" von einer Ausstellung gelesen, die Arbeiten der letzten zwei Semester zum Thema Modedesign zeigten. Die wollten die beiden sich unbedingt anschauen.

Er sammelte zur Vorbereitung auf den Auftrag in London alle Informationen und Anregungen, die er irgendwie und irgendwo auftreiben konnte. Marion war ebenfalls begierig darauf zu erfahren, was angehende Modeschöpfer sich ausgedacht hatten und was vielleicht in den nächsten Jahren auf sie als Mannequin zukommen würde. Es war nicht weit. Sie nutzten die kurze Strecke als Spaziergang zur Ausnüchterung.

Die Ausstellung zeigte gewagte, nicht an den Zeitgeschmack angepasste Entwürfe und Modelle von Damen- und Herrenmode.

Für die Frau ab 40 war nichts vorgesehen. Das ernüchterte sie. Marion fand sich jedoch damit ab, dass in puncto Jugendwahn der Mainstream selbst von heutigen Studenten nicht verlassen worden war. Sie schlenderten noch ein wenig durch die Hochschule, entdeckten aber nichts, was sie wirklich fesselte. Sogar die Arbeiten aus der Fotowerkstatt, die sich Georg ansah, überzeugten ihn nicht. Sie waren ihm zu experimentell. Er vermisste in ihnen Menschlichkeit und Empathie.

Ernüchtert verließen sie die Hochschule. Es war inzwischen Mittag geworden und beide waren hungrig. Nach kurzer Überlegung entschlossen sie sich, in das griechische Restaurant „Platon" zum Essen einzukehren.

Sie hatten sich nicht dafür entschieden, weil sie ausgewiesene Liebhaber dieser Art der Küche waren. Es war eines der wenigen Gaststätten, die schon mittags öffneten. Überdies lag es in der Nähe. Lediglich zehn Minuten Fußweg und sie konnten ihren Hunger stillen. Wasser tranken beide reichlich zum Bauernsalat.

Danach fühlten sie sich fit und gestärkt, hatten sie doch den letzten Restalkohol aus ihren Köpfen gespült. Sie schlenderten heimwärts.

Für diesen Tag planten sie nichts mehr. Er verging unspektakulär: Zeitung lesen, plaudern, Kaffee trinken.

Kurz vor Schluss

Die letzten Tage, die sie noch in Berlin hatten, nutzten Georg und Marion, um Kleidung für ihren Aufenthalt in London einzukaufen.

Dort bliebe ihnen keine Zeit dafür, obwohl es sie reizte, im berühmten Kaufhaus Harrod's zu shoppen. Er brauchte noch ein paar neue Sneaker, eine zweckmäßige Windjacke und eine Mütze, um den meteorologischen Unwägbarkeiten der englischen Metropole gewachsen zu sein. Sie dachte weniger praktisch und strebte danach, durch Chic und Eleganz zu punkten. Sie machten sich noch einmal auf den Weg ins KadeWe. Natürlich diesmal erneut mit dem heißgeliebten Citroën.

Er steuerte ihn, wie immer überaus achtsam, durch Berlins Verkehrsgewühl in die Parkgarage des Nobelkaufhauses. Marion strebte sogleich wieder die Abteilung „Womens Fashion" an. Georg wunderte sich, wie bald sie sich für einen lachsfarbenen, flauschigen Mantel in Kombination mit einer steingrauen Bluse begeistern konnte. Dann war er an der Reihe, kaufte rasch ein paar schwarze Sneaker und eine schlichte sonnengelbe Windjacke.

Georg drängte zur Rückfahrt, denn es gab noch reichlich mit Charly zu besprechen. Marion hingegen wollte weiter durchs Luxuskaufhaus streifen. Er setzte sich durch und zog sie zurück zum Parkhaus.

Zuhause angekommen, begab er sich gleich in sein Arbeitszimmer, um mit Breuniger & Brink das Procedere für den Auftrag in London zu besprechen.

Auch Marion war als Modell für das Fotoshooting fest eingeplant. Zum Glück war Charly noch in Frankfurt. Über das Festnetztelefon besprachen sie die Einzelheiten der Abwicklung. Sie verständigten sich darüber, dass Georg und Marion am folgenden Tag das Flugzeug nach London besteigen sollten. Die Tickets lägen am Schalter der Lufthansa bereit. Breuninger & Brink hatten Plätze in der Business Class spendiert. Ein Chauffeur werde sie in Heathrow abholen und ins Hotel „Montcalm Marble" in London Westminster bringen.

Das Doppelzimmer sei gebucht, alle weiteren Informationen fänden sie dort. „Charly, das ist ja mal wieder hervorragend organisiert und sehr großzügig", meinte Georg anerkennend. „Ich freue mich, dich wiederzusehen", schob er nach, bevor er das Gespräch zufrieden beendete. Er war froh, mit B & B eine Agentur gefunden zu haben, die ihm alles Organisatorische abnahm, damit er sich allein aufs Fotografieren konzentrieren konnte.

Zudem verband ihn mit Charly Brink eine Freundschaft, von der er sich sicher war, sie hielte allen Widrigkeiten stand.

Marion und er verbrachten den restlichen Tag damit, eine Liste abzuarbeiten mit Aufgaben, die vor ihrem Abflug noch zu erledigen waren. Er widmete sich in erster Linie dem tadellosen Zustand seiner Fotoausrüstung samt Zubehör.

Sie hingegen sorgte sich um ihre Kleidung. Er beruhigte sie, die Agentur habe bestimmt an sämtliche Eventualitäten gedacht. Das sind schließlich Profis. „Wenn ich Charly zur Sicherheit noch einmal deine Konfektionsgröße durchgebe, wirst du alles vorfinden, was das Herz begehrt." Marion blieb skeptisch. „Soll ich nicht doch noch kurz ins Kosmetikstudio gegenüber laufen?" „Nein, bestimmt nicht", entgegnete er, „Stylistinnen gibt es am Set." Sie packten die Koffer. Marion den ihren wie für eine Kreuzfahrt mit Abendprogramm, er den seinen wie für ein Picknick am Wochenende. Es erinnerte ihn an das mütterliche Benehmen, als er nach Hannover zum Studium aufbrach. Zu Konflikten zwischen Modell und Fotografen kam es nicht.

Der Abflug

Sie fuhren mit dem Taxi zum Flughafen. Seinen geliebten Citroën wollte er den Unwägbarkeiten eines öffentlichen Parkplatzes nicht aussetzen. Außerdem, auch das
hatte er bedacht, kämen die Gebühren beim Parken am
Airport viel teurer als ein Taxi von Weißensee nach Tegel. Dort holten sie die hinterlegten Tickets ab, gaben ihr
Gepäck auf und ließen sich mit ihren Bordkarten in der
Hand durch die Sicherheitsschleusen lotsen.

Ihr Handgepäck, Georgs bescheidener Rucksack und
Marions Handtasche, erregten keinen Verdacht bei der
Kontrolle. Sie nahmen es am Ende der Scannerstraße un-
beanstandet wieder in Empfang.

Dort standen zwei uniformierte Beamte der Bundes-
polizei. Niemand dachte sich etwas dabei. Polizisten auf
Flughäfen gehörten dazu.

Eben wollten der Fotograf und sein Modell achtlos an
den Ordnungshütern vorbeigehen, als sie sich ihnen in
den Weg stellten. „Herr Konrad, wir nehmen Sie vor-
läufig fest wegen des Verdachts der sexuellen Nötigung.
Bitte begleiten Sie uns auf unsere Dienststelle."

Georg und Marion schauten sich entgeistert an. Der
Fotograf versuchte noch, sich der Festnahme mit dem
Hinweis zu entziehen, er habe einen dringenden Termin
in London.

Doch die Polizisten ließen nicht locker und drohten mit
Handschellen, sollte er nicht freiwillig mitkommen. „Wo
bringen Sie meinen Freund hin?", fragte Marion verzagt.
„In die Berliner Straße 35", bekam sie zur Antwort,

„Sie können gern nachkommen", bemerkte einer der
Beamten, derweil er Georg in das Polizeiauto drückte.
Unauffällig, ohne Signalhorn und Blaulicht, fuhr es mit

dem Fotografen auf dem Rücksitz davon. Kaum auf der Wache angekommen, verlangte er, seinen Anwalt anzurufen. Man gewährte es ihm.

„Anwaltskanzlei Dr. Blümlein und Partner, was können wir für Sie tun?", hörte man die jugendliche Stimme einer Dame. „Georg Konrad hier", ließ er sich vernehmen, „Ich möchte bitte Herrn Dr. Blümlein sprechen."

Der Anwalt galt als einer der renommiertesten Experten im Medien- und Urheberrecht und half dem Fotografen schon seit langem, seine Rechte bei der Bilderverwertung durchzusetzen.

Zwischen den beiden hatte sich über die Jahre eine Freundschaft entwickelt. Experte im Strafrecht war er nicht. „Martin, ich bin festgenommen worden. Man beschuldigt mich der sexuellen Nötigung. Kannst Du mir helfen?" „Hallo Georg, ich bin da nicht der Richtige", antwortete Dr. Blümlein, „aber ich schicke Dir einen Kollegen, der sich speziell im Sexualstrafrecht auskennt. In einer halben Stunde ist Rechtsanwalt Dirk Schünemann bei Dir. Dann sehen wir weiter."

Georg war ein bisschen beruhigt und wartete, ohne in der Zeit Fragen der Polizei zum Tatvorwurf zu beantworten. Das hatte ihm sein Freund geraten. Der Anwalt kam, ließ sich eine Vollmacht unterschreiben und fragte die Beamten, was Georg zur Last gelegt würde.

„Uns liegt eine Anzeige vor, in der Ihr Mandant der sexuellen Nötigung zu Ungunsten von Frau Karin Kaiser, geborene Bollmann beschuldigt wird", bekam er zur Antwort. Daraufhin zogen sich der Fotograf und Dirk Schünemann zu einem kurzen Gespräch unter vier Augen zurück.

Georg war schockiert und fassungslos über den Racheakt seiner Freundin Karin.

Die Ereignisse überstürzten sich. Der zuständige Staatsanwalt hatte inzwischen einen Haftbefehl wegen Verdunkelungsgefahr gegen ihn erlassen, den der Haftrichter anerkannte und vollziehen ließ.

Man brachte ihn ins Untersuchungsgefängnis der Justizvollzugsanstalt Berlin-Moabit. Die Zellentür schloss sich hinter ihm und er war allein.

Sein Anwalt hatte inzwischen Charly Brink angerufen und ihn ins Bild gesetzt. Alle Pläne für London verschwanden urplötzlich im Nichts, als seien sie nie geschmiedet worden.

Marion flehte Dirk Schünemann an, sie zu ihrem Freund zu lassen. Doch auch der Rechtsbeistand konnte lediglich einen offiziellen Besuchstermin bei Georg beantragen. Und das dauerte.

Die Nachricht vom Verdacht gegen den bekannten Fotografen verbreitete sich rasend schnell zuerst in der Fotografengemeinde und bald genauso in der gesamten Öffentlichkeit, nachdem mehrere überregionale Zeitungen und auch das „MenschenMagazin" berichtet hatten.

Dessen Chefredakteur Matthias Luger veröffentlichte einen hämischen Kommentar mit dem Titel „Licht aus im Hause Konrad". Dass es ihm eine Rüge des Presserats wegen Vorverurteilung einbrachte, störte ihn nicht. Überdies verklagte ihn die Kanzlei Dr. Blümlein und Partner auf Schadenersatz aufgrund einer schwerwiegenden Rufschädigung. Sie gewann den Prozess. Das Bußgeld über 20.000 Euro quittierte Luger mit einem höhnischen Lächeln. Zu sehr kochte seine Wut darüber, dass ihn sein Lieblingsfotograf verlassen hatte.

Georg war tief verzweifelt. Aus dem erfolgsverwöhnten Starfotografen war auf dem Weg zum nächsten Triumph ein banaler Krimineller geworden, dessen Tatvorwurf in den Augen vieler umso verabscheuungswürdiger war, als er seine Vertrauensstellung als Menschenfotograf ausgenutzt haben sollte.

Mächtig bohrte der Schmerz in ihm, als er erfuhr, dass auch Pariser Zeitungen in ihren Artikeln und Kommentaren deutlich auf Distanz zu ihm gingen. Zwischen den Zeilen schwang meist die Vermutung mit, dass schon etwas dran sei an den Verdächtigungen gegen ihn.

Nicht explizit formuliert, aber eben nicht zu überhören. Georg war tief verstört, kamen doch die Töne aus einer Richtung, aus der er stets Liberalität und Toleranz gewohnt war.

Mit jeder Stunde, die er im Gefängnis saß, stiegen Verzweiflung und Einsamkeit bis zur schieren Unerträglichkeit.

Er begann an seiner eigenen Unschuld zu zweifeln. War da doch etwas gewesen in der unschönen Szene beim Fotoshooting mit Karin? Hatte er es verdrängt, bis er das vergessen hatte, was passiert war? Quälende Zweifel bohrten in ihm. Er wurde sie nicht los, so sehr er auch versuchte, sich dagegen zu stemmen.

Mehrmals stieß er seinen Kopf gegen die Zellenwand, bis sich eine blutende Wunde auf der Stirn gebildet hatte. Den Schmerz merkte er nicht. Das Chaos in der Seele rumorte weiter in ihm.

Erst als sein Freund, der Anwalt Dr. Blümlein, ihn gemeinsam mit Dirk Schünemann im Gefängnis besuchte, verbesserte sich langsam sein Zustand.

Zusammen berieten sie über die zukünftige Verteidigungsstrategie. Dass es zum Strafprozess kommen würde, stand jetzt fest, nachdem mehrere Haftprüfungstermine erfolglos geblieben waren. Karin blieb bei ihren Anschuldigungen und benannte ihre Freundin Ulrike,

Erzieherin aus Hildesheim, als Zeugin. Sie habe die Verletzungen gesehen, die Georg ihr mutmaßlich zugefügt hatte. Es schnürte ihm die Kehle zu, als er das von Dirk Schünemann und Dr. Blümlein erfuhr.

Ein böses Gespenst aus Lügen und Intrigen hielt ihn in seinen Klauen gefangen. Er konnte sich nicht daraus befreien. Unvermittelt musste er an Kafkas „Prozess" denken: „Jemand musste Josef K. verleumdet haben, denn ohne dass er etwas Böses getan hätte, wurde er eines morgens verhaftet."

Der Prozess

Drei Wochen dauerte es noch, bis Georg vor den Richtern stehen würde. Karins und Ulrikes Aussagen standen seiner gegenüber.

Das war keine beruhigende Ausgangslage für den Beschuldigten. Dirk Schünemann schlug vor, die Verteidigung auf zwei Säulen zu errichten: die Glaubwürdigkeit der Belastungszeugen erschüttern und gleichzeitig, den friedvollen Charakter seines Mandanten herausarbeiten. Dazu brauchte er Marion, weitere Modelle und notfalls einen psychiatrischen Gutachter. Er ging jedoch erst einmal davon aus, ihn nicht zu benötigen.

Schünemann eilte zurück in die Kanzlei, griff zum Telefon und rief Charly Brink an, um Zeugen für Georgs Leumund aufzuspüren. Zusätzlich zum Agenturchef selbst, suchte er nach den Anschriften der Modelle aus dem Shooting im Taunus. Der Freund half eifrig.

Die Liste möglicher Entlastungszeugen wuchs an. Der Anwalt war noch nicht zufrieden. Er telefonierte mit Matthias Luger. Doch bei ihm biss er auf Granit. Der Chef vom „MenschenMagazin" weigerte sich, ihm zu helfen. „Nun gut", dachte Schünemann, „den dann besser nicht, wäre ohnehin ein riskanter Kandidat."

Die „Taunusmodelle" Anna, Hilde, Gerti und Susanne erklärten sich bereit, zugunsten Georgs auszusagen. Natürlich auch Marion. Sie büßte durch ihre Liebesbeziehung mit dem Beschuldigten jedoch an Glaubwürdigkeit ein. Das könnte sie wettmachen, so dachte Schünemann, wenn sie detailliert Georgs Entsetzen schildere, als sie Gewalt beim Sex von ihm gefordert hatte.

Marion kam mit auf die Liste. Und der Anwalt wurde allmählich zuversichtlicher.

Schünemann beauftragte seinen Mitarbeiter Knut Michalke. Der sollte hässliche Flecken in Karins und Ulrikes Lebensläufen finden und ihre Ehrlichkeit erschüttern. Er fand keine.

Der Prozesstermin rückte näher. Georg sehnte ihn herbei. Er wollte endlich Klarheit. Dirk Schünemann besaß sein Vertrauen. Er war sich sicher, den Gerichtssaal als freier Mann zu verlassen.

Aufrecht und mit offenem Blick saß er neben seinem Verteidiger. Er hatte sich am Morgen glatt rasiert und die Lieblingsgarderobe angelegt. Mit schwarzem Sakko, weißem Hemd, frischen Jeans und Sneakern musste er vor Beginn der Verhandlung dem Blitzlichtgewitter der Pressefotografen standhalten. Darunter waren einige ihm bekannte, ehemalige Kollegen.

Jedes Foto, das sie von ihm schossen, traf ihn wie ein Faustschlag in die Magengrube. Er wand sich vor Schmerzen auf dem Stuhl. Gleichzeitig rang er um Fassung. Es gelang ihm kaum.

Dirk Schünemann bemerkte die Unruhe seines Mandanten. Und hätte der ihn nicht energisch am Arm gefasst, wäre Georg schreiend wie unter der Folter zusammengebrochen.

Dass auch Michael Gnoske als Reporter dabei war, wunderte ihn nicht. Der verzog verächtlich sein Gesicht, als ob er eine späte Rache für Georgs Ablehnung zeigen wollte.

Der lehnte sich erlöst zurück, als der Richter die Fotografen aufforderte, den Saal zu verlassen. Er eröffnete die Sitzung. Gnoske blieb auf der Pressetribüne. Sie wechselten keinen Blick miteinander. Die Fragen des Vorsitzenden nach seiner Person beantwortete Georg ruhig und klar.

Die Anklageschrift, vorgetragen von Staatsanwalt Hubertus Sonnenburg, enthielt schwere Anschuldigungen gegen den Angeklagten.

Er habe das Vertrauen der Karin Kaiser, geborene Bollmann missbraucht und die Intimität seines Studios ausgenutzt, um sich an der Klägerin zu vergehen.

Der Vorwurf des Vertrauensbruchs schmerzte Georg bis ins Mark. Er zuckte zusammen. Dirk Schünemann legte beruhigend seine Hand auf den Arm des Angeklagten. Das half dem nur wenig. „Mein Mandant möchte sich zum jetzigen Zeitpunkt zu den erhobenen Vorwürfen der Anklage nicht äußern", sagte der Verteidiger, nachdem der Richter Georg die Möglichkeit eingeräumt hatte, das Wort zu ergreifen.

Im Verlauf der darauffolgenden Beweisaufnahme boten Staatsanwaltschaft und Verteidigung ihre jeweiligen Zeugen mit ihren Aussagen auf. Karin betrat den Saal, beantwortete die obligatorischen Fragen zur Person. Als sich ihre Blicke zufällig trafen, schlug sie die Augen nieder.

Die Zeugin sagte aus, dass Georg sie bei einem Aktshooting in seinem Studio sexuell belästigt habe und ihre Gegenwehr schließlich mit Gewalt gebrochen worden sei. „Ist es zum erzwungenen Geschlechtsverkehr gekommen?", wollte Dirk Schünemann wissen. „Nein", antwortete Karin, „ich konnte mich losreißen und bin auf die Straße geflohen." „Welche Kleidung trugen sie, als Sie draußen waren?", hakte der Anwalt nach. „Ich konnte mir noch schnell den weißen Morgenmantel greifen, der für die Zeit vor dem Fotografieren und für die Shootingpausen bereit lag," erwiderte Karin. Schünemann war zufrieden, war doch der Vorwurf einer vollendeten Vergewaltigung mit ihrer Aussage vom Tisch.

Der einer sexuellen Nötigung blieb bestehen. Das Gericht verzichtete auf eine Vereidigung der Zeugin.

Aus den Augenwinkeln beobachtete Georg, wie sich Michael Gnoske hämisch grinsend auf einem der Presseplätze fläzte. Es störte ihn nicht mehr.

Als Nächste betrat Ulrike den Saal. Auch sie war von der Staatsanwaltschaft geladen worden. Sie bestätigte im Wesentlichen die Aussage Karins.

„Waren Sie bei dem hier geschilderten Vorfall anwesend?", fragte Schünemann. „Nein, hat mir meine Freundin erzählt", antwortete sie. „Sie meinen die Zeugin Karin Kaiser, geborene Bollmann?", hakte der Verteidiger nach. „Ja", erwiderte Ulrike etwas verunsichert, vermied es aber zwanghaft, den Angeklagten anzuschauen.

Staatsanwalt Sonnenburg wollte von ihr noch wissen, für wie glaubwürdig sie die Erzählung gehalten habe. „Ich glaube ihr immer, sie hat mich noch nie belogen", antwortete sie.

Dann ließ der Richter die von Schünemann benannten Zeuginnen Anna, Hilde, Gerti, Marion und Susanne nacheinander aufrufen. Sie alle beschrieben Georg als einen freundlichen, friedvollen und äußerst korrekten Fotografen, der sich nie eines übergriffigen Verhaltens schuldig gemacht habe.

Marion nutzt ihre Rolle als Geliebte, indem sie ausführlich von dessen Hang zur erotischen Harmonie berichtete. Ihre Aussage gipfelte in dem Satz: „Georg Konrad lehnt jede Art von Gewalt ab."

Das Gericht schloss die Beweisaufnahme ab. Der Richter bat die Anklagevertretung und die Verteidigung um ihre Plädoyers.

Staatsanwalt Sonnenburg legte den Schwerpunkt seiner Ausführungen auf die vermeintlich niedrigen Motive des Fotografen: „Der Angeklagte hat sich nicht gescheut, das Vertrauen des Fotomodells zur Befriedigung des Geschlechtstriebes in schamloser Weise auszunutzen. Das Opfer hat dies hier glaubwürdig dargestellt. Daher beantrage ich fünf Jahre Haft für den Angeklagten". Georg schüttelte resigniert den Kopf.

Schünemann hielt dagegen: „Das vermeintliche Opfer will sich rächen, weil mein Mandant einen Fototermin aus einem für ihn unerlässlichen Grund abbrechen musste und die Zeugin sich in ihrer Eitelkeit verletzt fühlte.

Der tadellose Ruf des Angeklagten ist durch mehrere Zeugenaussagen hinreichend belegt. Ich beantrage daher, Herrn Konrad von dem Vorwurf der sexuellen Nötigung freizusprechen."

Der Richter fragte den Fotografen, ob er noch etwas zu sagen wünschte. „Nein", antwortete der.

Das Gericht zog sich zur Beratung zurück. Georg zitterte vor Anspannung. Sein Anwalt versuchte, ihn zu beruhigen. Erfolg hatte er keinen.

Nach einer gefühlten Ewigkeit öffnete sich hinter dem Richtertisch eine Tür. Die Prozessbeteiligten und die Zuschauer erhoben sich.

„Im Namen des Volkes ergeht folgendes Urteil: Der Angeklagte wird freigesprochen ..." Georg holte tief Luft und blies beim Ausatmen die Backen auf. Ihm fiel ein Stein vom Herzen. Schünemann und er reichten sich die Hände.

Die anschließende Urteilsbegründung dämpfte ihre Freude jedoch erheblich. Der Richter betonte, dass die Tat so geschehen sein könnte wie von Karin geschildert. Man habe es dem Angeklagten aber nicht zweifelsfrei nachweisen können. Das Gesetz sähe in einem solchen Fall einen Freispruch zwingend vor.

Georg schaute betreten zu Boden. Er brauchte zwar nicht zurück in die Haft, war aber nicht frei. In seiner Seele fiel eine Tür ins Schloss, die, genau wie im Gefängnis, innen keine Klinke hatte.

Danach

Marion und Georg verließen das Gericht sofort, sobald der Richter die Verhandlung geschlossen hatte.

Sie riefen sich ein Taxi und ließen sich in die Wohnung nach Weißensee fahren. Die Freundin hatte sich derweil um sie gekümmert.

Auf dem Wohnzimmertisch standen frische Blumen. Aus der Küche strömte der betörende Duft eines vor sich hin brutzelnden Lammbratens.

Der Sekt war kalt und der Rotwein wohltemperiert. Doch eine gelöste Stimmung kam bei Georg nicht auf. Er war deprimiert. Der Richterspruch hatte ihn nicht reingewaschen. An ihm blieb der Makel kleben, ein möglicher Vergewaltiger zu sein. Und die halbe Welt wusste das.

Appetit hatte er keinen. Lust, mit Marion den Freispruch zu feiern, schon mal gar nicht.

Er ging unter die Dusche, um den klebrigen Staub der letzten Wochen vom Körper und seiner Seele zu spülen. Eine halbe Stunde lang ließ er heißes Wasser auf sich niederprasseln. Vom Duschgel nahm er reichlich.

Sein Leib war rein, die Gefühle waren es nicht.

Dann setzte er sich an den Schreibtisch und durchforschte seine E-Mails, den Anrufbeantworter, und das Faxgerät. Die Speicher der Kommunikationsmedien quollen über.

Er fand wenig Aufmunterndes, eine Vielzahl hämischer Kommentare, einige Glückwünsche zum Ausgang des Gerichtsverfahrens und eine zutiefst schockierende Nachricht:

Per E-Mail schrieb Charly Brink: „Lieber Georg, du wirst verstehen, dass wir unter den Umständen deines

„Freispruchs" (er hatte den Begriff tatsächlich in Anführungszeichen gesetzt) auf eine weitere Zusammenarbeit mir dir verzichten müssen. Ich wünsche dir viel Glück für die Zukunft. Herzliche Grüße, Dein Charly".

Georg vergrub das Gesicht in den Händen. „Alles aus", schoss es ihm durch den Kopf. Hektisch suchte er weiter nach Nachrichten oder wenigstens Anfragen, woraufhin er weiterhin als Fotograf hätte arbeiten können, um einen Neustart zu wagen. Doch er entdeckte nichts.

Hektisch telefonierte er seine französischen Kontakte ab, Er bettelte beim „Figaro Magazine", und der „Mode et Travaux" um Fotoaufträge.

Die Redaktionen erinnerten sich an ihn. Weil die Nachrichten vom Prozess gegen ihn auch nach dorthin durchgesickert waren, drucksten sie herum: „Herr Konrad, Sie müssen uns verstehen ... Monsieur Konrad, vous devez nous comprendre ...."

Sie lehnten schließlich ab, mit ihm zusammenzuarbeiten. Vor seinen Augen erschienen ihm die Nächte unter den Brücken der Seine. Georg empfand jetzt eine tiefe Verbundenheit zu den Ausgestoßenen. Er gehörte plötzlich zu ihnen.

Marion kam herein, um ihn zu fragen, ob sie jetzt den Tisch decken solle. Der Braten sei soweit. Sie fand ihren Geliebten zusammengekauert am Schreibtisch.

Tränen der Verzweiflung rannen ihm übers Gesicht. „Mein Gott, was ist los?", stieß sie hervor. „Ich kann nicht mehr arbeiten, es gibt keine neuen Aufträge und das Schlimmste: Breuninger & Brink hat unseren Vertrag mit sofortiger Wirkung gekündigt.

Ich habe nichts mehr, es ist aus.

Ich bin am Ende."

„Nein, Georg, du hast mich", versuchte sie ihn zu trösten und nahm ihren Freund in die Arme. Er war nicht zu beruhigen, riss sich los und drückte sie von sich.

Er rannte aus der Wohnung, stieß Zimmer- und Ausgangstür auf, ohne sie hinter sich wieder zu schließen. Draußen auf dem Hausflur hörte er Marion „Ich liebe dich" rufen.

Er blieb einen winzigen Moment stehen, zögerte und sprang dann die Treppe hinab in die Tiefgarage, deren schwere Stahltür er mit beiden Händen aufdrückte und sich durch den schmalen Spalt zwängte.

Ein paar Meter hetzte er über den asphaltierten Boden zu seinem Citroën, dessen Stellplatz er noch immer wie im Schlaf fand.

Unzählige Male hatte er sich in der Zelle des Untersuchungsgefängnisses vorgestellt, wie er fröhlich und beschwingt zum Auto schlenderte und zum nächsten Fototermin aufbricht. Jetzt war er weder lebhaft noch heiter.

Stattdessen trieb ihn die Macht der Verzweiflung unaufhaltsam voran. Er schloss den Wagen auf und ließ sich auf den Fahrersitz sinken. Er schaltete die Zündung ein und genoss noch einmal ganz bewusst und voller wehmütiger Erinnerung, wie die hydraulische Federung das Auto sanft anhob. Er legte den ersten, dann den zweiten Gang ein und rollte sacht ins Freie.

Er verließ die Stadt in nordöstlicher Richtung und nahm die Landstraße 293. Zepernick hieß der Ort, der ihm auf einem Hinweisschild angezeigt wurde. Es lagen 15 Kilometer vor ihm. Er war nahezu allein auf der Straße. Gleichmäßig gewachsene Alleebäume zogen an ihm vorüber.

Er war verzweifelt, fuhr immer weiter und merkte nicht, dass die Tachometernadel des Citroëns längst die

Marke der erlaubten Höchstgeschwindigkeit von einhundert Kilometern pro Stunde überschritten hatte.

Er umklammerte das Lenkrad so fest, dass die Fingerknöchel weiß hervortraten. Auf seiner Stirn bildeten sich kleine Schweißperlen, die er mit einer flüchtigen Handbewegung ins Haar wischte. Sein Puls raste.

Er schwitzte heftiger bis die Kleidung am Körper klebte. Er nahm es nicht wahr. So wenig wie die an ihm vorbei hetzende, eintönige Landschaft der Mark Brandenburg, deren Einzelheiten, Bäume, Büsche, und allein stehende Häuser er nicht sah.

Es geriet ihm zu einem einzigen, formlosen Wischbild, das nicht in sein Bewusstsein drang.

Ein Tropfen Schweiß rann in sein rechtes Auge. Der brennende Schmerz der salzigen Flüssigkeit riss ihn aus seinem Dämmerzustand.

Georg nahm den Fuß vom Gaspedal, ließ das Auto ausrollen und lenkte es an den Straßenrand. Er bremste und blieb stehen.

Jetzt erst bemerkte er, dass er vollkommen durchgeschwitzt war. Sein Zustand ekelte ihn. Er drehte den Rückspiegel zu sich und sah in ein Gesicht, dessen Antlitz ihn erschrak.

Das war nicht mehr Georg Konrad, es war Kafkas Gregor Samsa, der ihm hier entgegensah.

„Er fand sich zu einem ungeheuren Ungeziefer verwandelt".

Er setzte sich wieder aufrecht hinter das Steuer und fuhr weiter die Straße entlang, immer schneller.

Er starrte einen wuchtigen Alleebaum in einiger Entfernung an.

Er löste den Sicherheitsgurt. Dann drückte Georg das Gaspedal bis zum Anschlag durch, lenkte nach rechts und steuerte den Citroën direkt darauf zu.

Die Wucht des Aufpralls tötete ihn sofort.